愛されてアブノーマル

Natsu & Kyosuke

柳月ほたる

Hotaru Ryugetsu

EB

エタニティ文庫

目次

愛されてアブノーマル

第一章　ヒーローも犯罪者

1

月末の金曜日、夜十一時半。

結城奈津は自宅マンションの三軒隣にあるコンビニの袋をぶら下げて、必要以上にゆっくりと歩いていた。こんなことをしても彼に会える確率は非常に低いが、挑戦しないよりは遥かにましだ。都心に近い住宅街のため、空を見上げても星はあまり見えない。

はぁっと白い息を吐き出して、できれば運よく会えますようにと、心の中で満月に祈る。

「うぅ、寒い……。この季節は無理かも」

真冬の冷え切った空気の中をのろのろと移動するなんて、自ら凍えさせて下さいと言っているようなものである。

奈津は小柄な体をさらに小さくし、緩んでいたチェックのマフラーをぐるぐると巻き直す。肩まで伸びたダークブラウンの髪も一緒に巻き込み、少し考えて髪はマフラーから出すことにした。なぜならこの髪色は、彼が似合うと褒(ほ)めてくれたものだから。

先月奈津は、二十七歳にして初めて髪を染めた。いつまでも終わらない片想いに悩む中で心機一転したかったというのもあるし、大人しくて地味な自分が少しでも明るい印象になればいいと思ったというのもある。髪の色を変えた程度ではなにも起こらないとわかっていつつドキドキしながら出社すると、なんといち早く気付いた彼がポンと肩を叩いて「その色も似合うな」と声を掛けてくれた。

あまりの出来事に舞い上がってしまい、上擦(うわず)った声で「は、はい……！」としか答えられなかった。そのことには後から少し落ち込んだが、奈津は一生この髪色で過ごそうと決めた。

この髪が彼を引き寄せてくれないか……という願いが本当に届いたのだろうか。マンションのエントランスに入る直前で、柔(やわ)らかなウールのダッフルコートに包まれた奈津の肩が大きな手に叩かれた。

「結城、お疲れ」

その手が触れた部分から電流が走るように全身の毛が逆立つ。

あまりの奇跡に奈津はその場でガッツポーズをして叫びだしてしまいそうになる。しかしなんとかその興奮を表に出さないように取り繕(つくろ)い、貼り付けたような笑顔で振り向いた。

「課長！　お疲れ様です。今お帰りですか？」

「おう。金曜だからな、また接待だよ」

いつもは一分の隙もなく固められている前髪が、一房だけはらりと零れ落ちる。それをうっとうしそうに掻き上げながらエントランスの鍵を開けるのは、奈津が所属する総合商社の営業二課の真山恭介課長。営業事務として働く奈津の直属の上司である。

他人に厳しく、自分にはさらに厳しく、を信条にでもしているかのようにストイックなこの上司についていくのはとても大変だ。だが厳しい一方で非常に面倒見もよいため、慕っている部下も多い。加えて真山の優秀さは目に見える数字としても表れていて、最年少課長ながら実績も高いと評判だ。

そんな真山のもとに配属されて二年、奈津はいつ実るともしれない片想いに身を焦がしていた。

「飲み過ぎには気をつけて下さいね。課長が倒れたらみんな困りますから」

「おい、俺はまだ三十四だからな。年寄り扱いするんじゃない。それより結城は夜中にコンビニか？　危ないからこんな時間にあまり出歩くんじゃないぞ」

「すみません。気をつけます」

あなたに会えるかと思ってフラフラ出歩いてたんです、なんて言える訳がない。

週末は大抵、飲み会で真山は遅くなる。もしかしたらその帰宅とかち合うかもしれないと、金曜日の夜は近所のコンビニで必要のない物を買う癖がついてしまっていた。

二人は並んで歩き、エントランスの脇にあるポストの前に着く。そして奈津は、ポストの中を確認して必要な郵便物を選り分けている真山のために、エレベーターのボタンを押して待つ。奈津が買い物に行っている間には誰も利用しなかったのか、エレベーターは一階に止まったままだった。

「悪いな」

「いえ。最近ポスティングチラシが多いですね。毎日本当にゴミが多くて」

真山がエレベーターに乗り込んだのを確認した奈津はエントランスに備え付けのゴミ箱に溜まったチラシやダイレクトメール類を見て、大げさに顔を顰めてみる。こんな他愛もない会話も会社ではライバルが多くてなかなかできない。だからこうやってマンションで会った時が唯一にして最大のチャンスなのだ。

奈津が真山に初めて会ったのは二年前の春だった。定年退職した前任の課長の代わりに新しく来たのが彼である。イケメンですごく若いがやり手らしい、とまことしやかに噂される中、オーダーメイドのスーツをピシリと着こなした彼が現れた瞬間に奈津は目を奪われた。端整な顔立ちも、程よく鍛えられた体も、堂々として無駄のない身のこなしも、奈津の心を鷲掴みにして離さない。

最初はどんな人が上司になるのかと探るような雰囲気だった課内も、真山が着任の挨拶を終える頃にはすっかり彼のカリスマ性に引き込まれていた。

『ねぇ、真山課長って彼女いるのかな？』

『直接聞いてみよっか!?　でもあの顔とスペックなら絶対いるよねぇ』

真山が着任した日、女子社員達は彼の話題で持ちきりだった。かっこいいと浮かれるだけの者もいれば、早速誘ってみるつもりだと豪語する猛者もいて、奈津はあまりのライバルの多さに愕然とした。地味な奈津には、並み居るライバルを押し退けて真山の歓心を買うことなんて到底できそうになかったから。

でも……こっそり好きでいるくらいなら、いいよね。

そう思った奈津は、それから密かに真山を想い続けている。最初は一目惚れだった奈津が、真山の人間性にも尊敬と憧れの眼差しを向けるようになるまでに、そう時間はかからなかった。

彼は仕事では決して妥協を許さず、己に対してとても高い目標を設定している。さらに部下への指導も怠らない。その厳しくも的確な指導は、真山が部下の一人一人をしっかりと見ているからできることだ。もちろんその後のフォローや、日頃からのコミュニケーションも完璧だ。四年目の営業事務として一人前だと自負していた奈津も、真山の的を射た指摘によって自分の未熟な部分に気付けた。

あぁ、ほんとにかっこいい……。奈津はいつも部下に囲まれている真山を遠くから眺め、うっとりとため息をついていた。

絶対叶うことのない片想いは少し切ないけれど、会社に行けば毎日会える。それに面倒見がよくて誰にでも優しい真山は、あまり目立たない奈津にもたまには声を掛けてくれる。それだけで奈津は幸せだった。それなのに、まさか彼が同じマンションに引っ越してくるなんて……


体に重力を感じ、エレベーターが静かに停止する。大して高層ではないこのマンションにおいて、エレベーターに乗っている時間は非常に短い。

結局今日は、ピザ屋のチラシがよく入っていること、それを見ると夜中なのにピザを食べたくなってしまい困ること、真山は学生時代にトッピング全部のせを頼んだことがあること、ここまで話したところで時間切れになってしまった。だが貴重な学生時代の思い出を聞けたのは大きな収穫で、奈津は非常に満足した気分でエレベーターを降りる。

「じゃあ、おやすみ。ちゃんと戸締まりして寝るんだぞ」

「そこまでうっかりしてませんよ！　……おやすみなさい」

ぺこりと頭を下げると、軽く右手を上げた真山がドアの向こうに消えていく。奈津も隣接する自宅に入り、こっそり真山の部屋のほうの壁に耳をつけてみる……、が、いつも通りなにも聞こえなかった。防音がしっかりしていることが、このマンションの売りなのだ。

「こんなに近くにいるのに、遠いなぁ」

彼がこのマンションに引っ越して来たのはちょうど半年前のこと。休日に共用部分の廊下からかすかな物音が聞こえたので覗（のぞ）いてみたところ、なんとそこにいたのは引っ越し業者とそれに指示を出す真山だった。

その時の奈津の驚きと言ったらなかった。ここは奈津が社会人になった時からずっと住み続けているマンションで、会社へのアクセスが非常にいい。だがまさか隣に同じ会社の人間、それも真山が引っ越してくるとは思いもよらなかったのだ。

そういえば、忘年会で彼は通勤時間を短くしたいとぼやいていた。それに隣の住人が大音量で音楽を聴くから静かな環境に引っ越したいとも。その時は周りを囲んだ女子社員達がしきりに自分の住む地域をすすめていて、大人しい奈津は会話に入ることすらできなかったのに。

降って湧（わ）いたような幸運に奈津は心の底から感謝した。この環境を生かしてなんとか真山とお近付きになり、できれば恋人と呼べるような関係になりたい、そう思った。

だがいきなり馴れ馴れしく押しかける勇気はない。おかずを作りすぎました、と言って持って行くのもなんだかあざとい気がする。結局奈津にできることといったら、偶然会えるのを期待して、コンビニに行くという口実(こうじつ)のもと夜中にマンションの周りを徘徊(はいかい)するくらいだ。

真っ暗な室内で壁を伝い、電灯のスイッチを押すと、シンプルな1DKの部屋が浮かび上がった。そして背の低いチェストの上にのせた、暖色系のルームランプもつける。可愛いレースの縁取(ふちど)りがされた笠の部分に淡く暖かな光がぼうっと灯(とも)る。その光を見ているうちに奈津は自然に頬(ほお)が緩んでしまう。

「ふふ。課長、今日もかっこよかった」

このルームランプは、なんと真山から譲(ゆず)り受けたものである。

あれは彼が引っ越してきてすぐの頃のことだった。夜中にどうしても炭酸飲料が飲みたくなってコンビニに行ったところ、結婚式の二次会帰りだという真山とエントランスで出くわした。

電器店の大きな紙袋を持っていたから、もしかして賞品が当たったんですかと話を振ると、『ビンゴで当たったんだが明らかに女物なんだよ。あ、ちょうどいいから結城使うか?』と紙袋を押し付けられた。

彼に会えただけでなく、まさかこんなプレゼントまでもらえるなんて!　奈津にとっては、真山からもらえるものならガム一枚だって死ぬほど嬉しい。もしも実際にもらったら、もったいなくて食べられず、ずっと大事に取っておいてしまうだろうなと思うくらいには。

嬉しさのあまりはしゃぎ出したいのをこらえ、エントランスの床に一旦袋を置いて開けると、そこから出てきたのは高さ三十センチほどのファンシーなルームランプだった。確かに三十代男性が使うには少々可愛らしすぎる。

『ほ、ほんとにいいんですか⁉　嬉しいです！　一生大事にしますっ！』

『そうか。そんなに大事にしてもらえるなら、このランプも喜ぶな』

箱を抱えて大喜びした奈津に、真山は少し驚きながら苦笑していた。それ以来、このルームランプは奈津の一番の宝物だ。


コートをクローゼットに片付け、そろそろ寝るためにパジャマに着替えようかと思った時だった。ピンポン、とエントランスのインターフォンが鳴る。

「え、こんな時間に？」

壁の時計を見れば、もう少しで日付がかわるというところ。深夜に訪ねて来る人間に心当たりはなかったが、奈津はインターフォンの受話器を手に取った。

『ヤマネコ運送です！　お届け物です』

受話器越しに明るい声が聞こえてきた。このマンションには宅配ボックスがないので、仕事をしている奈津は昼間は荷物を受け取ることができない。だからいつも平日は夜間に時間指定して荷物を受け取るのだが、さすがに遅すぎる。

「あの、こんな時間に宅配ですか？　送り主は？」

『すみません、不在票を入れてたの、見て頂けませんでしたか？　連絡がないし、日中もご不在なんで今持ってきたんですが。えー、送り主はA&G出版で、品名は懸賞当選品になってますね』

「懸賞当選……？　わかりました、とりあえずドアを開けますね」

最近、懸賞に応募しただろうか、と奈津は首をかしげた。

A&G出版は若い女性向けの雑誌を多く出している出版社で、会社の休憩室にも一冊置いてある。何度か買ってアンケートハガキを出したことはあるものの、最近は忙しくてそういうこともしていなかった。だが、もしかしたらかなり前の懸賞が当選したのかもしれない、と納得し、オートロックの鍵を解除する。

そしてしばらくすると、今度は玄関のインターフォンが鳴らされた。

「はーい、今開けます」

ドアスコープを覗くと、ヤマネコ運送カラーのオレンジの帽子を目深にかぶった男性が大きな箱を抱えて立っている。不審者ではないようだ。

「すみません、不在票に気が付かなくて」

ドアを開けた奈津がそう言うと、ヤマネコ運送の配達員は小さく笑った。

その笑い方に、ふと背筋が寒くなる。なんだか気持ち悪さを感じつつも、すぐさま荷物を受け取ってしまい早く帰ってもらえばいいのだと気を取り直す。

「いえいえ、そういう人多いんですよ。あの、これ重いんで、中に運ばせてもらってもいいですか？　サインは後で結構なんで」

「じゃあ、お願いします」

ドアを大きく開けると、狭い玄関に配達員が足を踏み入れる。一旦奈津が室内に下がろうとしたところで、隣の家の玄関が開く音がした。

「課長？」

スーツを脱いでラフな格好をした真山と、配達員越しに目があった。

「結城？　こんな時間に荷物か？」

「あ、はい。私がうっかりして不在票を見落としてたみたいなんです。昼間はいないからって持って来て下さったそうで」

奈津が自分のミスに苦笑いすると、いつも穏やかな真山の眉間になぜか皺が寄る。そしてつかつかと近付いて来て、奈津と配達員の間に自分の体を入れた。突然目の前に広がった真山の背中と、仄かに香るコロンの匂いに胸がどきんと高鳴った。

「おい、お前どこの運送会社だ」

「え、いや、ヤマ……ネコ運送、ですが」

これまでハキハキと話していた配達員が、どこか目を泳がせながらしどろもどろに答える。奈津は真山の背中に守られたまま、ただその会話を聞いているしかない。その間にも鋭(するど)い声色での真山の追及は続いていた。

「ヤマネコ運送なら帽子(ぼうし)と作業着にロゴが入ってるはずだろ。この帽子(ぼうし)も作業着も量販店で売ってるもんだよな。本物なら身分証出してみろ」

「……！」

途端に荷物を放り出した配達員が、方向転換して一目散(いちもくさん)に駆(か)け出す。配達員が重いと言っていたはずの大きな段ボールが、簡単に宙を舞って転がった。

「結城！　警察呼べ！」

そう怒鳴った真山が配達員を追いかけ、一瞬で引き倒してうしろ手に捻(ひね)り上げた。

「ぐあぁっ！　放せ！　放せよ！　まだなにもしてねェだろうがよ！」

配達員だと思っていたオレンジ帽の男が口から泡を飛ばして叫ぶ。その声が深夜のマンションの廊下に響き渡る。

「おい！　一一〇番！」

「は、はいっ！」

突然の捕り物劇に固まっていた奈津は、真山のその言葉に弾かれたように飛び上がる。

そしてスマホを取りに慌てて室内に入った。

2

警察に通報してからは怒涛の展開だった。

騒ぎを聞きつけた同階の住人が見守る中、すぐに駆けつけた警官に男は引き渡された。この男、実は深夜に宅配業者やガス点検を装って一人暮らしの女性の自宅に入り込み、強姦、強盗を働く連続犯だったのだ。現場検証を終えた後、さらに詳しく事情聴取をということになったが、深夜のため、日曜に改めるよう真山が話をつけてくれた。真山が奈津の上司だと名乗ったところ、警官も納得したのだ。

集まっていた住人達に騒ぎになったことを謝罪して回り、逆に労られてから自宅に戻ると、すでに時計は二時を回っていた。

「結城、大丈夫か」

疲れがどっと出てダイニングチェアに座り込むと、真山が心配そうに声を掛けてくれた。一人で自宅に入ろうとした奈津に、真山が心配だからと付き添ってくれたのだ。

必死に遠慮しながらも本気で断れなかったのは、真山と二人きりになれるチャンスを逃したくなかったからだ。

「あ、はい。でもなんか、あんまり実感がないっていうか……あ、あれ？」

今までなんともなかったのに、一旦落ち着くと今さらのように肩に震えが走る。カタカタと揺れる体を抱きしめると、隣に寄り添った真山がそっと肩をさすってくれた。

「今までずっと緊張状態だったからな。気が緩んで恐怖心が出てきたんだろう」

「すみません……。私、あんまり怖くないと思ってたんですけど」

安心させるように真山の手がゆっくりと動く。

その動きに身を任せているうちに次第に落ち着いてきたが、別の問題が出てきた。事件そのものよりも、現在の状況に対して心が穏やかではなくなってきたのだ。なにしろ憧れの課長に肩を抱かれているという、まさかのシチュエーション。

奈津の心臓の脈拍は速くなっていく。

「あ、そういえば」

「どうした？」

ふと思い出したことがあって、奈津は声を上げた。

「何度か、下着がなくなることがあったんです」

真山の手がぴたりと止まる。

「……それで？」

「もしかして、さっきの犯人がやったってこと、ないですよね？　ここ五階だし、盗まれたんじゃなくて風で飛んだと思ってたんですけど……」

　下着がなくなるようになったのは、だいたい半年くらい前からだろうか。夜中に干していた下着がなくなることが何度かあった。

　しかしこのあたりで下着泥棒が発生しているという話も聞かないし、なにより五階まで上がってくる犯人がいるとも思えず、風か鳥の仕業だろうと思い込んでいた。それがもしかしたら人間の、しかもさっきの男の犯行だったとしたら。その可能性に奈津は身震いする。

　ところがそれに対する真山の返答は、奈津が思っていたものと少し違った。

「枚数は？」

「枚数、ですか？」

　盗まれた枚数を聞いてどうしようと言うのだろう。首をかしげながら、今までなくなった下着を思い出す。

「え……と、正確には覚えてないですけど、多分十枚くらい、かな？　どうしよう、今から警察に言ったほうがいいでしょうか？」

「いや、十枚程度ならいい。そうだな、それに関しては後で話し合おう」

　十枚ならいい？　少し引っ掛かりを覚えながらも、信頼する真山がそう言うなら大丈夫だろうと奈津は引き下がった。

　それよりも深夜の密室に二人きりで、しかもこんなに親密に触れ合っているなんて勘違いしそうで怖い。今までの二年間で交わした言葉の数を、今夜一晩で簡単に上回ってしまいそうだ。

　これだけでも奈津はパンク寸前なのに、彼はさらに爆弾発言をした。

「よかったら、うちに来るか。ここだと事件のことを思い出すかもしれないだろう」

「えっ⁉」

　真山の自宅、という言葉に過剰反応して、肩がびくんと跳ねる。

　行きたい。ものすごく行ってみたい。けれど言われるまま押しかけて、ただの部下のくせに図々しいと思われたりしたらどうしよう、と二の足を踏む自分もいる。

　その様子を見た真山は、違う方向に勘違いしたようだった。

「あー、悪い。やっぱりあんなことがあった後じゃ、俺のことも気持ち悪いよな。悪かった、忘れてくれ」

「ちがっ……、そんなんじゃないんですっ！　だって、課長にこれ以上ご迷惑をお掛けする訳には……」

　目に見えて落ち込んで申し訳なさそうにする真山に、奈津は慌てて言い募った。

　真山が気持ち悪いはずがない。奈津が危なかったところを助けてくれて、さらに心配だからと付き添って労ってくれる王子様のような存在だ。

たとえこれまでの片想いがなかったとしても、今日みたいなことが起きればすぐに恋に落ちてしまっていたに違いない。

「はは。迷惑ならもう十分掛けられてるだろ。今さら気にするな。本当に俺が怖い訳じゃないんだな？」

「もちろんです！　……でも……」

「よし、それなら決まりだ。今日はうちに来い。明日は美味い朝飯作ってやるぞ」

そう言って笑う真山に、奈津は強引に椅子から立ち上がらされた。

確かに自宅にいれば、玄関を見るたびに嫌なことを思い出しそうだったのだ。またインターフォンが鳴るのではないかと、気になって眠れなかったかもしれない。


徒歩二秒の真山の自宅は角部屋で、奈津の所とは間取りが違って少し広かった。

モノトーンでシックにまとめられた彼らしい部屋の中、革張りの大きなソファに座らされると、真山が温かいココアを淹れてきてくれた。

「ほら、あったかいもん飲むと落ち着くぞ」

「ありがとうございます」

ココアの甘味が舌に乗り、喉を通って胃に落ちる。体の中から温まると、あれだけ高ぶっていた神経が嘘のように鎮まった。

　正直、犯罪被害に遭いかけて間一髪で助かった動揺もまだ少しだけある。その一方で自分がそれと気付く前に真山に助けられてしまったから、どこか実感がない。しかも、憧れの人に甲斐甲斐しく世話をされているという現状のほうが奈津には一大事で、いつの間にか恐怖心は薄れつつあった。

　ちなみにココアは奈津の好物だ。会社の休憩室でもよく飲んでいる。まさか真山が知っているとは思わないが、この偶然が嬉しい。思わず頬を緩ませると、それを見た真山が優しく笑った。

「やっと笑った。結城はココア好きだよな」

「えぇっ!?　なんでそれを……っ」

「は？　いつも飲んでるだろ。もしかして嫌いなのに飲んでんのか」

「い、いえ！　大好きです……けどっ！」

　ココアも。真山課長も。

　大勢いる部下の中の、大して目立たない自分の好みにまで気付いていてくれていたなんて。胸の高鳴りが止まらなくなってしまうではないか。

　奈津がココアを飲むのをじっと眺めていた真山は、マグカップが空になると隣に腰掛けた。近い。

体が触れ合う位置にぴったりと座られ、奈津は緊張で体を硬くする。真山の重みでソファが沈み、うっかり体をしなだれかけてしまいそうになるのを、お腹に力を入れて精一杯阻止した。

だが、そんな奈津の健気な抵抗をあっさりかわし、真山の逞しい左腕が奈津の肩を抱き寄せる。

「え、課長……?」

「もう大丈夫か？　怖くなくなったか？」

「……あ、全然、怖くないです。ありがとうございました……」

駄目だ、勘違いしてはいけない。真山は奈津の恐怖心を和らげようとして近くにいてくれるだけ。さっきだって、奈津の自宅で何度も肩をさすってくれていたではないか。それと同じことをやっているだけだ。

「ならよかった。日曜は俺も警察に付き添うから一緒に行こう」

「……はい」

「本当に、結城が無事でよかった」

そう言いながら、真山の右手が奈津の髪まで撫で始める。大事なものを愛でるような、恋人を慈しむような、そんな態度にドキドキする。もう、ほとんど抱きしめられているも同然の体勢だ。

なんだか自分の周りだけ空気が薄くなったかのように呼吸が浅くなってしまう。

「結城の髪は柔（やわ）らかくて、触ってるだけで気持ちいいな」

「……あの、毎日流さないトリートメント使ってて」

「そっか、それでか」

なぜ今、髪の手入れの話などしているのだろう。もっと上手な返し方があっただろうに、酸欠気味の頭ではまともな返答は浮かびそうもない。

そうしている間にも真山の左手は奈津の腕を伝って下り、腰の丸みを確認するようにやわやわと動く。

彼の鼻先が髪の毛に触れた。

「それにすごくいい匂いがする」

「……っ、コンビニに行く前にお風呂に入った、んです」

「このシャンプーいいよな。たまに会社で嗅（か）いで、そのたびにムラムラしてた」

真山の手が太ももを撫（な）でる。それと同時に頭頂部に柔（やわ）らかい感触が降ってきた。

あ、今キスされた、と回らない頭で考える。

もう勘違いしてもいいだろうか。自分は女として真山に求められていると、そう勘違いしても。ただの上司なら部下にこんなことしないはずだ。

それから何度もちゅ、ちゅ、と唇が押し付けられた。髪に、額（ひたい）に、こめかみに、目尻に。

いつの間にか真山の左腕は奈津を拘束し、右手はニットワンピースに包まれた胸をそっと持ち上げていた。

「か、かちょぉ……」

胸を離れた右手が、くいと奈津の顎を持ち上げる。目の前には欲望に濡れた男の目をした真山がいて、奈津は覚悟を決めてそっと目を閉じた。

「んっ」

すぐに触れ合った唇は、燃えるように熱かった。奈津の唇の形を確かめるかのごとく啄んで、小さな水音を立てる。

奈津の全身から力が抜けたところを見計らって、真山はズルズルと滑らせるようにソファに押し倒す。わずかに開いた唇の隙間から、熱くぬめった舌が入り込む。

もう、なにも考えられなかった。

たった三時間前まではただの上司と部下だったのに、今はこうして柔らかな粘膜を触れ合わせている。ふわふわと海に浮かんでいるように気持ちがいい。真山が奈津のことをどう思っているのかなんて、今はどうでもよかった。

弱っている女が目の前にいたから試しに味見してやろうと思っただけかもしれない。部下が落ち込んでいるから、同情心から体で慰めてやろうと思っているのかもしれない。一回ヤって、簡単に捨てられる可能性もある。

でも、もうそれでいい。今はただ、彼を一番近くで感じたい。

「んっ、ふぁ……ぁ、んっ」

「結城……っ！」

二人で夢中になって唇を貪り合った。真山の大きな体に覆い隠されるようにソファに押し付けられ、何度も唾液を交換する。

奈津も真山の太い首に腕を回して、これが合意の上の行為であることを伝えた。奈津の剥き出しの太ももには先ほどから熱く硬い塊が押し付けられていて、あまり経験が多くない奈津は恥ずかしさのあまり脚を硬直させることしかできない。唇の端からはどちらのものともつかない唾液が零れ落ちる。真山がそれを舌で辿ってまた吸い上げた。

一体どれだけそうしていたのだろう。

奈津の唇がぽってりと腫れ上がる頃、真山はやっと唇を離した。それでも名残惜しそうに、唇を軽く触れ合わせたまま喋る。

「結城、……いいか？」

興奮のためか掠れたセクシーな声が奈津の脳みそを溶かす。キスだけでこんな風にされてしまうなんて、最後までしてしまったらどうなるのだろう。薄く目を開いて首肯する。うっとりと微笑んだ真山の色気にくらくらした。

もしも奈津の人生の幸福度を表すグラフがあるとしたら、絶対今が一番のピークに決まっている。

「なんなら日曜まで泊まっていけ。着替えも、下着くらいならあるから」

しかしそんな浮(うわ)ついた気持ちも、真山の一言で一気に引き戻された。

――女性用の着替えが、あるんだ。

3

真山が引っ越してきてから半年。四六時中監視(かんし)していた訳ではないが、なんとなく部屋に女性を呼んではいないものだと思っていた。会社でも冗談めかして彼女募集中だと言っていたし、少なくとも隣に住んでいる奈津がそれらしい人と鉢合(はちあ)わせすることもなかった。

でも、彼女が、いたらしい。

思っていたよりもショックを受けている自分にがっかりした。イケメンで、仕事ができて、出世頭(しゅっせがしら)で、優しくて気が利(き)いて、誰よりモテる。そんな彼に彼女がいないほうがおかしいのに。

一夜限りの相手でもいいと思っていたが、彼女がいるなら話は別だ。浮気相手にはなりたくない。彼女のために置いてある下着を着せるつもりだなんて、彼はなんて残酷なことをするんだろう。

奈津は表情を凍りつかせ、身を捩って抵抗し始める。すると真山は目の色を変えて奈津の動きを封じ込めた。

「おい、今さら逃げるなんて許さねぇぞ」

「……っ、やだ！　嫌です、放して下さいっ！」

「なんでだよ！　さっきまで完全に堕ちてたじゃねーか！」

どこか傷付いたような、悲しみの響きを含んだ怒声。その大声に奈津はびくりと体を竦ませた。

「ひっ！　こ、怖い……や、やだやだ、本当に放してっ！」

涙をボロボロと零して暴れる奈津に、真山が怯んだように手を放す。

その隙をついて、なんとか真山の下から抜け出した。

「うっ、浮気相手は、嫌です！　課長になら、遊んで捨てられてもいいって思ったけど……、彼女さんがいるなら、その人にも失礼だと思いますっ！」

涙のいっぱい溜まった目で言っても迫力などない。それでも言わないよりマシだ。言いたいことだけ叫んで、慌てて手櫛で髪を整える。すぐに自宅に逃げ帰るつもりだった。逃げ場所が隣だというのもなんとも間抜けな話だが仕方ない。

しかしソファから立ち上がろうとした奈津は、その直後うしろから抱きつかれてまたソファに逆戻りさせられた。

「きゃっ、やめて下さい！　放して！」

それでも真山の腕は緩まない。

「やだ。……なぁ、捨てないけどさ。俺になら遊ばれて捨てられてもいいって、本当？」

「もう違います！　彼女さんがいるなら嫌だって言いました！　……私……、私ずっと課長のことが好きだったんです。でももう、今日で終わりにします」

そう言うと、奈津の双眸から また水滴が溢れる。これまでの真山との数少ない思い出が走馬灯のように蘇った。

去年のバレンタインデーに義理チョコと偽った本命チョコを渡したら、『なんだ、本命かと思ったのにな』と大げさに残念がるフリをしてくれたこと。仕事がずれ込んで一人で社員食堂に行った時、同じく昼食が遅くなっていた課長と二人きりで食べたこと。その日食べた白身魚のフライ定食の味は今でも覚えている。同じミスを繰り返して本気で叱責されたこともあったっけ。その時は風邪のひき始めで体調が悪くて、それに気付いた課長はすぐ病院に行くよう言ってくれた。そして、診察を受けたらインフルエンザだった。

「だから彼女ってなんのことだよ」

奈津の背中に胸板をぴったりとくっつけた真山が、耳元で低音を響かせる。頭の中に直接声を注ぎ込まれるような感覚に奈津の背筋が粟立つ。

ともすれば真山にその場で服従してしまいそうになりながらも、力を振り絞って反論した。

「か、課長の彼女さんのことです！　着替え置いてるんですよね？　気まぐれで連れ込んだ部下にそんなの着せたら怒られますよ」

じたばたともがく奈津の力など、普段から鍛えている真山にはなんの抵抗にもならないのだろう。あっさりと腕の中に閉じ込められてしまった。

そういえば真山は学生時代山岳部に入っていて、今でもたまに昔の仲間と山登りに行くと言っていた。実用的な筋肉を前にして、平均的な体力しかない奈津が敵うはずもない。そんな奈津を絶対逃がすものかとでも言うように抱きとめながら、真山はうなだれてため息をついた。

「はぁ……。彼女なんかいないっていつも言ってるだろ。会社で聞いてなかったのか」

「うそ！」

「ほんと。こんなシチュエーション三年ぶりだよ。だからほら、もうガチガチ」

もぞ、と背中に腰を押し付けられ、奈津は一瞬で赤面する。さっきまで奈津の太ももに押し付けられていた熱い塊がそこにある。

「お。耳まで赤くなったぞ。結城は素直で可愛いな」

真山のまとう空気が途端に甘くなる。ねっとりと奈津を包み込んで、もがいてももがいても逃げられないような空気。

「か、か、かわ……っ？　ひゃうっ⁉」

不意に耳殻をべろりと舐められ、奈津は気の抜けた悲鳴を上げた。

「ふふ、なんだその鳴き声。見るたびに思うよ、結城のこと可愛いって。いつも一生懸命に仕事してるところも、休憩室でココアを飲んでニコニコ笑ってるところも、控えめで大人しいところも。……ずっと好きだったんだ」

ドクン、と心臓が跳ねた。あまりの衝撃に声が出ない。

もしかして今のは、奈津の脳みそが作り出した都合のいい幻聴だろうか。恋人募集中だと言っていた課長に彼女がいるとわかってショックを受けすぎ、一時的にオーバーヒートしているのかもしれない。

「う、うそです……」

「嘘じゃない。まぁ、突然言われても困るよな。どうしたら信じてくれる？　そうだ、奈津に近付きたくて引っ越しまでしたって言ったら信じてくれるか？」

「はいっ⁉」

思わず振り返った奈津に、真山が冗談めかすように笑った。

でも目が笑っていない。予想もしていなかった、かなりハードな告白に、奈津はなんと返していいのかわからない。さりげなく下の名前で呼び捨てにされたことすら聞き流してしまった。

「上司だからな、奈津の住所はすぐにわかった。このマンションの空きが出るのをずっと待ってたんだ。まさか隣の部屋が空くとは思わなかったが」

「……そう、だったんですか？」

偶然真山が同じマンションに引っ越して来たと浮かれていたのに、これは真山本人によって仕組まれていたらしい。少々、というか多大にストーカーチックな行動に引きながらも、彼への長い片想いが実ったことに気付き、じわじわと胸が熱くなる。

こんな素敵な人が自分なんかに恋をしていたなんて普通だったら信じられない。しかし、好きだからと引っ越しまでして来た人間の言うことを信じない訳にはいかないではないか。

でも。

「……あれ？　じゃあなんで女性の着替えがあるんですか？」

奈津の疑問に、真山が眉をぴくりと動かした。やっぱり実は彼女が、と思いかけた奈津に、「絶対に、絶対に勝手に帰るなよ」と真山は言い置き、奥の部屋へと向かった。すぐに戻った真山の手には小さな衣装ケースがある。

無言で差し出され、奈津は躊躇いつつも手を出した。

「見てもいいんですか？」

「あぁ」

どこか開き直ったようなその態度に、なんだか嫌な胸騒ぎを覚える。

「じゃあ、失礼します。…………はぁ!?」

中にしまってあったのは、一枚ずつジッパー付きの透明なビニール袋で個包装された、風か鳥が攫っていったはずの自分の下着だったのだ。

4

広いリビングのフローリングに座り、二人はビニール袋に入った下着を挟んで向かい合っていた。

ビニール袋には、一袋ずつ丁寧に日付と色、柄が書き込まれたシールが添付されている。

そんなところに、普段と同じく入念で細かい仕事ぶりが見てとれてげんなりした。端から見ればシュールな光景だが、あくまでも真面目な、話し合いという名の取り調べである。

「なんで盗ったんですか！」

奈津が声を荒らげると、真山はふんと鼻を鳴らした。

「奈津が好きだからに決まってるだろう。俺もまさか自分にこんな性癖があったなんて驚いている」

「……！」

もう開き直ることに決めたのだろう。あまりにも堂々とした態度に頭が痛くなった。

「おー、また赤くなった。やっぱり奈津は可愛いな」

「なっ！　誤魔化さないで下さい！　こんなに集めてどうするつもりだったんですか？　ま、まさか、変なことに使ってるんじゃ……」

「変なことってなんだ。オナニーか？」

「真山課長！　……きゃーっ！」

悲鳴を上げて真山の口を塞ぐと、思いっきり嬉しそうに掌を舐められた。尻尾を踏まれた猫のように飛び上がって驚いた奈津は、手を押さえて逃げようとして、またあっさりと捕まってしまう。学習能力がなさすぎる自分にがっかりである。

「奈津が言い出したんだろう。まぁこれでオナってると言いたいところだが、使うと汚れるしな。この下着に直接触れていた奈津のおっぱいを想像したり、ビニール袋の中に奈津の気配を感じて酒を呑んでいた」

「っ!!」

気持ち悪すぎるのだが。あからさまにドン引きした奈津にちゅっとキスを落としてから、真山は胡座を掻いて踏ん反り返った。

「じゃあ逆に聞くが、なんで駄目なんだ」

「え、な、なんでって、」

「理由を言ってみろ。いつも言ってるだろう、反論するなら相手が納得する材料を用意しろと。なんでだ」

おかしい。なぜこちらが詰問されなければいけないのだろうか。

夜のベランダに忍び込んで下着泥棒をするなど、奈津の常識では絶対にやってはいけない行動だ。というか、それ以前に犯罪ではないのか。

しかし仕事モードでそう言われると、だんだん自信がなくなってきて言葉に詰まる。

そんな奈津を前にした真山が自信たっぷりに腕を組んだ。

「理由はないんだな」

「ありますよ！　あの、それって窃盗ですよね？　……捕まります」

とりあえず直球で事実をぶつけてみた。

「見つからないようにする。奈津が通報しなければ発覚しないから問題ない」

そんなことでへこたれる人間なら、最初から部下の下着泥棒などしないのである。

「通報は……まぁ課長だってわかったからしませんけどっ。ベランダから入るなんて危ないじゃないですか！」

「念のため命綱はつけている。だいたい山に登ればこれ以上の難所はいくらでもあるからな。別に危険でもなんでもない」

「下着泥棒のために命綱ですか⁉」

唖然とした。恐らく普段から愛用している登山道具を流用したのだろうが、そんなことに大事な道具を使って悲しくならないのだろうか。

いや、ならないから使ってるんだろうなこの人は、と自己解決する。

「まぁそんなに言うなら、今度からは奈津を脱がせて直接盗ることにするが。そろそろ使用済みが欲しかったんだ。他には？」

「いやいやいや、今さらっと変なこと言いましたよね？　それも盗らないで下さい。下着って意外と高いんですよ。上下セットで買っているから、片方だけなくなったら使いにくいし！」

ブラだけなくなって着ける機会を失ったままのショーツを思い出す。

お気に入りだった淡い藤色の小花柄ショーツ。フルカップブラは胸全体を包み込む安定感があってヘビロテしていたのに、今はなんの因果か目の前でビニール袋に収められている。悲しい。

「だったら明日新品を買ってやる。二十セットくらいでいいか？」

「にじゅっ……！　そんなにいりません！　とりあえず課長が盗んだのを返して下さい」

「それは俺のコレクションだから返せない。うちに泊まるなら貸してやる」

「課長っ！」

「なら、代わりに盗ったのと同じ数だけ新しいの買ってやるよ。これでどうだ」

「…………もう、それでお願いします……」

結局金で解決することになった。だいたい、「貸してやる」の意味がわからない。あくまでもこれらの下着の所有権は奈津にあるはずで、真山はただ盗んだだけの仮の所有者だ。それでも惚れた弱みというやつなのか、真山の口がうまいだけなのか、結局返してもらうことはできなかった。

交渉も説得も譲歩の引き出し方もうまいやり手営業課長の彼に、奈津が太刀打ちできる訳がない。こんなところに仕事で培った能力を発揮しないで欲しい。切にそう思った。

「よし、下着の件はもういいな」

「全然よくな……きゃっ！」

今日何度目かの悲鳴を上げた奈津は、ひょいと抱え上げられた。いわゆるお姫様抱っこというやつだ。

「落ちると危ないから暴れるなよ？」

慌てて真山にしがみつくと、そのままずんずんと寝室まで運ばれて、中央に位置するダブルサイズのベッドに優しく下ろされた。また奈津が逃げ出すのを恐れるかのように、枕元のランプのスイッチを入れるや否や真山が覆いかぶさる。

薄暗かった寝室に、暖色系の優しい明かりが灯った。

ふと横目でランプを見た奈津は、それがあまりにもよく知っているデザインであることに驚く。レースの縁取りがされた笠と、温かみのある木目の台座。もしもこれが奈津の持っているランプと同じなら、スイッチの部分には雪の結晶のようなマークが入っているはずだ。

「あれ？　そのランプって……？」

奈津の視線を追った真山は、瞬時に奈津の言いたいことを悟って気まずそうに笑った。

「あー、あれな。俺も買ったんだ」

「だってそれ……」

真山はデザインが気に入らなかったから譲ってくれたはず。ならば真山が追加で購入するなどありえないのではないか。

そう言って追及しようと思ったのに、無理やり顎を掴まれて、視線を正面に向き直らされた。真山の端整な顔が眼前にどアップで広がる。

「課長、まだ話終わってなっ……」

「もう黙れ。また明日聞いてやるから」

「んんっ！」

真山の唇が奈津のそれを塞いだ。美味しそうに口内を蹂躙し尽くした舌が、奈津の首筋に移動する。

熱い吐息が肌を掠めて、唾液で濡れた皮膚がチリチリする。ほとんど無理やりのような行為に抵抗しなければと思うのに、体は言うことを聞いてくれない。目の前にいるのは、おあずけされた獣のようなギラギラした目で奈津を見ている男。

お腹の奥がずくんと疼き、中途半端に火をつけられて燻っていた体が一気に燃え上がった。

「奈津……、奈津、好きだ。ずっとこうしたいと思ってた」

「……課長っ、ん、ぁあッ」

伸縮性のあるニットワンピースの胸元をぐいと引き下ろされる。ブラジャーも強引に下げられ、ぼろんと零れ出た乳房に真山が吸い付いた。

「ひぁんっ！　……あ、ぁッ、あ……！　やだ、襟が伸びちゃう……から」

「……ここで服の心配か。余裕だな」

ちゃんと脱がせて。そう言うつもりだったのに。

熱心に乳首を求めていた真山が一瞬顔を上げ、焦れたような目で奈津を見上げる。

「きゃぁっ!?」

直後に襲ってきた強い刺激に奈津は思わず声を上げた。こちらに集中しろとでも言うように、真山が熟れた尖りに噛み付いたのだ。

決して傷付けようとしてやった訳ではないとわかる、本気で痛みを覚えるギリギリ手前の強さ。甘噛みの後に強く吸われ、奈津の体が大きく震える。

「う、あ……、課長、私こういうの、あんまりしたことなくて……」

「こういうのって？　セックスのこと？」

「……っ、はい」

会話しながら胸を揉まれ、舌で乳首を転がされ、たまに思い出したように歯を立てられる。そのたびに奈津の腰が浮いて、体を、胸を、真山に押し付けるようになってしまうのが恥ずかしいのにやめられない。

奈津が今まで付き合ったことがあるのは、すぐに自然消滅してしまった高校生の時の彼が一人と、就職を機に別れてしまった大学生の時の彼が一人だ。就職してからは仕事を覚えるのに精一杯で新しい出会いを求める余裕がなく、やっと落ち着いた頃には真山に片想いを始めていた。

だから男性経験は大学生の頃の彼が最初で最後。しかも淡白な人だったから片手で数える程しかしたことがない。前戯は気持ちよくても挿入は苦痛を伴うばかりで、奈津はセックスにあまりいい思い出がなかった。

「そうか。それなら俺が一から教えてやるよ」

「……あの、だから……優しく、して下さい……」

最後のほうは、恥ずかしくてどんどん声が小さくなってしまった。

もしかしたら聞こえてないかもしれない、と思ったが、こんな至近距離で肌を触れ合わせていて聞こえないはずがない。喉の奥で唸った真山に、「無自覚に煽ったんだから自業自得だ」と、ふたたび噛み付くようなキスをされた。

5

優しくして欲しいとお願いしたはずなのに、そこから猛然と襲い掛かってきた真山はまったく優しくなかった。欲望を隠しもせず、上質そうな薄手のセーターとスラックスを素早く脱ぎ捨て、奈津の洋服も一瞬のうちに剥ぎ取る。

慣れた手つきでブラジャーのホックも簡単に外され、ベッドの下に放り投げられた。

「やっ……」

真山の手がショーツにかかったところで、奈津はその手を押さえて身じろぎする。

ここまできてやっぱり止めた、などと言うつもりはない。しかし、やはり最後の砦である薄い布を脱がされるのは恥ずかしくて、ついついその手に逆らってしまう。眉根を下げて小さく首を横に振ると、真山が意地悪く唇の端を上げた。

「じゃあ、このままでヤるか」

「……え?」

「別に構わないぞ。むしろそのほうが俺としては好都合だしな」

宝物を見つけた少年のように呟く真山に一体なにをと問う暇もない。あっさりとショーツから離れた手が奈津の太ももを下から持ち上げる。

「ひゃあぁっ！　な、なんでっ、こんな格好……っ！」

ぐい、と開脚させられた奈津は必死に抵抗するが、脚の間に真山が陣取っているためまったく閉じることができない。それどころかさらに脚を広げられ、強い力で固定されてしまった。

「奈津を気持ちよくしてやるために決まってるだろ」

壮絶な色気を伴ってニヤリと笑った真山が、おもむろに頭を下げる。まさか、と思った瞬間には奈津の下肢に真山の口が寄せられていた。

「…………っ！」

初めての衝撃に声にならない悲鳴が漏れ、奈津は慌てて口を手で押さえる。

手始めに大きな舌でべろんと舐められたかと思うと、その直後、繊細な動きに変わった。

唾液をたっぷりと絡ませた舌で下着越しに秘所をチロチロと刺激され、すぐにショーツはどろどろになってしまう。

「んっ……あんっ、だめ……汚れちゃうからっ」

しかし奈津にはわかっていた。ショーツが濡れているのは彼の唾液のためだけではない。先ほどから体の奥がきゅんきゅんと脈打っていて、そのたびにこぷりと淫らな蜜が零れ落ちている。興奮のためにふっくらと膨らんだ小さな丘を食まれると切なさと気持ちよさに襲われて、「ふぁん……」とため息にも似た声が漏れた。

「ん……、課長、わたし……」

「どうした？　気持ちいいんだろ？」

「……はい、……あっ……」

少し前までじたばたと暴れていた奈津だが、すっかり抵抗する気力をなくしてしまった。下腹部からせり上がる快楽で、全身が水飴のようにどろりと溶けてしまったみたいだ。脚を開いて無防備な肉体を曝け出したまま、真山から与えられる刺激に素直な反応を返す。

たまにぴくんと脚を震わせる奈津を見て、真山は「とりあえず一回イッておこうな？」と優しくささやいた。

「えっ……イクって……、やああっ」

じゅん、と敏感な部分に強く吸い付かれ、奈津はその不意打ちに目を見開いて悲鳴を上げた。

　今まで刺激されていた部分よりも少し上にある、怖いくらいの快感を生み出す小さな肉の粒。薄い下着と一緒に口に含んで嬲られると、べっとりと濡れた布の感触がダイレクトに伝わって腰が砕ける。分厚い舌で円を描くようにぐりぐりと押し潰され、体が溶けてなくなってしまいそうな錯覚さえした。

「ふあぁっ、そこっ……そこやだぁっ！」

「イイの間違いだろ？　奈津は意外と素直じゃないんだな」

　気持ちいいのに、いや気持ちいいからこそ、自分がおかしくなってしまいそうで怖いのだ。イヤイヤと首を振ると、真山に似合うと褒められたダークブラウンの髪がパサパサと音を立ててシーツに沈む。

　しかし見え透いた嘘をついた奈津を戒めるかのように、真山はさらに花芯を攻める力を強める。奈津の羞恥を煽るためなのか、じゅるじゅると派手な音を立てながらショーツにむしゃぶりついている。

「ふぁ、あっ、ア、……あああぁっ！」

　ぎゅっと握った枕に顔を擦り付けるようにして、奈津は体の中を駆け巡る強い快感をやり過ごした。

きゅうっと体が丸まって、突き放したいはずの真山の頭を太ももで挟んでしまう。お腹の奥のほうで、なにかが小さな爆発を起こしたような感覚。目の前が真っ白く塗り替えられた気がした。

「んっ……な、に……?」

しばらく放心状態になっていた奈津がやっと我に返る。荒い息のままで途切れ途切れに言葉を発すると、真山が軽く目を瞠った。

「なんだ、今までイッたことなかったのか?」

「わか……ない……。こんなの、初めて、で」

戸惑う奈津の様子を満足げに見つめた真山は口元を拭う。それから小柄な奈津に覆いかぶさるようにして耳元に口を近付ける。

「気持ちよくなりすぎてバカになるってことだ。俺が奈津に本当に気持ちいいことを教えてやった、初めての男だな」

「う……、は、はい」

こめかみにちゅっとキスをされて、奈津は顔を熱くしながら小さく頷いた。そんなこと、口に出して言わなくてもいいのに。

でも、「初めて」という言葉にきゅんとときめいたのも事実。今まで知らなかったことを彼にたくさん教えてもらって、彼の色に染まりつつある自分が少しくすぐったい。

「なぁ、奈津」

「……なんですか?」

隣にごろんと横になった真山が、奈津に腕枕をしてぐいっと引き寄せた。そして自由になったほうの手を使い、まだ絶頂の余韻が残る体をいやらしい手つきで撫で回す。やわやわと胸を揉み、脇腹を撫で、小さな臍のくぼみを伝っていく手に、奈津は思わず声を上げてしまった。

「……んっ」

一度落ち着いた官能を呼び覚まそうとするようなその動きに、お腹の奥で燻っていた種火がまた勢いを増す。

「ふぁっ……あ、……んっ……」

「奈津、可愛い」

いつしか真山の手は、奈津が唯一まとっている小さな布地へと到達していた。ぐちゃぐちゃに濡れそぼっているそこを繊細なタッチで揉まれると、奈津は腰が砕けたみたいに力が抜ける。

だから、その隙に真山に片脚を拘束されて思いっきり開脚させられたことにも気付くのが遅れてしまった。

「課長……っ、それ恥ずかし……っ!」

「恥ずかしいほうが気持ちよくなれるだろ？　ほら、濡れたパンツが張り付いて、穴の形まで全部見えてる」

ここだろ？　と言いながら真山の長い指がショーツのある箇所を押す。過敏になっている部分に食い込んだ指の感触に、奈津は身を震わせて悶えた。

「……えっ、やだ、見ないで……っ」

「今さらそんなお願い聞くと思ってるのか？　ほら、奈津の小さい穴がさっきからヒクヒクしてる。こんなに小さくて、ちゃんと俺の物が入るのか心配だな」

「や……、あぁっ」

奈津の耳元に顔を近付けた真山が吐息を漏らしてかすかに笑った気配がして、奈津はぶるりと体を震わせた。息を吹きかけるようにささやかれるたびに熱い吐息が首筋をくすぐり、悪寒にも似たゾクゾクとする感覚に翻弄される。

「ちゃんと入るように、ここをしっかりほぐしてやるからな」

クロッチをずらした真山の指が奈津のぬかるみにぴたりと当てられた。

すでにとろとろになっていたそこは侵入者を誘うように蕩け、つぷんと埋め込まれた指を優しく包み込む。

「ん……っ！」

太い指が奥へ奥へと進む衝撃に声を上げそうになったが、その声が音となる前に真山の唇に口を塞がれた。肉厚な舌がゆっくりと咥内を掻き回し、それと同時に二本の指が膣内を進む。声すらも満足に上げられず、片手は指を絡めて拘束されている。両方の口も塞がれてしまっていて、奈津は磔にでもされた気分だ。

「聞こえるか？　ぐちゅぐちゅ言ってる」

ふいに唇を離した真山が奈津にささやいた。そして奈津に聞かせるためだけに指を動かすと、空気と混ざった愛液がぐぷぐぷといやらしい音を立てる。

「やっ、やだ、聞きたくな……」

「駄目だ。奈津が気持ちよくなっている音だろ？　こら、耳を塞ぐんじゃない」

奈津は自らの下肢が立てる卑猥な音を聞きたくなくて、自由になっているほうの手を耳に当てた。しかしすぐにその手も真山によって簡単にひとまとめにされてベッドへと押し付けられてしまう。

「悪さをする手はこうしておこうな」

「やんっ、……あっ、もう、いじわる……しないでっ」

奈津の目からぽとんと水滴が零れ落ちた。

別に悲しかった訳ではない。多分これは快感からくる生理的な涙。滲む視界の中で、激しく指を動かす真山が美味しそうに涙を舐めとっている。

彼がこんなに意地悪だったなんて知らなかった。仕事に関しては厳しいけれど、それ以外はいつも優しくて物腰の柔らかい人だったのに。こうやって一番近いところにやってきた途端に牙を剥くなんてひどい。

「なんでだ、すごく優しいだろ？　今だって、ほら」

「ふあああぁっ！」

奈津の中でなにかを探すように動いていた指がある一点を掠めた途端、そこから痺れるような感覚が伝わった。無意識のうちに腰が跳ねる。

「やっ、……あ、……な、なに？」

「ここが奈津のイイところなんだな。わかるか？　この腫れてるところを擦られると気持ちいいだろう？」

「あっ、やっ、そこ……！　あっ……あぁっ……！」

自由にならない体をくねらせて奈津が悶える。くちゅくちゅと音を立てながら、優しい動きで刺激される。奈津が気付かない間に、いつの間にか指は三本に増えていた。

「やっ……こわい、またきちゃうのっ！　あッ……、あぁぁんっ！」

入り口近くのお腹側にあるその場所を何度もこりこりと攻められ、さらに感じやすくなっている花芯まで親指で押し潰された奈津はすぐに高みに上り詰めた。真山の太い指を締め付けながら、またなにも考えられなくなる。その最中も執拗に指で刺激され、開きっぱなしになった口からは意味を成さない喘ぎ声だけが漏れ出てしまう。

やっと奈津の呼吸が落ち着いた頃、真山の指がずるりと体内から出ていく。その刺激にすら小さく声を上げて反応してしまい、自分の感じやすさに泣きたくなった。

「ほら、優しかっただろ。ちゃんと気持ちよくなったもんな？」

「う……、……は、い」

気持ちよかった、けど全然優しくなんかない。ずっと真山のペースで快楽漬けにされている。

しかし立て続けに絶頂に導かれた奈津には反論する気力などなく、ぼうっとしながら素直に頷く。その従順な返答を聞いて満足げに笑った真山は、力なく投げ出された奈津の脚からショーツを引き抜いた。散々いじり倒されたショーツは様々な水分を吸収してしっとりと重い。

彼はそれを恍惚とした表情で眺め、あとで回収してコレクションに加えるために枕の下に押し込んだのだが、この時の奈津は知るよしもなかった。

それから真山は目の前で蜜を零し続ける花に、ふたたびむしゃぶりつく。

「あぅ！　……ア、あぁっ！　もうやだっ、むり……！」

「大丈夫、女は何回でもイケるから。ほら、もっかいイッとけ」

「やぁあんっ！」

真山の舌がぷっくりと腫れ上がった小さな花芽を捉える。真っ赤に充血したそれをクリクリと刺激され、奈津は切なくなって悲鳴を上げ続けた。

「あ、あああっ……！」

あれから一体どれだけ経ったのか。もう何回目かわからない白い光が目の前でスパークした。

元々経験が少ない上、数年ぶりの性交渉だというのに何度も上り詰め、奈津はすでに息も絶え絶えだ。はくはくと口を動かして、部屋に漂う濃密な空気を取り込む。

いつの間にか下着を脱がされていたあたりから奈津の記憶は途切れ途切れだ。丁寧に皮を剥いた小さな芽を舌で直に扱きながら、とろりと蕩けた蜜壺を刺激されて何度も絶頂に導かれた。意識が飛びそうになると痛いくらいに胸の先を摘まれて現実に引き戻される。最後にはそれさえも快感として認識するようになった自分が恐ろしい。

「奈津、大丈夫か？」

「んっ……はい……」

ゆるゆると体内を刺激している真山に優しく問いかけられる。労るように額にキスをされ、汗で張り付いた前髪も丁寧に払ってくれた。すべてを忘れてしまうような快感の合間のこんな穏やかな触れ合いは、奈津にとって砂糖菓子のように甘いご褒美だ。少し前の奈津なら、ずっとこうしているだけで満足だっただろう。

しかし短時間ですっかり開発されてしまった奈津の体は、さっきからずっと決定的ななにかが足りないと悲鳴を上げ続けている。体の奥の奥が疼いて仕方ないのだ。指より長いものでなくては届かない、もっと深いところ。指より太いものでなくては得られない、圧迫感。無意識のうちに腰が揺れ、いまだ挿入されたままの真山の指をきゅうきゅうと締め付ける。

「ね、おねがっ……はぁ……あ……、もう、助けてっ……」

「どうして欲しいんだ？　言ってくれないとわからない」

ぐちゅ、と音を立ててふたたび指が動き始める。

「やだぁっ！　それじゃない！　それじゃないのぉ！　それじゃ、なくって……！」

「じゃあ、なにが欲しいんだ。言えるだろう？」

欲しいもの。奈津の頭が淫らな欲求でいっぱいになる。

なにが欲しいかと聞かれたら、それは一つしかない。もっと太くて、長くて、さっきからぬるぬるとした先走りを奈津の太ももに塗りつけている――

「……くだ……い」

「聞こえない」

「か、課長の……」

「もっと大きな声で」

「……課長のっ、太くて、大きなものを……下さいっ」

もうこれ以上なにも考えられない。寂しくて仕方ないと涙を流し続ける蜜壺を満たして欲しいという一心で、奈津は恥も外聞もかなぐり捨てて叫んだ。

焦らされ続けた体は熱を持て余してぴくぴくと震え、頭の中は回路が焼き切れてしまったみたいに思考が停止している。

「上出来だ」

よく躾けられた犬に対するかのように褒められて、奈津はその言葉に安堵のため息を零した。やっと欲しかったものが与えられる、そう思ったのに——

ベッドサイドのチェストに手を伸ばしかけた真山が、一瞬躊躇ってから手を止めて、もう一度奈津の脚を抱え直す。

「悪い……。三年ぶりって言っただろ。今ゴムを持っていない」

どろりと溶けた膣口に、生身の屹立が押し当てられた。ぐぷり、と切っ先を埋めながら、真山が奈津に告げた。

「……え?」

「このままじゃ、避妊できないな。俺はそんな無責任なことはしたくない」

待ち望んでいたはずの熱はすぐに引き抜かれる。そのままドロドロに蕩けた割れ目を縦になぞられ、慎ましく存在する花芯がぎゅうぎゅうと押し潰されると、奈津の体がびくびくと反応する。真っ赤に充血してピンと勃ち上がった小さな肉粒は、可哀想なくらいに敏感だ。

「……えっ？　やだ、やだやだやだ！　もう……っ！」

真山の汗ばんだ腕を力の入らない手で掴んだ奈津は、むずがる赤子のように首を横に振った。

これ以上焦らされたら頭がおかしくなってしまう。奈津の蜜口はだらしなく愛液を垂れ流し、ひくひくと震えてその硬い肉棒を待ち望んでいる。お腹の奥、子を生すための器官がきゅんきゅんと疼いていて、今すぐめちゃくちゃにしてもらいたい。

「今からコンビニで買って来るから、ちょっと待ってろ」

「嫌っ！」

奈津は思わず叫んだ。ここで放置されるなんて拷問以外のなにものでもない。目の前にある硬いそれを与えて欲しい。

欲しくて、欲しくて。獲物の蝶を捕まえる蜘蛛のように、奈津は細い手足を真山の引き締まった体幹に絡みつかせる。

「なにもいらないから……っ、このまま入れてっ！」

「……いいのか？」

「んっ、なにも……つけなくて……ぁああああぁぁっ！」

彼は涼やかな目元を淫靡に細めてうっそりと微笑む。その眼差しに隠されているのは、愛しさと、加虐心と、征服欲。——奈津は後で知ったのだが、実はいつか奈津を連れ込んでやろうと思って準備していた避妊具はベッドサイドのチェストの中で眠っていた。しかしそれを使うか使わないか、真山は賭けに出たのである。

蝶を捕まえたと思っていた蜘蛛は、実は罠に掛けられていたのだ。

奈津の愛液をまとって侵入した真山は、引き込むような膣の動きに抗わず一気に奥まで突き入れた。

「あああっ！　課長っ、課長……っ」

「奈津、俺の名前知ってるだろ。言ってみろ」

「きょう、すけさん……っ、は、ぁあっ！」

「いい子だな」

今まで自分でも知らなかった弱い部分を中心に、膣壁を削り取るように動かされる。

あまりの快感に思わず逃げようとすると、強い力で骨盤を固定されて何度も何度も攻め立てられた。もうなにも考えられなくて、奈津はリミッターが外れたかのように激しい喘ぎ声を上げ続けるしかできない。

「あっ、ぁあんっ……！　も、だめ、そこ、ゴリゴリってしちゃだめっ」

「上の口は本当に嘘つきだな。下の口は悦んで呑み込んでるぞ」

「……ふぁあっ、言わ、ないで……」

真山が引き抜こうとするたびに肉襞が追いかけるように絡みつき、突き入れれば歓喜して迎え入れる。そんな奈津に煽られ、真山にもすぐに頂点が見え始める。

「……く、……悪い、そろそろ限界だ」

「あぁっ、イクっ……わたし、も、イッちゃうっ！」

「……いいぞ、何度でもイけ」

「…………っぅああああっ！」

奈津の膣内が断続的に強く痙攣し、真山の屹立をうねるように締め付けた。

つま先をぎゅっと丸め、太ももを強張らせて、一体何度目かわからない高みに上り詰める。一際強く下腹部が押し付けられたと思った瞬間、奈津の一番奥の深いところに熱い迸りが叩きつけられた。

「……奈津、大丈夫か？」

「は、い」

恍惚としたまま荒い息を吐いていた奈津は、労るように問いかけられてゆるりと真山を見つめ返した。

彼の目には今までのような激しさはなく、ただ純粋な心配の色がある。宝物でも扱うかのように優しく頭を撫でられて、奈津は無意識のうちにその手に頭を擦り付けていた。目を閉じると、真山への愛しさが込み上げる。

「お前さ、なんでそういうことするかな？」

「……んっ！」

穏やかな空気が流れ始めていたはずのベッドの上で、真山がふたたび腰をゆらめかせた。その刺激にぴくんと体を震わせた奈津は、悩ましげな吐息を無意識のうちに吐き出していた。

奈津の中で力をなくしかけていた真山のそれが、ぐんと大きさを取り戻す。

「え？　……課長、なんでっ」

「恭介、だ。奈津が可愛すぎるのが悪い」

「なにそれ！　もうだめ……っ」

そう言いながらも体は正直で、さらにきゅうきゅうと締め付け始める。

その反応に気をよくした真山は下腹部にある、ごわごわとした茂みを擦り合わせ、ばたばたともがく奈津の鎖骨をべろりと舐め上げた。下腹部からは、じゅくん、と粘液が泡立つような音がする。

「安心しろ、ちゃんと責任は取ってやる」

「責任？　って、え？　……あれ？　も、もしかして中で……っ!?」

途端に血の気が引いた奈津と対照的に、真山は上機嫌で奈津の白い腹に手を当てる。飽きずに奈津の腹を撫でる真山の切れ長の目が綺麗に弧を描いていて、奈津は思わずその顔に見惚れてしまった。

下着泥棒でも、同意なしの中出し野郎でも、一応この人は二年も片想いした真山課長だ。仕事中の真剣な表情を自分のデスクからこっそり盗み見たことは数え切れないくらいある。飲み会で部下に囲まれ目尻を下げて笑っているところも、会場の隅から同僚の肩越しに目に焼き付けていた。

その課長が、今最も親密な部分で自分と触れ合っている。

「奈津がつけずにやれって言ったんだぞ。まぁできてもできてなくても、お前を放す気はないから安心しろ。この休み中に奈津の実家に挨拶に行こうな」

「え……、それって」

「式は予約や準備も必要だから、まぁ一年後ってとこか。入籍だけは先にしてもいいな。そのほうが一緒に暮らす時に不動産屋に話を通しやすいだろ。あ、このマンションはすぐ引き払うぞ。隣からだと簡単に侵入できる構造だからセキュリティが心配だったんだ」

侵入した張本人がそれを言うなと言いたい。そんな突っ込みどころ満載な真山の言葉で、予想もしていなかった展開にぽかんとしていた奈津も冷静さを取り戻した。そして、じわじわとその言葉の意味を理解する。強引な発言とは裏腹に、どこか余裕のなさげな顔をしている男への返答は——

「いや、です」

その瞬間、空気が固まった。甘い雰囲気の中には似つかわしくない拒絶の言葉に、頭の上で小さく息を呑む気配がする。

よしよし、奈津の意図した通りに彼は勘違いしているようだ。

「……プロポーズは後日ちゃんとして下さい。こんな風に裸でぐちゃぐちゃな時は、嫌です」

悪戯が成功したのを確信して、奈津は真山の顔を覗き込んだ。

下着を盗まれ、勝手に中出しをされ——いや確かにゴムを着けずにしていいと許可したのは自分だが、中で出してもいいとは言っていない——さらに下腹部に挿入されたまま求婚されたのだから、このくらいの仕返しは許されるだろう。

真山は呆然と口を開けて、普段のキリリとした表情が嘘みたいに情けない顔をしていた。

そんな様子にほくそ笑んだ奈津だが、次第に表情を取り戻す真山を見て、あ、これはやばい、と血の気が引く。この顔は、理不尽なクレームとキャンセルを繰り返した上に不当な値引きを要求してきた取引先を切り捨てた時の顔と同じだ。

真山を手玉に取ろうとしたのを後悔してももう遅い。

「わかった。奈津がそう言うなら俺もやぶさかではない。ベタに夜景の見えるフレンチレストランでタキシードを着て、年の数だけ薔薇の花でも持ってくか。それから給料三ヶ月分のダイヤもいるな。あれは手取りと額面のどっちで計算すればいいんだろうな？　額面でいいか」

「課長！　そんなのいらないですから！」

一旦要求を呑むところも、仕事の時と一緒。

「いや、来週レストランを予約しておくから遠慮するな。その代わり――」

「ひゃうっ！」

ぐるん、と体をひっくり返された。真山に組み敷かれ、ベッドのシーツにべったりと押し付けられる。奈津の耳元に、真山の口が寄せられた。

「俺の気持ちを弄ぶ悪い子には、躾が必要だな？」

怒り狂っているのより遥かに恐ろしい、穏やかな笑顔で死刑宣告をするところも一緒。だが静かなその声の奥には小さな狂気が宿っている。

「ごめんなさいごめんなさいごめんなさい！　もうしません！」

「安心しろ。痛いことはしない。むしろ気持ちいいことばかりだ」

それが怖いんです！　と言うはずだった奈津の口は、次の瞬間から喘ぎ声しか上げられなくなった。先ほど体内に放った精液を潤滑油にして揺さぶられる。

「一回出したから、今度は余裕があるぞ。日曜までゆっくり楽しもうな？」

「やっ、やだっ……んぁあっ！」

結局明け方まで貪（むさぼ）られた後は泥（どろ）のように眠った。昼前に起きると栄養バランスに優れた食事を与えられ、その後はまたベッドに逆戻り。とはいえ、また改めて肉欲の宴（うたげ）が開幕した訳ではない。

「さっき奈津の寝顔を見ながら抜いてしまったから、さすがにもう出すものがない」

「はぁッ!?」

恐ろしい事実を神妙な顔で告（つ）げる真山をとりあえず殴ってから、ベッドの上でじゃれ合うのはとてつもなく幸せだった。

「ねぇ、恭介さん」

「なんだ？」

うっとりと呟（つぶや）く奈津に、甘い声で真山が答える。腕枕をしてもらって髪を撫（な）でられ、ペットの猫ってこんな気持ちなのかな、と奈津は思った。

それに昨日の夜までは「真山課長」と他人行儀に呼んでいたのに、いつの間にか「恭介さん」が定着してしまった。まだ少しくすぐったさが残るものの、こう呼べるのは至上の喜びだ。しかし、とりあえず先に確かめたいことがある。

「昨夜私が脱いだ下着、どこにやりました？」

奈津の髪を撫でている手が一瞬止まった。そして涼しい顔をした真山があからさまに目を逸らす。

現在の奈津の服装はいわゆる彼シャツというやつだ。朝食の前に真山が新しい洋服を貸してくれたのだが、前日につけていたはずの下着は見つからず、代わりに数ヶ月前から行方不明になっていた下着を渡された。

「今私がつけてる下着は、さっきビニール袋から出したものですよね？」

「………」

返して下さい、この変態！　と叫んだ奈津の声は、防音効果の優れているこのマンションにおいて、部屋の外に漏れることはなかった。

6

真山恭介、三十四歳。

入社直後から、そのタフな行動力と冷静な判断力で好成績をキープ。数年間のロンドン勤務を経て、二年前に最年少課長として本社建設機械部門に配属された。将来を嘱望される大手総合商社の若手営業課長である。

趣味は大学時代から続けている登山と、職場の部下の下着鑑賞。特技はネイティブレベルの英会話と、誰にも気付かれず隣室のベランダに侵入することだ。

合コンで披露すれば一発でその場が凍りそうなプロフィールだが、そんな規格外の恭介にも最近恋人ができた。というか昨夜、力業で交際に持ち込んだ。

急転直下の展開に奈津はいまだに目を白黒させているが、そうやって驚いているうちにすべて自分のものにするつもりだ。日頃から部下にはスピード感を持って仕事をしろと言っているのだから、まずは自分で実行しなければならない。

せっかく捕まえた奈津を逃してはいけないとばかりに早速外堀を埋めることにした彼は、今から彼女の両親に挨拶に行くところである。昨夜、事情聴取の続きは日曜で、と警官に指定しておいて正解だった。奈津を手に入れるためにやるべきことを瞬時に計算し、一日の猶予を持たせておいたのだ。

「……なんだか夢みたいです。こうやって恭介さんの隣に座ってるなんて」

初めて座る革張りのシートで小さくなっている奈津はどこか所在なさげだ。そういう控えめなところも好ましいが、恋人になったからには思う存分甘やかして、好きなだけワガママを聞いてやりたいとも思ってしまう。

「これからはその助手席が奈津の定位置だからな。そうだ、夢だと思うなら思いっきり頬をつねってやろうか？」

「や、やだ、やめて下さいっ」

　赤信号で止まったタイミングでニヤリと笑って手を伸ばせば、奈津はあたふたと逃げようとしてシートベルトに阻止(そし)されていた。ぎゅっと目を瞑(つむ)った奈津が可愛くて、頬(ほお)の代わりに軽く鼻を摘(つま)んでやる。

「もう！　ひどい！」

「鼻声で言っても迫力がないな」

　こうして当然のように肌を触れ合わせるコミュニケーションを取れるのも、恋人同士になった故(ゆえ)だ。やっと手に入れた恋人を前にして、こんな些細(ささい)なことにも幸せを感じてしまう。


　恭介が奈津に出会ったのは今からちょうど二年前、新任の課長として本社配属になり課員と初めて対面した時だ。アクの強そうな営業部員達に囲まれていたせいか、初対面の印象はあまりない。多分、大人しそうだなと思ったような気がする。

　それが実際に同じ職場で働き始めてから、奈津に対する印象は「大人しいが仕事はキッチリやる。そして可愛い」に変わった。決して出しゃばらず、声を荒らげることもない。飲み会の席ではいつも隅っこのほうで静かに呑んでいるようなタイプなのに、営業のサポートはピカイチだった。彼女が作る資料は丁寧に要点が整理されており、無茶な日程で発注の依頼を掛けてもなんとか手配をしてくれる。書類の入力も伝票の処理も速い。

一度だけ、かなり強く仕事上のミスを叱責したことがあった。ちょうど、くだらない理由のトラブルが続発していた時期で心の余裕がなく、なかば八つ当たりのように接してしまったのだ。しまったやりすぎた、泣かれるか、とヒヤリとしたが、奈津は瞳を潤ませながら口をぎゅっと結んで、決して泣かずに謝罪した。

そういう芯の強さを持ちながらも、いつもにこにこと笑顔を絶やさない。そのおっとりとした優しい声色で「お疲れ様です」と声を掛けられると、本当に疲れが取れる気がした。あぁ、こういう子と家庭を築けたら心癒されるだろうなぁ、いつの間にかそんな未来を夢想するようになっていた。

しかし問題が一つ立ちはだかる。奈津のガードが意外に堅かったのだ。

仕事上の必要事項をやりとりする以外には絶対に自分から近付いてはこないし、タイミングを見計らって恭介から話し掛けてもいつも緊張で身を固くする。他の同僚とは楽しく会話していても、恭介が現れると途端に口数が少なくなった。勤務中は部下に厳しく接しても、それ以外の時間は親しみやすいフランクな態度であるよう心がけているのだが、奈津にとって自分はまだ心を許せる相手ではないらしい。

ふとした瞬間に好意的な視線を感じることがあるから決して嫌われてはいないと思うが、それに気付いて振り向くと慌てて目を逸らされてしまう。例えるなら警戒心が強い子猫のようで、下手に距離を縮めると怯（おび）えて逃げ出してしまいそうだった。

仕方ない、しばらくはストーカーで我慢するか。

そう決めた恭介は、早速奈津の自宅近くに引っ越すことにした。やはり自宅が離れていると後を尾（つ）けるにも不便だし、偶然を装（よそお）って休日に顔を合わせるのも無理がある。

奈津は直属の部下であるため、住所は簡単に知ることができる。幸運なことに実家ではなくマンションで一人暮らしだったため、近くの不動産屋に片っ端（かたっぱし）から駆（か）け込んで、このマンションに住みたいから空（あ）きが出たらすぐに連絡が欲しいと予約して回った。最初は不審（ふしん）な目をされたが、身分証と肩書きを見せて「あのマンションは風水的に最高の立地なんだ」と適当に理由を伝えておいたら話はトントン拍子（びょうし）に進んだ。相手の信頼を獲得するためのトークはお手の物である。

結局入居するまで一年近く空（あ）きを待つことになったが、奇跡的に隣の部屋を契約できたから満足だ。侵入しやすさを考えると、できれば隣か真上、もしくは真下の部屋に入りたかったのだ。

「恭介さん、下着に関しては色々と思うところはありますが、助けて頂いて本当にありがとうございました」

奈津が改まったように頭を下げる。『色々と思うところはある』というのはどういう意味だろう。それはつまり『恥ずかしくて口には出せないけれど、助けたお礼に好きな下着を一枚持って行ってもいいですよ』という意味だろうか。

よし、あとで吟味しよう。

「姫がピンチの時に、ヒーローが颯爽と助けに入るのは定番だろ」

恭介がそう言うと、奈津が破顔一笑して軽く肩を叩く。

「んもう！　でも、ほんとにあのタイミングで出てきてくれてよかったです。コンビニにでも行くつもりだったんですか？」

「いや、あの時間に宅配なんておかしいから様子を見に行ったんだ」

あの時は本当に焦った。深夜零時という時間に宅配便が来るなんて普通ではありえない。だというのに奈津がなんの疑いもなくドアを開けたからだ。

そういえば最近、深夜に宅配便やガスの点検を装って犯行に及ぶ暴行魔がいるとニュースで見たぞと危険を感じて駆けつけた。間に合って本当によかったと思う。

「え……？　でもこのマンション、防音はすごくいいですよね。よく聞こえましたね」

怪訝な表情の奈津に言われ、恭介はしまったと内心で舌打ちする。

そういえば秘密にしていたんだった。あれがあまりにも恭介の日常と化していて、当然のものとして話題に上げてしまった。

なんとか誤魔化そうとしてみるが、一度疑い始めた奈津は止まらない。

「え？　どうして聞こえたんですか？　だって、私の家はドアも窓も閉まってたのに……」

　きょろきょろと不安げに目を動かす奈津が、必死になにかを思い出そうとする。

「うそ、……まさか、盗聴とか……」

「…………」

「はぁっ!?　ちょっとどうやって…………あ、あのルームランプ！」

　恭介の無言の返事を肯定だと受け取ったのだろう、奈津はすぐに辿り着いた。簡単に暴行魔の侵入を許す程ぽやぽやしているくせに、こういうところは鋭いらしい。

「よくわかったな。二次会の景品だったっていうのは嘘だ。俺が自作した」

　バレたものは仕方ない。驚きのあまり絶句している奈津に、恭介はあっさりと白状した。そして丁寧に説明してやる。

　もともとあのランプは恭介が家電量販店で買ってきたものだ。盗聴器を設置するスペースがあり、分解が簡単、なおかつ絶対に部屋で使ってくれるように、奈津が会社で持っている私物と色合いや装飾の系統が似たものを選んだ。緻密に計算し尽くした上で選んだランプは予想通り奈津のお気に入りになったようで、渡した直後から電源が入り、恭介は一人でほくそ笑んだ。

　それ以来、自宅に帰るとすぐに盗聴器の受信機のスイッチを入れ、奈津の生活音を聞きながら過ごすのが恭介の至福の時となった。たまに独り言や着替え中の衣擦れの音をキャッチできると非常に興奮した。

「俺の寝室にあったものは分解の練習用だ。ちなみに盗聴器の電源はランプがコンセントに接続されている限り半永久的に作動するAC電源式だ」

「そこ、胸を張って言うとこじゃないですよね？」

「万が一部屋に侵入されていたとしても、室内の会話は全部聞こえてるからな。奈津に危険が及んでいるようなら、ベランダ伝いに侵入して、窓ガラスをぶち破って助けに行くつもりだったから安心しろ」

「なっ……！　恭介さんの存在が一番安心できません！」

奈津の悲痛な叫び声が響く中、二人の乗った車は奈津の実家の駐車スペースへと滑り込む。

「やだわ。この子ったら、お付き合いしてる人がいるなんて一言も言わないんだから！このまま孫の顔が見られないんじゃないかって心配してたんですよ。ねぇ、お父さん」

「……あぁ」

「妹のほうは幼稚園の頃から彼氏がいるのに、奈津はもう全然で……。ほんと、三十前に片付いてくれてよかったわぁ。ねぇ、お父さん」

「……うむ」

奈津の実家に到着すると、明るくてお喋りな奈津の母に熱烈な歓迎を受けた。顔立ちと、小柄でちょこまか動くところが奈津によく似ていて、恭介は微笑ましい気持ちになる。

それに対して地元の信用金庫で副理事長をしているという奈津の父は先ほどからずっと仏頂面で、最長でも一度に二文字しか喋らないというわかりやすい不機嫌さだ。そんな雰囲気なのにピンクのファンシーな座布団に座っているのがシュールだが、誰も突っ込まないところを見るとこれが定位置なんだろう。

「それで？　式はいつ頃にする予定なの？」

奈津の母がわくわくと恭介に問いかける。夫のことは完全に無視している。恐らく突然娘が嫁に行くと聞いてショックを受けたせいでこんな態度を取っているんだろうに、奈津の母はどこ吹く風だ。哀愁漂う父親の姿に、同じ男として同情を禁じ得ない。

「来年の今頃を考えています。きちんと結納も行いたいですし、結婚式は女性の憧れだと聞きますので、準備期間を考えるとそのくらいが妥当かと」

「まぁ！　こんなしっかりした方にもらって頂けて、奈津は本当に幸せだわぁ。ねぇ、お父さん」

「…………」

とうとう奈津の父が喋らなくなった。ふてくされたように横を向き、ずずずっとお茶を飲む。さっきより小さく見えるのは気のせいだろうか。

「もう、お父さんったら拗ねちゃってるのよ。ほら、幼稚園の頃に『将来はパパと結婚する』なんて言ってるのを撮ったビデオがあるでしょ。あれをＤＶＤに焼き直していまだに見返してるんだから。それでそれで？　出会いはどんな感じだったの？」

ほとんど学生の恋バナのようなノリである。しかし恭介にとっても、これは奈津の恋人だと宣言できる初めての機会だ。これまではずっと後を尾けたり物陰から盗撮したりするだけだったが、これからは堂々と隣を歩ける。その喜びから、恭介はハキハキと答えた。

「奈津さんが二年前に私の部下になったのがきっかけです。仕事に対する真摯な姿勢や朗らかな笑顔に惹かれて（下着泥棒をして）いました。先日奈津さんが犯罪被害に遭いかけていると（盗聴をしていたから）気が付きまして、それを未然に防いだことで交際に発展しました」

嘘はついていない。ただ少し省略した部分があっただけで。

「ちょっとお父さん聞いた!?　もう、意地張ってないで素直に認めなさいよ」

「………フン」

奈津もその母も呆れ顔だが、奈津の父はすっかり拗ねてしまっている。男は繊細な生き物なのだ、もっと労ってあげて欲しい。そう思っていた時、奈津の母がちょうどよい質問をしてくれた。

「ちなみに真山さん、ご趣味は？」

これだ。この質問を待っていた。もしも聞かれなければ、自分から話題を振って話そうと思っていたところだ。

「学生時代に山岳部に入っておりました。その時の友人と今でも山登りをするのが仕事の息抜きです」

「なに!?　君、山が趣味なのか！」

案の定、奈津の父が思いっきり食いつく。先ほどまでの渋い顔が嘘のように輝き、テーブルに手をついて身を乗り出してきている。

さっきから不機嫌な父とのやりとりをハラハラしながら聞いていた奈津は、少し引き気味だ。

「はい。秋の連休には白馬三山に登ってきました。白馬鑓温泉の露天風呂が絶景でしたね」

「ちょ、母さん酒持ってこい！　今日は美味い酒が呑めそうだ！」

「はいはい。お父さんの山アルバムも持ってくるわね。それから真山さんからのお土産の日本酒、お父さんが大好きな銘柄ですよ」

駄目押しのように奈津の母が付け加えると、奈津の父は膝をぽん！　と叩いて「なんと見所のある若者だ！」と叫んだ。この変わり身の早さに、奈津があんぐりと口を開ける。気持ちはわかるが、チョロさで言ったら奈津といい勝負である。奈津は外見は母親似、内面は父親似なんだなと密かに思った。

「恭介さん、お父さんに気に入られるの一瞬でしたね」

せっかくだから泊まっていけ！　と引き止める奈津の父に丁寧に断りを入れ、恭介は奈津とともに帰路に就いた。

「恭介くんもまぁ一杯」と言うのを「お義父さんに呑んで頂きたくて蔵元から取り寄せたので、すべてお義父さんが呑んで下さい。僕は遠慮させて頂きます」と断ると、さらに感動して泣かれた。本当は車で来ているから呑めなかっただけなのだが、物は言いようである。

「仕事柄コミュニケーション能力は高くないとやっていけないからな。それに勝算があったから特に心配していなかった」

「勝算？」

奈津が不思議そうにする。まぁそうだろう、今まで奈津には言っていなかったのだから当然だ。

実は恭介は、奈津の父の趣味がアウトドアで山登りにもよく行っていると事前に知っていた。趣味が同じならば打ち解けるのはそう難しくない。

あそこまで露骨に態度が変わるとは思わなかったが、奈津と同じで根が素直で純粋なんだろう、ということをオブラートに包んで話した。

「なんだかそれって、単細胞だと言われてるような……。否定はできないですけど」

奈津は若干複雑な表情だ。恭介としては褒めているつもりなのだが。

「あれ？　でもどうして父の趣味を知ってたんですか？　私、話題に出したことがありましたっけ？」

「あぁ、奈津の身上書（個人情報のため閲覧禁止）を見た」

「身上書!?」

奈津がものすごい勢いでこちらを見るが、別にそこまで驚かなくてもいいだろう。少し社内システムに侵入しただけだ。

そこに書いてあった両親の名前をネットで検索すると、信用金庫の役員一覧と中高年向け登山サークルのホームページが出てきた。どちらも奈津の実家の近くが所在地だったため、同姓同名の別人ではないと判断した訳だ。

特定してからはいてもたってもいられず、とりあえずその信用金庫で口座を作ってしまった。さらに登山サークルのホームページにある活動予定表を見て同じ山に行き、偶然出会って意気投合したのを装って、そのサークルに交じって歩いたこともある。一年近く前のため、そんな通りすがりの登山者など奈津の父はまったく覚えてないみたいだったが。

「あ、好きな日本酒の銘柄もそこで聞いたんだ」

「……なんかもう、そのくらいでは動じなくなった自分が怖いです」

助手席に深々と座った奈津が虚ろな表情で呟くが、恭介に慣れてきたのはいい傾向である。警戒心丸出しだった子猫が今、自分の手の中にいる幸せを噛み締めて、恭介は静かにアクセルを踏んだ。

第二章　私（の下着）に飽きたんですか

1

奈津の人生は今、すべてが順調だと誰もが言う。

　奈津の実家に恭介とともに挨拶に行った日から半年後、都内のホテルで両家が揃い結納が行われた。仕事の都合で海外を転々とし、定年後にそのまま最後の任地に住み着いてしまったのだという恭介の両親とは、奈津はこの日初めて顔を合わせた。二人とも穏やかな優しい人だった。

　どうしてこんな模範的な両親からあのモンスターのような変態が生まれてしまったのか……としばらく悩んだが、よく考えたら恭介も外面は十分常識的なのだ。もしかしたらこの両親も、ものすごい爆弾を抱えているのかもしれないと思うと、奈津は怖くなって考えるのをやめた。恭介がこっそりと「うちの父は寝取られ趣味があるんだ」と言ってきたが、聞こえなかったことにした。

　この結納の日取りは恭介が決めた。どうしてもこの日にしたいと言うから任せたが、理由を聞くと初めて下着泥棒に入った日なのだそうだ。そういえば、以前見たビニール袋にこの日付が書いてあったような気がする。

　本人曰く「下着が結んでくれた縁なので、そこは大切にしたい」らしいのだが、奈津はこの縁に下着は関係ないのではないかと思っている。身の危険を察知できた盗聴は百歩譲って関係あるとしても、下着はむしろ縁を結ぶにあたってマイナス要因だった。

　とはいえ、恭介の変態っぷりに慣らされスルースキルを身につけた奈津は、このくらいではもう事を荒立てたりしなくなったのである。


「この環境に慣れてきってる自分が怖い……」

「ん？　なんか言った？」

「あっ、ううん。なんでもない」

　仕事帰りのサラリーマンでごった返すチェーン居酒屋で、奈津は思わず独り言を呟いた。今日は金曜日。一週間の仕事を終えた解放感の中、月に三回は集まるいつもの同期の女子メンバー五人での飲み会だ。

　今日の話題は専ら、結納を終えて正式に会社に婚約を報告した奈津と恭介についてである。付き合い始めた時にも、今日のメンバーにはこっそりと報告したが、やはり婚約となるとまた違うらしい。

やれ指輪の値段がいくらだとか、嫁いびりをされそうな気配はないのかとか、アルコールが入っているせいもあって遠慮なく次々に質問攻めにされた。

奈津は赤くなったり青くなったりしながら片っ端からそれに答えていき、本当の馴れ初め以外はすべて喋り切ってしまった。さすがに仲のいい同期でも、自分の婚約者がガチの犯罪者でしたとは言えない。

「奈津が結婚かぁ。まさか二年も片想いしてた相手を射止めるとはねぇ」

「えへへ。そういえば今日、恭介さんと婚約したって会社に報告したでしょ？　実は恭介さんのファンから嫌がらせされないか心配してたんだよね。でも普通にお祝いしてもらえてびっくりしちゃった」

これは奈津が密かに心配していたことだった。

恭介は会社の中でも有望な出世株で、真山課長と付き合いたい、などと公言する女子社員は多い。プロジェクトの打ち上げや忘年会などの懇親会があれば恭介の周りは必ずお酌をする女子社員と黄色い歓声で溢れているし、バレンタインデーだって大量のチョコをもらっていた。

だからそんな状況で突然奈津が横から掻っ攫っていったとあれば、なにかしらの嫌がらせがあるのではないかと気を揉んでいた。それなのに嫌味の一つもなくあっさりと祝福されたのだ。子供じみた反応をする社員がいなかったことにホッとしつつも、少々拍子抜けだった。

「はぁ？　あんた、みんなが本気で課長を狙ってたと思ってたの？」

「違うの？」

チープな味の出汁巻き玉子を箸で持ったまま、奈津は首をかしげて目の前の由里子を見返した。

あれだけ露骨にアプローチしていたのに、本気じゃなかったとはどういうことだろう。そんな奈津の気持ちが伝わったのか、由里子は呆れながらも説明してくれた。

「あのね、課長はみんなのパンダなの」

「パ、パンダ？　……って動物園にいる？」

「そう。動物園でパンダを見たらみんな可愛いってキャーキャー言うけど、別にパンダを家に持ち帰りたい訳じゃないでしょ。それと同じよ。観賞したいのと実際付き合いたいのは違うの」

「うん……なんか、わかったような、わからないような」

というかパンダは動物だから結婚できないような気がするのだが。いまいち納得できない奈津に、隣に座っている沙織も続ける。

「だいたいね、本気で好きなら飲み会で『彼女いないなら立候補しまーす』なんて笑いながら言わないでしょ。それに帰国子女の最年少課長であのイケメンで、趣味は山登りだから体も鍛えてるけど行き過ぎたゴリマッチョでもなくて、しかも話も面白いし人当たりもいいってさ。そんなハードル高い万馬券、誰も本気で狙わないって」

まぁ奈津は身の程知らずにも本気だったみたいだけどね、と言われ、非常に複雑な気持ちになった。そうだったのか、恭介はみんなにとって動物園のパンダみたいなものだったのか。

ちなみに本当の一番人気は、航空機・船舶部門の前園主任らしい。地方国立を出て入社してからコツコツやっている堅実派で、派手なイケメンではないが誠実さが滲み出ているような顔つきだ。みんな恭介にキャーキャー言いつつも前園を巡って牽制し合っていて、恭介というストッパーがいなくなった今、今後の均衡が心配されるらしい。

「知らなかった……」

「奈津は鈍いからねぇ。それにもし本気で課長を狙ってた子がいても、奈津だったら邪魔されないいんじゃない？」

「うそ！　なんでなんで!?」

もしかして自分にはなにか他者に勝てないと思わせるような魅力があるのだろうか。

それとも恭介と並ぶとものすごく似合っているとか？

自分が褒められる予感に、奈津のテンションが上がる。

「あ、違う違う。そうじゃなくて」

奈津の興奮ぶりを見たリサが即座に否定した。

「例えばおっぱいが大きいとか美人とか料理がプロ級とか、そういうわかりやすい長所があったら、『私も真似すれば振り向いてもらえるかも』とか思っちゃうじゃない？　でも奈津ってよくも悪くも普通だし」

「…………え」

「となると、逆にどうやったら勝てるのかわかんなくなるのよね。普通なのに奈津を選んだなら、よほど奈津本人と合うんだなって諦めがつくっていうか」

「わかる！　でもま、課長って仕事とか超厳しいし亭主関白っぽいから、一歩引いて自分を立ててくれそうな奈津がよかったんじゃないの？　なんだかんだで相性ぴったりだよ」

「……それって褒めてる？」

「褒めてる褒めてる」

好き勝手なことばかり言う同期に、奈津はムッとしながら梅酒を呷った。恭介は仕事には厳しいけれど、家に帰ればいくらでも奈津を甘やかしてくれる優しい人だ。

少々……いや、かなり変態だが、下着に関して以外は奈津の意見も尊重してくれるし、むしろ奈津の意見が通ることのほうが多い。

「恭介さんは亭主関白じゃないし、すごく優しいんだから」

「はいはい。惚気は結構でーす」

そんな言葉でお開きになった飲み会は、居酒屋を出たところでふたたび盛り上がりを見せた。

「ちょうどよかった。迎えに来たところだったんだ」

「恭介さん！」

なんと居酒屋の正面で恭介が待っていたのだ。

今日は取引先から直帰だとホワイトボードに書いてあったが、聞けば一度書類を置きに会社に寄ったのだという。もし時間が合うなら一緒に帰ろうと、奈津が知らせていた居酒屋まで来て店外で待っていたそうだ。

「それなら連絡してくれれば、早めに切り上げて出てきたのに」

「いや、俺のために友達との時間を減らすのはよくないだろ」

「恭介さ……」

「課長！　お疲れ様です！」

すごくいいところだったのに。恭介の優しさに感動しかかっていた奈津は、ぐいと割り込んできた千佳によって横に押しやられた。

抗議しようとして、千佳を含む四人のテンションに言葉を呑み込む。

「おう、お疲れ。えーっと、営業一課の倉科さんだっけ」

「はい！　あの、ずっと課長にお聞きしたいと思っていたことがあったんですが、よろしいですか？」

「いいよ。俺に答えられることなら、なんでも」

恭介がそう言った途端、四人はきゃあぁと大歓声を上げた。動物園のパンダになんでも聞いていいと言われたからって、自分だったらこんなに喜ぶかなぁと奈津は思う。

「じゃあお言葉に甘えて。奈津に惚れたきっかけを教えて下さい！」

「ちょ、ちょっと、いきなりなに聞いてるのよ！」

奈津は慌てて千佳と恭介の間に入った。駄目！　そんなの私だって聞いたことないんだから！　と焦る奈津に、じゃあ、なおさら聞くべきだと同期四人が囃し立てる。

そうやってじゃれ合う婚約者とその友人達を見て、恭介は面白そうに苦笑した。

「最初に意識したのは二年前の夏だな。あの年にうちもクールビズが導入されて冷房の設定温度が上げられただろう？」

「はい」

それが惚れたきっかけとなんの関係があるのか、といった風に五人で頷く。

本当は奈津だって、同期の前で告白されるのが恥ずかしかっただけで、恭介が自分を意識してくれたきっかけが気にならない訳ではない。頬を赤らめて恭介の言葉を待った。

「そうしたら、今まで寒いからって夏でもカーディガンを着てた女子社員が薄着になり始めて」

「……はい」

　少し、嫌な予感がした。

「ある日、奈津が会社の廊下で俺の前を歩いてたんだが、薄着だから背中にブラジャーの線が浮き上がってたんだよ。それにぐっときたのがきっかけだな」

　堂々と言い放った恭介が満足げな表情で全員を見回す。途端にしんと静まり返った一同は、次の瞬間爆笑に包まれた。

「やだーっ！　もう、課長ってそういう冗談言う人だったんですね！」

「真山課長の下ネタを聞けるなんてすっごいレア！　みんなに自慢しなきゃ」

　きゃっきゃと笑う同期を見ながら、あ、これガチなやつだと奈津は思った。

2

　晩夏（ばんか）の蒸し暑い空気が体に張り付く。

　ブラジャーの線云々（うんぬん）が冗談だと思い込んでいる同期達に囲まれて駅まで歩いた後は、それぞれの路線に別れて帰ることになった。奈津の会社の最寄駅（もよりえき）は四路線が乗り入れているため、みんなバラバラになるのだ。

「恭介さん、みんな失礼なことばかり言ってしまってごめんなさい」

「いや、全員個性的でなかなか楽しかった。倉科さんのあの度胸は、内勤にしておくのはもったいないくらいだな。うちにスカウトしたいよ」

「千佳は乗せられやすいから、そんなこと言ったら本気で職務区分の変更願いを出しちゃいますよ」

遠慮なく質問を投げまくられて恭介が気を悪くしていないかと少し心配だった奈津は、返事を聞いてほっとした。

彼は以前から、仕事中の言動には非常に厳しくても、終業後は比較的フランクに付き合ってくれる人だ。だから飲み会などを開くといつも部下に囲まれていて、奈津がなかなか近付けなかった。

深夜の地下鉄ホームに煌々と灯る蛍光灯が青白い光を発している。二人でてくてくと歩いていたら、先頭車両が停まる一番端っこまで来てしまった。この時間のこの場所なら、会社の人間と偶然出会うことはないだろう。手を繋ぐことはできなくても、せめて寄り添うくらいなら――

周囲を見回した奈津は、恭介にそっと体を擦り寄せる。気温が高いため少しでも涼みたいのだが、彼の体温なら感じてもちっとも不快じゃない。それはやっぱり、大好きな人の温度だから。

ぴったりとくっつく奈津に目を細め、恭介はその小さなつむじにキスを落とした。途端にびくんと震える体。

自分から仕掛けたくせに派手に驚く様子を見て、恭介は苦笑した。

「帰りが遅くなる時は、いつでも俺を呼んでいいんだからな？　夜道は危ないだろ」

「はいっ。……でも私がまだあの店にいるって、よくわかりましたね」

居酒屋の場所は伝えたものの、終わる時間までは奈津にもわからなかったから伝えていない。帰る時には連絡することになっていたが、奈津は電車を待つ間に電話するつもりだった。

だからもし奈津達が居酒屋を出るのがもう少し早ければ、行き違いになる可能性もあった訳だ。まるで奈津が居酒屋の中にいるとわかっているかのように出口の前で待っていたのが、とても不思議だった。

怪訝（けげん）な表情をする奈津に、恭介が少し驚いた顔をした。

「言ってなかったか？　奈津の居場所はＧＰＳでリアルタイム追跡してるんだが」

「は!?」

聞いていない。まったく、これっぽっちも聞いていない。

しかもＧＰＳで追跡するのがさも当然のように語っているが、たとえ婚約者といってもそんなことをしているのはおかしいと思う。

まぁこの人にはそういう常識が一切通じないというのは、この半年で嫌というほど学んだけれど。

「あの……、もうこの際、追跡してるのは別にいいです。いや、本当はよくないんですけど諦めます。一体どこに仕込んでるんですか？」

バッグの中を軽く探してみるが、特に怪しいものはない。まさか靴の裏？　と思ってみたが、発信機も踏まれ続けたら壊れるだろう。ＧＰＳの発信機が一体どの程度のサイズや重量かわからないから、捜索は非常に難しい。

奈津はすぐに降参して恭介を見上げた。

「あぁ、発信機の類じゃない。奈津のスマホに追跡アプリを入れてるんだ」

「追跡アプリ？」

「一年半くらい前からかな。あ、自作だから変なウイルスは入ってないぞ」

「い、一年半⁉」

色々と突っ込みたいところがある。

盗聴器を自分でランプに仕込んでいたのも驚いたが、どうやらプログラミングもできるらしい。恭介が工学部出身だというのをふと思い出した。どう考えても才能の無駄遣いである。

「でも、どうやって……。一応、スマホにはロックも掛けてるんですけど」

「一年半前に機種変更しただろ」

「……あ！」

　奈津の脳裏にある思い出が蘇る。ちょうどその頃、奈津はスマホの機種変更をした。メーカーごと変えたため、『ほとんど同じだけど、やっぱり細かい部分が違うと慣れない』などと自動販売機の前で同僚と話をしていた時のことだ。外回りを終えて帰った恭介が、ちょうどやって来た。

『お疲れ。お、結城は機種変更したのか？』

　奈津の手元を覗き込んだ恭介が新しいスマホを見て言った。数多くいる部下のうちの一人でしかない奈津の機種まで覚えてくれていたなんて思わなくて、奈津は一気に舞い上がった。

『は、はいっ！　課長は私のスマホまで覚えて下さってたんですか？』

『俺のと同じだったからなんとなくな。俺も今それに変えようかと思ってるとこなんだよ。使い勝手どう？』

　自動販売機でコーヒーを買った恭介が奈津の隣に腰掛けた。その拍子にムスクの香りがふわりと奈津の鼻をかすめ、ドキドキが止まらなくなる。どうしよう、手が震えてるのに気付かれてしまうかも。

『あの、よかったら使ってみて下さい！　見られて困るものは入ってないので、いくらでも！』

『いいのか？　ありがとう』

遠慮なく受け取った恭介がスマホの操作を始める。アプリを起動してその動作の速さに驚いたり、カメラの画素数の多さに感心したり。

その間、奈津はココアを握（にぎ）りしめ、ちびりちびりと飲むふりをしながらずっと恭介を盗み見ていた。画面を真剣に見つめる瞳が瞬（まばた）きするたびに、それを縁取（ふちど）る長い睫毛（まつげ）がゆっくりと動く。タップする指は長く骨ばっていて、恭介の大きな手で持たれると、いつもよりスマホが小さく感じるから不思議だ。

仕事の指示以外でこんなに近くで会話することなんて滅多（めった）にないから、奈津は永遠にこの時間が続けばいいとさえ思った。だから恭介がスマホを返してきた時には、『本当にもういいんですか？』と残念に思っていることが丸わかりの声色で返事をしてしまったのだ。

奈津にとってはそんな甘く幸せな時間だったのに、この男は一体なにをしていたというのか。

「あの時……！　あれ？　でもアプリをダウンロードするにはパスワードがいりますよね？」

「会社のイントラネットのログインパスワードと同じなんて、ちょっとセキュリティ意識が甘いと思うぞ」

「ちょっ、また会社の個人情報を勝手に見たんですか!?」

「『また』ってなんだ。一度に全部まとめて見たに決まってるだろう」

「だから重要なのはそこじゃなくって！　恭介さんはいつも引っかかるところがおかしいです！」

その後、一体どれが追跡アプリなのか教えてもらうと、それは目立たない青いアイコンのミニパズルゲームだった。購入時からたくさんのアプリが自動的にインストールされていたため、恭介が勝手に追加したのに気付かなかったようだ。

しかも、もし気付いて起動しても一見すると無害なパズルゲームだから、恐らく暇つぶしに利用するだけで削除はしていなかっただろう。恭介のストーキングにかける情熱が垣間見えて、奈津は背筋が寒くなった。

「もう隠してることはないんですか？　怒らないんで、今全部言って下さい」

隠蔽用のパズルゲームが意外に面白くてハマってしまいそうになりながら詰め寄ると、恭介は本気で意味がわからない、という顔をした。

「隠していること？　ないんじゃないか？　別にＧＰＳアプリだって隠していた訳じゃないからな。奈津が気付かなかっただけだ」

パズルゲームと偽装していることを時点で、十分隠している気がするのだが。どうもうまく丸め込まれている気がしてならない。

「じゃあ……、まだ言ってないことはありますか?」

このままでは話が進まないため仕方なく妥協した奈津に、恭介がじっと考え込む。その表情もまたかっこいい……とうっとりしかけて、奈津は自分を叱咤した。

駄目だ、ここで流されてはいけない。今うやむやにすると、いつも通りなんとなく許すパターンで終わってしまう。

「うーん……。……あ」

宙を見ていた恭介が一瞬ぴくりと眉根を寄せた。

「……あ、いや、なんでもない」

あからさまに誤魔化したのを見て、奈津は慌てて恭介の腕にしがみつく。

「え、ちょっと! 今なにか思い出しましたよね?」

「なんでもない。少なくとも刑法にはひっかからないから大丈夫だ」

「やだ! 基準が刑法なんておかしいですよ! なにを隠してるんですか、教えて下さい!」

「言わない」

「恭介さん……っ!」

下着泥棒でさえ大した良心の呵責もなく白状した恭介がする隠し事とは一体なんなのか。様々な恐ろしい想像が瞬時に脳内を駆け巡って、奈津は恐怖に慄いた。

3

結局あれから、恭介が一体なにを隠しているのかは教えてもらえないままだ。

怒っても、拗ねても、可愛くお願いしてみても駄目。恭介はまったく口を割らない。恥を忍んで使用済みショーツを餌に聞き出そうとしてみたが、しばらく真剣に悩んだ末に苦渋の表情で目を逸らされた。

まさかこの餌にも食いつかないとは思っていなかったため、それを目の当たりにした奈津は愕然とした。あんなに下着下着と言っていた恭介が、脱ぎたてのショーツを拒否するなんて。こんなことでショックを受けるようになってしまった自分にも若干引いたが、もしかして奈津に、いや奈津の下着に飽きてしまったのだろうかと不安になる。

そういえば思い当たることが他にも少しあった。

あれは三ヶ月前、同棲用のマンションに引っ越した日のことだ。二人が入居を決めたのは、恭介がじっくりと下見を重ねて、ここなら隣から侵入されにくい！　と太鼓判を押した物件だった。正直ベランダ伝いに侵入される状況など滅多にないと思うのだが、下着泥棒の前科がある彼としては心配らしい。ついでに外に下着は干さないようにと厳命された。

『ちょっといいか？　これ返そうと思って』

恭介が少し懐かしい箱を持って来たのは、引っ越し業者のお任せパックで片付けが粗方終わり、あとは細々としたものを分類するだけになった時だった。

『はい？　……え、これって』

その箱を見て、奈津は小さく息を呑む。

『もうこれからは一緒に住むからな。自宅内にあるなら、俺のコレクションボックスに入っていても奈津のクローゼットにあっても同じことだと思うんだ。むしろ俺が持っているほうが、奈津の匂いが薄れるから価値が下がる』

『……はぁ。価値、ですか』

その箱に入っていたのは、相変わらずビニール袋に丁寧に収納されている奈津の下着の数々。「下着の価値」の定義に疑問を感じつつ、奈津はおずおずとその中身を受け取った。初めて告白された日よりも数が増えているのは気のせいではない。

お気に入りだった藤色のブラが手元に返ってきたのは嬉しいが、まさか恭介が自分から返却する気になるとは思っておらず、奈津は動揺を隠せなかった。

そして他にも気になることがあった。恭介が奈津の脱いだ下着に手を出さなくなったのだ。

まだ付き合い始めだった頃、彼は奈津の脱いだ下着を手に入れることに並々ならぬ執念を燃やしていた。それはあたかも飢えたハイエナのような雰囲気で、奈津は真剣に気持ち悪くなったのを今でも鮮明に覚えている。

ある時は恭介の家でシャワーを浴びている間に脱衣所から盗まれ、またある時はベッドの上で脱がされたまま返ってこなかった。恭介の家に泊まるたびに壮絶な戦いが繰り広げられ、とうとう奈津は脱いだ後すぐに予洗いをするという作戦に出た。今まではすぐに洗わないから盗まれていたのだ。これなら盗まれまい。

斯くして奈津の下着は守られた。その作戦を実行し始めた直後は冬眠明けの熊のようにうろうろしていた恭介も、しばらくすると憑き物が落ちたように大人しくなった。

さすがに使用済み下着を漁るのは人間として終わっていると気付いてくれたのか、と呑気に安心していたのだが、ただ奈津の下着に飽きただけだったのかもしれないと思うと全身に震えが走る。

こんなことなら下着くらいあげればよかった。

奈津を好きになったきっかけですらブラジャーというレベルの筋金入りの変態が、そう簡単に自分に愛想を尽かすはずがないと無意識のうちに高を括っていたのだろう。なんという思い上がりだ。

奈津の人生は今、すべてが順調だと誰もが言う。

だが、そうではなかった。関係の綻び(ほころ)は、少しずつ、確実に大きくなっていたのだ。


「再来週(さらいしゅう)、出張なんですか?」

「そう。ドイツとフランスに三日ずつ。移動も入れたら八日間だな」

恭介にそう告げ(つ)られたのは、奈津が用意した夕食を食べている時だった。いつも帰りが遅い恭介のため、平日の夕食は終業時間の早い奈津が担当している。

今日の夕食は、ご飯、わかめと豆腐のお味噌汁(みそしる)、鶏胸肉のネギ塩炒め、ほうれん草と人参(にんじん)の胡麻和え(ごまあ)だ。仕事柄食事の時間は不規則になりがちだから、せめてバランスのよい食事を摂(と)ってもらおうと毎日がんばって作っている。

「土日は丸々いないから、お義父さんとお義母さんを誘って近場に旅行でも行ってきたらどうだ?」

「いいんですか?　じゃあ予定を聞いてみますね」

父は毎週登山だ釣りだと遊び回っているが、多分母は捕まえられるだろう。一泊だけならホテルのエステプランもいいかもしれない。

何年か前に両親が温泉に行った時、母がとても気に入ってまた行きたいと言っていたのを思い出す。結局あれから一度も行けていないはずだから、今回連れて行ってあげたら喜ぶだろうか。最近は女性客専用のプチ贅沢プランを用意しているホテルも多いから、あとで調べてみようと思う。

幸いなことに、結婚式を控えていても奈津の財布にはかなり余裕があった。なぜなら恭介が、家族を自分の金で養うのが夢だったんだと生活費のすべてを負担してくれているからだ。

自分も働いているのだからきちんと負担すると主張しても、収入は恭介のほうがかなり多いため押し切られてしまった。そのため今は自分の収入すべてがお小遣い状態で、普段から特に贅沢をしないから貯金ばかりが増えていく日々である。

「近くに住むっていっても、やっぱり娘が結婚するって寂しいもんだろ。今のうちにしっかり親孝行しておけよ。……お、この鶏肉美味いな」

むしゃむしゃと鶏肉を頬張る恭介を見て、奈津はその心遣いにじんわりと胸が熱くなった。恭介は奈津のことだけでなく、両親のこともなにかと気にかけてくれる。それは疑いようのない事実だ。

だがどうしても拭いきれない不安があるせいで、奈津の気持ちは沈みがちになる。

「でも、寂しいです。一週間も会えないなんて。……恭介さんは？」

「なっ……！　奈津に会えないなんて、寂しいに決まってるだろ！」

奈津の言葉に動揺したためか茶碗を落としかけた恭介は、照れたようにガシガシと頭を掻いてふたたび鶏肉に箸を伸ばした。

その様子をじっと眺めながら、奈津は考える。

奈津に会えないのは寂しいと言ってくれた。でも、奈津の下着に触れないから寂しいとは、言ってくれなかった……！

もう思考はどん詰まりである。


「なぁ奈津。今日、駄目？」

「だって明日も会社……、あっ」

風呂上がりにベッドで本を読んでいた奈津の隣に、まだ少し体温が高めの恭介がするりと潜り込んできた。

横から大きな腕に抱き込まれ、やわやわと胸の膨らみを揉まれる。吐息が首筋にかかってくすぐったい。

「一回だけ。な？　明日も俺が朝食作るから」

「ん……ぅ」

乱暴に本を取り上げられ、サイドテーブルに伏せて置かれた。

こういう時恭介は、奈津の読みかけのページがわからなくならないよう配慮してくれる。奈津はもうすぐにそんなことどうでもよくなってしまうのに、彼はなんて余裕があるんだろうと思う。

ぷちぷちとパジャマのボタンが外され、素肌が空調の効いた乾いた空気に晒された。そこに現れたのは、レースをふんだんに使ったフロントホックの黒い下着。

「へえ、今日は黒なのか」

「……はい」

こんなセクシー系の下着をつけていては、奈津のほうから誘うつもりだったようで恥ずかしい。本当は寝る時にブラジャーは着けない派だったのに、恭介と暮らすようになってからは風呂上がりにも着けるようになっている。

理由は簡単。そのほうが恭介が喜ぶからだ。

普通はノーブラが嬉しいのではと思うのだが、やはり下着マニアとしては着けているほうが興奮するらしく、さらに「隠されている状態を暴くのが楽しいに決まってるだろ!?」と半ギレで力説されたので素直に従うことにした。他人の特殊性癖について、あまり深く考えてはいけない。

「奈津……、可愛い」

そっと髪を撫でられて、奈津の後頭部に添えられた手に力がこもる。それに抗うことなく恭介に近付くと柔らかい唇が重なった。

「んっ……」

薄く目を開けて見つめ合い、唇の感触を確かめながら軽いキスを繰り返す。

本人にも言ったことはないけれど、奈津はこんな時の恭介の目が大好きだ。水飴（みずあめ）みたいに甘ったるくて、包み込んでくれるような優しさがあって、そして奈津への溢（あふ）れんばかりの愛が伝わってくる。恋人になってもうしばらく経（た）つというのに、見つめられるだけでドキドキしてしまう。

「奈津の唇はいつ食べても甘いな」

「……んっ……甘くなんて、ないです……」

「本当に甘いよ」

最初は優しく食（は）むだけだった触れ合いも、奈津の薄く開いた唇に恭介の熱い舌がぬるりと入り込んだ瞬間から激しいものへと変わる。

ざらりと舌を触れ合わせるとお腹の奥がきゅんと疼（うず）いて、奈津はぎゅっと目を瞑（つむ）った。

「あうっ……んん……っ」

「奈津……っ！」

恭介の腕に抱きかかえられながら、角度を変えて何度も何度も唇を重ねられる。

ベッドに座っていた奈津は、いつの間にか真っ白なシーツの上に組み敷かれて甘い重みに押さえつけられていた。恭介の太い首に腕を回して自分からもおずおずと舌を絡めると、恭介にちゅっと吸われて彼の咥内に導かれた。

「ふぁ……あん……っ、恭介、さん……っ」

こうやって恭介でいっぱいに満たされていると、幸せすぎていつも頭がぼーっとしてしまう。最初は不慣れだった大人なキスも、経験を積んで少しは上手になったはずなのに。彼といるといつも夢中になってしまって、息をしても全然空気が足りないのだ。

「……悪い、唇が腫れちゃったな」

飽きずに奈津を貪っていた恭介がやっと唇を離した頃には、奈津の唇はじんじんと熱を持っていた。

だがそんなことよりも、名残惜しそうに離れていく恭介の唇から目が離せない。

銀の糸がつーっと伸びてぷつりと途切れ、二人を繋いでいたものがなくなってしまったみたいで少し切なくなった。さっきまで二人で溶け合って、一つになっていたのに。

「ん、大丈夫。ねぇ、離れていかないで……?」

その寂しさを埋めるように、恭介の首に回していた腕にぎゅっと力を込めて抱き寄せる。

「……お前はっ！　なんで突然そういう殺し文句を言うんだよっ」

「んんっ!?」

少しだけザラついた頬に顔を擦り付けると、もう一度激しく唇を塞がれた。なにかに耐えるように喉の奥で唸った恭介に、音を立てて咥内を蹂躙される。

こうやって激しくされるのはちょっと好きだ。恭介に強く求めてもらえているみたいで、心の奥がじんわりと満たされるから。

「恭介さ……っ、ん、あぁっ」

恭介の熱い唇が奈津の首筋へと移動する。キスをされて舐められた部分が粟立って、薄皮一枚剥いだみたいに敏感になっている。

「奈津、キスマークつけたい」

「んっ……」

二人の荒い息遣いと恭介のリップ音しか聞こえない寝室の中に、淫靡な空気が満ち渡る。ちゅっ、ちゅっと音を立てる恭介の唇は、奈津の耳のうしろから肩、鎖骨にかけてキスを繰り返していた。たまに強く吸い付かれ、ぴりりと痛みが走る。

「ね……、見えるとこは、だめ……んっ」

「わかってる。本当はいくらでも痕つけて、俺のもんだって主張したいけどな。……上司としての理性が邪魔してできないのがむかつく」

「ん、あ……はぅっ！」

不意打ちのように下着の上から乳首を食まれ、奈津の背筋にぞわりと快感が走った。

恭介は下着の上から攻めるのが特に好きなようで、いつも執拗に下着ごと奈津を愛撫する。何度も下着越しに弄り、びちゃびちゃになるまで舐め回し、奈津がもうやめてと言うまで飽きずに繰り返すのだ。

「……あれ、え……？」

しかし今日の恭介の行動は違った。

ある程度弄んだところでさっさとブラジャーを外し、衣服と一緒に放り投げてしまう。

これまでは、「奈津の体温が残ってる」と言いながら外したブラジャーを嬉しそうに眺めて撫でて、さらに匂いも嗅いでいたにもかかわらずだ。躊躇いない手つきで、フローリングの床に布が積み上げられる。

「どした？」

「ううん……。なんでも、ない」

恭介の行動に戸惑いつつも、奈津はふるふると首を横に振った。言えない。もう下着越しは終わりなの、なんて。

実はこれも奈津が最近気になっていることだった。以前は下着ありの前戯を延々と楽しんでいた恭介が、最近はすぐに下着を外してしまう。ブラをつけたまま胸をひたすら揉んでニヤニヤしたり、背中のホックのあたりを引っ張ってぱちんと鳴らしては満足げにしたり、実際やられている間は少々気持ち悪いと思っていたが、いざやめられると不安になってしまう。

かと言って前戯がおざなりになったのかと言えばそうではなく、時間としてはあまり変わらない。むしろ下着なしで直に素肌を触っている時間が増えた分、どんどん「普通のセックス」に近付いているから、本当なら喜ばしいはずだ。

だが、奈津は恭介の下着好きを知っている。だから奈津にとっては、それはもしかして恭介に飽きられたということではないかと不安になってしまうのだ。

「きょ、すけ……さぁんっ……、あっ、ン」

「なに、もっと欲しいのか？」

「はいっ、……んっ、あ……っ！」

仄暗い室内で四つん這いになり、うしろからぱちゅぱちゅと音を立てて穿たれる。容赦なく抉られ、奈津はぎゅうっと体を硬くした。

「んっ、………っ、ふぁぁっ！」

「……今、軽くイッただろ？　ピクピクして、すげー気持ちいい」

「ごめ……なさい。私だけ、イッちゃって……あぁっ」

絶頂に達したせいで体の中に受け入れているものを締め付けてしまい、今までよりも鮮明にその形を感じる。さらに快感が増して、奈津は体を震わせて身悶えた。

「ほら、奈津のイイところ、ちゃんと突いてやるからな？」

「あぅっ！　あッ……はんっ……あっ……」

腕からガクンと力が抜けて、尻だけを高く上げた姿勢になる。あまりの快感から気を逸らそうと枕に頭を擦り付けていると、背後でふっと笑う気配がして、ぐいっと尻たぶを広げられた。

「この姿勢だと全部丸見えだな。うしろの穴も、奈津の小さい穴を俺が無理やりこじ開けて出入りしてるとこも。いい眺めだ」

「……っ」

恭介の愉悦を含んだ声に、奈津の背筋がすっと寒くなった。丸見えなのが、いい眺め？　下着を着けていなくても、本当にいい眺めだと思っているのだろうか。

最初の頃は、滴るほどにショーツを濡らして、浮き上がって見える性器の形を楽しんでいた。挿入だって、ショーツをつけたままクロッチを横にずらして入れるのが好きだったのに。

もしかして、どこか違うところでもっと好みの下着を見つけたのだろうか？　だから奈津の下着には目が向かなくなってしまったのだろうか。奈津の目にじわりと涙が浮かぶ。だがそれはすぐ枕に吸い取られていった。強すぎる快感に耐えるために枕をぎゅっと握って抱きかかえていたのが幸いだったようだ。

「恭介さん。……私のこと、好きですか……？」

うしろから揺さぶられながらそう問えば、いつも通りの優しい返事が返ってくる。

「好きだよ」

「ほ、んとに……？」

「こんな気持ちになったのは奈津だけだ」

ベッドの中の甘い確認だと思ったのだろう。そっと髪を横に流され、背後から頬にキスをされた。

今の言葉が本当なら、どうして恭介は奈津の下着に飽きたのだろう。

「奈津、愛してる。本当に」

耳元に落とされたその甘いささやきは、不安でいっぱいの奈津の脳には浸透しなかった。

4

「気持ちいい～。やっぱり日本人は温泉だよねぇ」

「本当に。奈津、今日は連れてきてくれてありがとうね」

「お母さん、それを言うの何回目？　もうお礼なんて言わなくていいってば」

先日ヨーロッパへと出発する恭介を見送った奈津は、母と関東近郊のリゾートホテルへと足を伸ばしていた。

ここは景観のいい大露天風呂を始めとする七つの天然温泉と本格的なエステコースが売りの観光ホテルだ。到着早々に屋上の露天風呂に入り、この後は揃ってオイルマッサージで癒される予定である。源泉掛け流しのまろやかな湯に包まれて、もうすでに肌がすべすべしている気がする。

恭介の薦めだと前置きしてから両親を旅行に誘うと、二人とも甚く感動していた。だが奈津の予想通り父はすでに予定が入っていて、今日は友人と一緒に富士五湖を巡るサイクリングに泊まりがけで行くそうだ。妹もデートの約束があるらしい。そのため、以前母が気に入ったという温泉に母と二人でやって来たのだ。

母娘の二人旅なんて初めてで、温泉の開放感もあって先ほどから会話が弾んでいる。

「ねぇ、お母さんはマリッジブルーとか倦怠期だと感じることとかなかったの？」

「あら、なぁに？　もしかして真山さんとうまくいってないの？」

「ううん！　そういう訳じゃないんだけど」

奈津は慌てて母の言葉を否定し前に向き直った。泳ぎたくなってしまうくらい広い浴槽で手足を伸ばすと、どこからか鳥の鳴き声が聞こえる。ぴちゅぴちゅと呼び合っているように聞こえるのは、つがいの鳥なのだろうか。

豊かな自然に囲まれ、頭上を遮るものがなにもない広大な露天風呂。清々しい空気を吸い込んで、なめらかな天然温泉に浸かっていると最近のもやもやした不安がすっと流れていくようで、つい口が滑ってしまった。

取り繕うような態度の娘を見た母は、ふっと表情を緩めて口を開く。

「お母さんだってね、そりゃ長い結婚生活でなにもなかった訳じゃないわよ」

「え、本当？」

「当たり前じゃないの」

柔らかく微笑んだ母がゆっくりと湯を掬って肩にかける。

現在五十代前半の母は、年齢にしては美しいほうだと奈津は思う。顔の造作に関しては、奈津と同じくとりたてて美形という訳ではない。だが、背筋がしゃんと伸びているせいで若々しく見えるし、口角もいつも上がっていて唇には潤いがある。さらに笑った時にできる目尻の小さな皺は、母をとても温厚に見せる。肌だって血色がよくて、髪の手入れも怠らないから常につやつやだ。

なんというか、幸せそうなオーラが出ているのだ、母は。人は年齢を重ねると内面が人相に現れるというが、その最たる見本だと思う。

「だって私、お父さんとお母さんが喧嘩してるところなんて見たことないよ？」

「結婚して二十八年になるのよ。それでなにもなかったなら、お互いに自分の本音を言い合えていないってことでしょう。そんな関係、うまくいくはずがないわよ」

　自分の本音、という母の言葉にハッとした。

　自分は果たして、恭介に本音を言えているだろうか。そして恭介も、奈津に本音を言っているだろうか。

　答えは否だ。恭介がなにかを隠していると知った時、正直言って奈津は怖かった。下着泥棒をしても、婚約者をＧＰＳで監視していても平然としている恭介が、決して知られたくないと思っていること。

　もしかしたらそれが今の自分達の関係を壊すものだったとしたら……そう思うと、奈津は彼を深く追及できなかった。だから自分の使用済み下着など持ち出して、茶化すような聞き方をしてしまったのだ。本当に本気で知りたいなら、膝を突き合わせて真面目に話をしなければいけなかったのに。

　恭介が帰ってきたら、もう一度真剣に話してみよう。たとえそこに深刻な問題があったのだとしても、これを乗り越えなくては今後の結婚生活など送れないと思う。

「お母さん。私ちょっと悩んでることがあったんだけど、なんか解決できる気がしてきた」

「あらよかったわね。結婚なんて人生の一大事だもの。悩むことだってあるわ」

「うん」

　奈津は晴れやかな気持ちで思いっきり伸びをした。見上げる空は高く晴れ渡っている。

上空を大きな鳥が優雅に横切っていく。

緑に囲まれたこの屋上露天風呂のように、今の奈津は解放感に溢れていた。

「ねぇ。奈津からは、お父さんってどんな人に見えてる？」

「お父さん？　どんなって……、寡黙で硬派な愛妻家って感じかな」

地元の信金で副理事長をしている父は、典型的な昭和の男という感じだ。

好物は天ぷらとイカの塩辛。晩酌は日本酒。家事は女の仕事だと思っているから家ではお茶の一杯も入れない。母は頑固一徹な父をうまくおだてて家庭を回しているため、夫婦仲は非常に良好である。

奈津が実家に住んでいた頃の父は、自分は食べないくせに、母のためにしょっちゅう仕事帰りにケーキを買って帰ってきていた。今はアウトドアの合間を縫って、母の趣味であるレトロでお洒落な喫茶店巡りに付き合っているという。こういう夫婦円満なところが、母を内面から輝かせているのかもしれない。

「ふふ。やっぱり奈津にはそう見えてるのね」

とりあえず思っているままを答えた奈津に、母がなんだか意味深な含み笑いをする。

「奈津には」と言うならば、真実は違うと言いたいのだろうか。

「なぁに、違うの？」

「二十八年間で一番修羅場だった出来事、教えてあげましょうか」

「……う、うん」

母がひどくもったいつける。その割には笑顔で、しかも心なしかすっきりしたような表情になっていて、奈津はなんだか落ち着かない。

ふぅ、と一息ついた母が、覚悟を決めたように口を開いた。

「それはね、お父さんの女装癖が発覚した時なのよ」

「ふーん、女装癖。…………え!? 女装癖っ!?」

ガバリ！　と母に向き直る。なんだか今、ものすごい爆弾が投下された。涼しい顔をした母は「ちなみに今はゴスロリにハマってるらしいわよ」などと言っているが、どう考えてもそれは瑣末な問題だ。もっと根本的な問題があるだろう。

「じょ、じょ、女装……するの？　お父さんが？」

「あら、やっぱり奈津は気付いてなかったのね」

母は、忘れ物をしたのね、くらいのテンションだが、寡黙で男らしい真面目一辺倒な父の顔が目の前をよぎった奈津は頭を抱える。

いや、これは気付かないのが普通なのでは、と奈津は思うが、そんなにわかりやすいサインでも出していたのだろうか。まさか自分の父親が女装趣味を持っているなど、わずかでも疑ったことがある人のほうが圧倒的に少ないだろう。

「芙由は、かなり前から気付いてるみたいだったけど。お父さんもね、いつカミングアウトするか悩んでたのよ」

「あ……、そう……なんだ」

芙由というのは、まだ実家暮らしをしている奈津の妹だ。父が女装趣味を持っているというのも驚いたが、それが奈津以外の家族には公認だったというのも衝撃である。しかもどうやら、妹は自分で察したようだ。自分は一ミリも認識していなかったというのに。恭介に仕込まれたGPS追跡アプリにもまったく気付かなかった鈍さを呪いたくなる。

一体いつからとか、なぜとか、色々聞きたいことがありすぎて頭の中がまとまらない。

「芙由が生まれてすぐの頃にね、クローゼットからお母さんの知らない女物の下着や洋服が大量に出てきたのよ。これは絶対浮気だ！　って思って問い詰めたら、お父さんが自分で着てるって言い出して。忘年会の余興で女装したら目覚めちゃったらしいの。あの時の衝撃は言葉じゃ言い表せないわね」

「………………」

わかる。ものすごくわかります、お母様。

恭介がビニール袋に入れた奈津の下着を持ってきた時のことを思い出した。あの時奈津は、これ以上の衝撃にはしばらく出会わないだろうと思っていた。しかしあれ以来、予想に反して何度もそういう驚きに遭遇している。

今まではすべて恭介関連の驚きだったが、ここでいきなり父が出てくるとは。まさかの伏兵である。

「あ、お父さんの威厳のために言っておくけど、別に女の子になりたい訳じゃないのよ。ただ、可愛い物がすごく好きなだけで」

威厳もなにも、女装癖を娘にバラされている時点で色々終わっているような気がするのだが、大丈夫なのだろうか。というか、女装していても女の子になりたい訳じゃないなら威厳が保てるのか？　両親の思考回路は奈津には計り知れない。

「他にはなにか質問ある？」

「えっ」

こちらを向いた母が突然奈津に話題を振る。いきなりの質問タイムに奈津は悩みに悩んだ。

解決して欲しい問題はたくさんあるが、とりあえずオーソドックスな質問をしておく。

「……え……と、とりあえず、なんでそんなことやってるの？」

「まずは可愛い物が好きなのが理由ね。お父さん、いつも黒や茶色の服ばかり着てるけど、本当はベビーピンクとレモンイエローが好きだから」

いつだったか、母が父のために買ってきた座布団がピンクのレース付きだったのを思い出した。

その時は、『俺にこんな色の座布団を使えっていうのか！　……いや、買ったものは仕方ないが……クソ忌々しい色だが……、まぁ座り心地は、いいな……うん』と、父が折れる形で終結したのだ。あれはとんだ茶番劇というやつだったのか。

「あとはやっぱり仕事のストレス解消かしら。お父さんってお堅い仕事でしょう？　普段鬱屈してるから、まったく違う自分になりきって、嫌なことを忘れたいんですって」

「へ、へぇ」

「言っておくけど、お父さんは私なんかよりすっごく女子力高いのよ。奈津の幼稚園の時の入園グッズとか、発表会のワンピースを作ったのだってお父さんなんだから」

「えっ、あれお父さん作だったの!?」

　奈津は思わず叫び、慌てて口を押さえた。まさかこんな話を他人に聞かれる訳にはいかない。婚約者が下着フェチのド変態ストーカー野郎なのも悲惨だが、父親が女装趣味というのも大概だ。

　奈津が幼稚園に入る時、母は自宅にあったミシンでレッスンバッグやコップ袋、上履き入れなど一式を縫ってくれた。いちご柄のラブリーな生地を二種類用意して切り替えを作り、裏地は赤に白のドット。さらにレースをあしらったお姫様仕様のデザインで、奈津は、誰の物よりも可愛いその幼稚園グッズに夢中になったものだ。

　そして小学生の頃に習っていたピアノの発表会では、いつも母お手製のシンプルで上品なワンピースを着用していた。共布で髪につけるリボンまで作る細かさで、〝母の裁縫（ほう）の腕〟を誇らしく思っていた。まさかあれがすべて父の作品だったというのか。

　そういえば母は『みんなが寝てから作るね』と言って製作過程を見せてくれなかったと思い出す。もう、なにを信じればいいのかわからない。

「お酒もね、確かに日本酒もすごく好きなんだけど、一番好きなのはカシスオレンジとカルーアミルクなの」

　合コンで男ウケを狙った女子が頼むようなチョイスである。

「スキンケアだってお母さんより詳しいから、いつも教えてもらってるのよ」

　母の肌が五十代にしては若々しい理由が今わかった。

「明日もサイクリングの後にファンシーショップに寄って帰るんですって」

　店内で一人だけすごく浮いてそうだ。

「いつも『遠くに住んでる孫にプレゼントなんです』っていう設定で買ってるらしいから、お父さんに早く本当の孫を産んであげてね」

　設定にリアリティを持たせるためだけに？

「奈津の結婚式も、本当は黒留袖（くろとめそで）着たいんですって。でも、さすがにねぇ……」

「お母さん！　それは絶対に止めて！」

「わかってるわよ。でも、せめて自宅で写真だけは一緒に撮ってあげて欲しいの」

「……う、まぁ、それなら……」

黒留袖を着た父と記念撮影するところを想像して、奈津は少し頭痛がした。なんの罰ゲームだこれは。

翌日、束の間のリゾート気分を味わった二人は新宿駅で別々の帰路に就いた。

温泉の美肌効果とオイルマッサージのおかげで、肌は見違えるくらいつやつやしっとりとしている。疲労回復にもいいという効能通り、デスク仕事で積もり積もった慢性的な肩こりも解消したようだ。夕食の山の幸フルコースは絶品だったし、種類豊富な朝食バイキングも美味しかった。

だが、この精神的な疲れはなんだろう。

途中まではよかった。いや、途中というよりかなり序盤だろうか、温泉に入っている途中まではよかった。母の言葉をきっかけに恭介に本音でぶつかろうという勇気をもらって、心が軽くなったところまでは。

その後のカミングアウトが重すぎて、どうも精神的には旅行前より疲れている気がする。

あれだけ仲のいい両親だ。たとえ修羅場といっても、喧嘩して実家に帰った母を父が迎えに行って土下座したとか、綺麗なオネーサンがいるお店に通ってることがバレたとか、そういうありきたりで微笑ましい感じのものを想像していたのだが。

人は見かけによらないものである。

「お父さん、次に会った時はどんな格好してるんだろう……」

別れ際に母が言った言葉が蘇る。

『お父さんね、ずっと奈津に隠してるのが心苦しいって言ってたのよ。硬派で男らしい自分を家でも演じるのに疲れちゃったのね。あと、やっぱり娘には嘘はつきたくないって。今度から奈津の前でも好きな格好ができるから喜ぶと思うわ』

母によると、成人したら言う、実家を出たら言う、結婚式の前夜に言うなど、いくつかのプランがあったそうだ。結婚式の前夜、両親へ育ててくれた感謝の言葉を述べた後にそんなとんでもない話をされなくてよかったと切に思った。そんなことになっていたら、多分結婚式は父の女装趣味のことで頭がいっぱいで上の空になっただろう。

今回の旅行を勧めてくれた恭介には感謝の気持ちでいっぱいだ。もしかしたら同類を察知する変態レーダーが働いて、カミングアウトするチャンスを作ってくれたのかもしれない。

「よし、私もがんばらなきゃ」

恭介が帰ってくるまであと四日だ。次に会う時は笑顔で迎える。そして真剣に話し合って、両親のようにお互いの本音を受け入れられる関係を目指すのだ。

恭介がなにを隠しているのか、どうして奈津の下着に飽きたのか。怖いけれど耳を塞いではいけない。奈津は決意を新たにして歩き出した。

5

恭介が帰国する日、奈津は朝からかつてない勢いで仕事を片付けた。営業担当から次々に依頼される見積書と請求書を作成し、昼食はデータ入力をこなしながら片手間に済ませ、翌日の会議で使う資料も無言のままホチキスで留めまくる。

この日の奈津は朝から馬車馬のように働いていた。

「結城さん。この見積書なんだけど、変更したい所に数字を書き加えてるから後で出力してくれない？」

「わかりました。すぐやるので置いておいてもらえますか」

パソコン画面から目も離さずに答えると、見積書を持ってきた営業社員がぷっと噴き出した。

「今日の結城さん、課長が帰ってくるからってすっげー気迫だね。じゃ、これよろしく」

「えっ」

恭介が八日ぶりに帰国すると知っている課内の面々にひやかされたりもしたものの、

結局「今日は結城だけノー残業デーだな！」と言って送り出してくれた。なんだかんだでみんな優しいのだ。

婚約を発表したため奈津は十月に違う部署に異動することになっているが、ここを去るのが名残惜しくなってくる。

周囲の協力もあって定時で上がれた奈津は、更衣室で着替えを済ませた。

さっきスマホを確認してみたら、恭介から『今成田に着いてスーツケースを待ってるところ』というメールが入っていた。奈津のほうが少し早く自宅に着きそうだ。

「あれ？　もう帰るの？」

会社から出ようとした時に、社屋のエントランスでちょうど千佳と鉢合わせた。彼女は奈津とは逆にエントランスから入ってきたところだ。先輩社員との外回りの帰りなのか、きっちりとスーツを着てビジネスバッグを持っている。

「今日は恭介さんが出張から帰ってくる日だから急いでるの」

腕時計を確認すると十七時過ぎ。この時間ならまだ帰宅ラッシュにかぶらないから、楽に電車に乗れそうだ。

途中でスーパーに寄って買い物をして帰ろう。やっぱり久しぶりの日本だから、純和風の夕食にするのがいいかもしれない。なにか魚を焼いて、あとは暑いからあっさりしたおかず。オクラを梅で和えるのもいいだろうと、頭の中で献立を組み立てる。

「そっか、あとでご飯に誘おうと思ってたのに残念。あ、そうだ。真山課長にお礼言っておいて。やっぱり私、事務より営業のほうが向いてるかも」

「うん。わかった」

千佳からはあの後、本当に職務区分を変更することにしたと聞いていた。今はまだ事務仕事をこなしながら先輩社員の営業に同行して研修している最中だが、十月には正式に異動する。

そのきっかけは言うまでもなく恭介だ。彼が千佳の所属する営業一課長に進言したそうで、正社員の事務職は減らしてできるだけ派遣社員に切り替えるという会社の方針にも合致したらしい。

彼の人を見る目は恐るべきものがある。あのストーカー癖と下着愛好趣味さえなければ本当に完璧な人なのに、と奈津はつくづく思ってしまった。天は二物も三物も与えたくせに、最後に与えた性癖が破壊力ありすぎじゃないだろうか。

千佳に手を振って別れ、奈津は地下鉄の駅へと歩を進めた。

結婚式のためにちょっとでもダイエットをしようと思って階段を下りながら、今日の奈津には大きな使命があるのだと決意を新たにする。

まずは、出張で疲れた恭介を労ること。それからきちんと恭介と向き合って、茶化したりせずに最近の隠し事と心変わりの理由を聞くこと。土日まで待って話をしようかとも思ったが、そうやって先延ばしにするとそのままズルズルと聞けなくなってしまいそうで今日聞くことにした。

善は急げ。思い立ったが吉日。今日なし得ることは明日に延ばすな。

昔の人はよく言ったものである。


「恭介さんっ！　お帰りなさい！」

「ただいま。やっぱり家は落ち着くな」

大きなスーツケースを転がし、ラップトップや重要書類の入ったビジネスバッグを抱えた恭介が帰ってきたのは、奈津が夕飯の仕上げに取り掛かった時だった。あと十五分くらいで着くという連絡をもらってから、本当にきっかり十五分後。

急いで手を洗い、まだ靴を脱いでいない恭介に駆け寄ってぎゅっと首に抱きつく。

普段は身長差のある二人だが、玄関の段差を利用した上で背伸びすれば頬ずりも簡単。少しちくちくするヒゲを感じながら頭を撫でてもらったら、触れ合っている部分から今までの寂しかった気持ちが溶け出していく気がした。たった八日間離れていただけなのに重症だ。

「奈津。そうしてくれるのは嬉しいが、先に靴を脱いでいいか？」

「わっ、ごめんなさい」

しばらく抱きついていたら、柔らかい声色の恭介にやんわりと制止されてしまった。本当はもっとくっついていたいが、ずっと靴を履いたままでいる訳にはいかない。それに焼いている途中のアジの様子も見てこなくては。

名残惜しいけれど、奈津は仕方なく体を離した。

「すぐに用意しますね。荷物を置いて着替えたら座って待ってて下さい」

「あぁ、魚のいい匂いがするな。向こうではずっとパンだったから久しぶりに炊きたての白米が食べたい」

「ふふ。そう言うと思って今日は和食ですよ」

思った通りの反応をした恭介を見て、奈津も思わず嬉しくなる。こうして少しずつ、恭介のことを理解していけたらなと思った。

なめこの味噌汁、アジの塩焼き、オクラの梅和えと常備菜のきんぴらごぼう。そして、ほかほかのご飯。食卓に並べた料理は恭介によってペロリと平らげられてしまった。

体格がよく、体を動かすことが趣味の恭介はとにかくよく食べる。好き嫌いも特にないようで、出されたものはすべて美味しそうに食べてくれるから作りがいがあるというものだ。

一人暮らしをしていた頃はかなり適当な食生活をしていた奈津も、最近は料理教室に通ったりして新婚奥様の気分を先取りしている。まさか自分が一汁三菜を用意する日が来るとは思わなかった。

そして夕食の後、使った食器の片付けは食洗機に任せ、食後のコーヒーを淹(い)れて恭介の座るソファへと腰掛けた。

「恭介さん、コーヒーいかがですか」

「おう、ありがとう。やっぱり奈津の淹(い)れたコーヒーが一番美味(うま)い」

「もう、褒(ほ)めすぎですよ」

取引先の担当者がジャン・レノに瓜二(うりふた)つで驚いたとか、ホテルでシャワーを浴びようとしたら初日はお湯どころか水も出なくて焦(あせ)ったとか、食事中は恭介の土産話(みやげばなし)に花が咲いた。一つ一つのエピソードは大したことがないのに、恭介の巧(たく)みな話術で説明されると、それが絶体絶命のピンチだったり、抱腹絶倒(ほうふくぜっとう)の珍事だったりするように感じてしまうから不思議だ。詐欺師(さぎし)の才能でもあるんじゃないかと思ってしまう。

何度も海外出張をこなしている恭介はその手の話題が豊富だ。付き合い始める前の、恭介を囲む人だかりのうしろからこっそり眺(なが)めるだけだった日々の中でも何度か漏(も)れ聞いた。

それが今では、自宅に二人きりで奈津のためだけに話をしてくれている。奈津は恭介を独り占めする幸せを密かに噛(か)み締めて、そっとコーヒーを口に含んだ。苦味の中にあるわずかな酸味が爽(さわ)やかな余韻(よいん)を残して消える。

賑やかだった食事時とは違って、今はしっとりと落ち着いた雰囲気だ。話を切り出すなら今、だと思う。

さっきから上機嫌で奈津のブラストラップのラインをなぞっている恭介を窺い見て、奈津は躊躇いながら、だがはっきりとした口調で切り出した。

「恭介さん、大事な話があるんです。以前言ってた、恭介さんが隠してること、教えて下さい」

奈津が勇気を振り絞って切り出すと、奈津の肩のあたりを弄んでいた恭介の指がぴたりと止まった。

「……その話はしないって言ったはずだ」

途端に恭介の機嫌が急降下する。眉を顰めて見下ろされた瞬間、その冷たい表情に怯みそうだ。

元が整った顔のため、眉間に皺を寄せて睨まれると突き放されたような印象を持ってしまうのだ。

「たとえ一緒に暮らしていても、プライバシーは尊重されるべきだ。お互い節度を持って守っていきたいんだが」

「それは、そうなんですけど……」

盗聴したりGPSで監視したりしている人間がそれを言うか、とは思うが、一般的には正論である。

恭介の場合、異常なほどに奈津を監視して追跡していても奈津の行動自体に制限をかけたことは一度もない。いつも好きなようにさせてもらっている。

どうやら彼にとっては奈津の言動を一から十まで把握して記録し収集することに意味があるらしく、「なにをしているか」は重要ではないそうだ。フェチシズムとは奥が深い。

だが恭介が奈津のすべてを知りたがるなら、奈津にだってその権利はあるはずだ。

隠し事があると宣言されて気にならないはずがない。それが婚約者ならなおさら。好きだから、ずっと一緒にいたいと思っているからこそ教えて欲しい。

「私だって恭介さんのこと知りたいんです！」

「知らなくていいことだってある」

すげなく切り捨てられ、奈津は鈍器で頭を殴られたくらいの衝撃を受けた。

いまだかつて、恭介がここまで頑なだったことがあるだろうか。

今までの甘い空気がすべて紛い物だったような錯覚すら覚えて、奈津は震えながら下を向いた。

「だって……、だって最近恭介さんおかしい。前はあんなに私の……下着が欲しいって言ってたのに、突然興味なくなっちゃうし」

奈津の目にじわりと涙が浮かぶ。

「今もすごく怖い！　もう私のこと好きじゃなくなったんですか!?」

「奈津！」

眼球に留めきれなくなった涙をぽろんと零しながら、奈津は必死になって叫んだ。

そんな奈津の肩を、鬼のような形相の恭介が強い力で掴む。彼の指が痛いほど肩に食い込む。

「好きに決まってる！　そうじゃなかったら結婚なんてする訳ないだろ！」

「じゃあ、どうして隠し事をするんですか！」

「それは――」

なにかを言いかけた恭介がぐっと詰まる。

「やっぱり嫌いになったんだ……」

「そうじゃない！　そうじゃないが、……あぁーっ！」

恭介がイライラと頭を掻き毟る。そうしながらも、片手は奈津が逃げるのを阻止するかのように、あくまでも奈津から離さないまま。たまに、クソッとか、ここまで集めたのに、とか小さく悪態をついている。

しばらくごちゃごちゃと悩んでいた恭介が、むくりと顔を上げた。そして諦観した表情で奈津を見る。

「わかった。それなら言うが、条件がある」

「条件？」

　なんだか物騒な単語を聞いて、奈津は少し身構えた。まさか使用済みの下着を渡せとか、またそういう感じの条件だろうか。

　涙を拭って、恭介の次の言葉を待つ。

「今から見せる物は俺の物だ。俺が集めたり、自分の金で買ったりした物だから奈津にどうこうする権利はない。いいか？」

　思っていたより普通の条件に、奈津はほっと息をついた。恭介のお金で買った物なら、それは当然だ。

　今の奈津は、家賃から生活費まですべて恭介に出してもらっている身で、ここからさらに恭介の所有物まで掠め取ろうなどとは思っていない。

　もしかして、以前恭介が盗んだ下着を返すように何度も迫ったことを根に持っているのか。あれは奈津が買った物で、なおかつ自分の下着を他人に愛でられているなんて気持ち悪いから返して欲しいと言っていただけなのに。

　そんな理由だけで隠し事をしていたのかと思うと、奈津は可笑しくなって小さく笑みを零した。

「はい。それはもちろんです」

「あともう一つ。今後、生活習慣を変えないこと。いいな？」

「……は？」

さらに条件を提示した恭介に、奈津は訳が分からず首をかしげた。

生活習慣とは、例えば起きてすぐ顔を洗うとか、昼は社食で食べるとか、夜は同じベッドで眠るとか、そういうことを指すのだろうか。恭介の隠し事と自分の生活習慣の相関関係がまったくわからない。

「返事は？　これが守れないなら絶対に見せない」

「……わかりました。変えません」

まぁ仕方ないだろう。これが逆に、見せるから生活習慣を変えろと言うなら話は別だ。そうではなくて、今まで通りに暮らすこと、という条件なら元々その予定だったのだからなにも問題はない、はず。多分。

奈津が承諾したのを見届けた恭介は、ちょっと待ってろと言い置いてウォークインクローゼットへと向かった。しばらくそこでごそごそしていたかと思うと、両手で簡単に抱えられる程度のプラスチック製衣装ケースを持って帰ってくる。その収納ボックスには非常に見覚えがあって、奈津はおずおずと問いかけた。

「あの、それ……。以前私の下着をコレクションしてた箱ですよね？」

「そうだ」

やっぱり。奈津が宅配便業者に偽装した男に襲われそうになったあの日、初めて見たのがこの箱だ。中には、一枚ずつビニール袋に入れて日付まで丁寧に記入された奈津の下着（盗品）が収められていた。

それ以降も少しずつコレクションは増えていたが、先日同棲を始める時にすべて返してもらって、中が空になったのを確認した。その後は自衛の成果もあってなにも盗られていないから、少なくとも自分の下着は一枚も入っていないはずである。

「これ……、開けていいんですか？」

「いいぞ」

正直開けたくなくなってきた。自分から隠し事を白状しろと迫った手前、今さらやめられないのが辛いところだ。

「じゃあ、失礼します……」

恐る恐る手を伸ばしてプラスチックケースの留め金を外す。かぽ、と能天気な音を立てて蓋を開けると、中に入っていたのは恐れていた物。

無色透明に青いラインが入った見覚えのあるサイズのビニール袋と、その右上に貼ってある日付シールだ。全部で三十、いや少なくとも四十袋はあるだろう。一見以前と同じだが、一つだけ違うことがある。

その中身が全部、ストッキング、なのだ。こんな大量のストッキング、奈津が最近なくした覚えはない。伝線した時には捨てていたが、仮に恭介と付き合い始めた時からカウントしてもトータルで四十枚も捨ててはいないだろう。

「一体誰から盗ってきたんですかっ⁉」

「誰って、奈津のストッキングに決まってるだろ」

驚愕の表情で叫んだ奈津は、それ以外にありえない、といった様子で堂々としている恭介を見て、怒りと悲しみがごちゃまぜの感情で爆発しそうになった。

なに、この見え透いた嘘は。こんなに大量のストッキングを奈津は盗られた覚えがない。そんな嘘すぐにバレるだろうに、どうして誤魔化すのか。

「ひどい……。本当のことを教えて下さい。一緒に謝りに行きましょう？」

奈津は必死の形相で恭介にしがみつく。犯罪者というのは、得てして犯行がエスカレートするものなのだそうだ。最初は隠れて犯罪を犯していた者も、その行為が露呈しなければ次第に大胆不敵になってゆく。ずっと奈津の下着だけで我慢していた恭介も、いつしか不特定多数の他人から収集しなければ満足できなくなったのだろう。

謝罪だけで済めばいいが、どう考えても警察が介入する未来しか見えない。今まで積み上げてきた物がガラガラと崩れる感覚に襲われて、奈津はソファにへたり込んだ。

しかしそんな奈津を横目に、恭介は呑気にもビニール袋を開封し始める。まさかこの状況でストッキングにハァハァするつもりなのかと、奈津の怒りはさらにヒートアップした。

「そんな物触らないで！　恭介さんの場合は下着相手でも浮気ですよ!?」

「だから、これは本当に奈津のストッキングだって言ってるじゃないか。赤の他人の布切れなんて集めてなにが楽しいんだよ」

「うそ！　私、こんなになくしてません！」

「だろうな。俺が毎日補充してたんだから」

「…………え？」

補充、という言葉を咀嚼するのに少し時間がかかった。

そして「このストッキングのタグを見ろ」と、ビニール袋から取り出した一枚のストッキングを突き付けられる。

ぐいと目の前に差し出された物を見つめれば、確かに奈津がいつも買っているサイズとメーカー。伸びがよくて丈夫なのに二十枚セットで一九八〇円の特価品だ。いつもネット通販でまとめ買いしている。

「確かにこれは私がいつも使ってるストッキングです。けど、え？　補充？」

「そうだ。毎日奈津が寝てから、洗濯ネットに入っている使用済みストッキングを取り出して、俺が買った新品のストッキングを代わりに入れておいた」

「え……ええ……？」

「やはり気付いてなかったんだな。あーもう、だから言いたくなかったんだよ。いいか、下着のみならずストッキングまで脱いですぐ洗うのは絶対に禁止だからな！」

　ということはあれか。奈津が使ったストッキングは毎日回収されてビニール袋に保存され、なにも知らない奈津は新品のストッキングを洗濯して穿いていたということか。

「全然気付かなかった……」

「そりゃ細心の注意を払っていたからな。タグで違いがバレないように、奈津が普段買っているのと同じメーカーの物を買っていたんだ」

　ふふん、と恭介がなぜか自慢げに胸を張る。そういえば最近、ストッキングが伝線する頻度がかなり落ちていたのを思い出した。単純に品質改善がされたのだろうと思っていたが、毎日新品を穿いていたのだからそれは当然だったのだ。

　まったく気付かないまま毎日毎日使用済みストッキングを供給していたのだと思うと、なんだか恭介の掌の上に乗せられ、さらにそこで回し車を回しているハムスターが思い浮かんだ。もちろんそのハムスターは奈津である。

「あの……恭介さんが突然私の使用済みショーツを狙わなくなったのって」

「別にパンツに飽きた訳じゃないが、今はストッキングがマイブームなんだ。パンツと違って接地面積が大きいのがたまらないんだよなぁ。奈津の脚にねっとりと絡みついていたと思うと舐め回したくなる」

「ひっ」

ニヤニヤといやらしい笑みを浮かべた恭介が、手に持つストッキングを伸ばして撫で回す。奈津は背筋に冷たいものが走るのを感じた。

「でも舐めると奈津の匂いが消えるだろ？　すごいジレンマだよな……」

「は、はぁ」

恭介が苦悶の表情を浮かべてため息をつく。どうやら、ものすごくどうでもいいことで悩んでいるらしい。奈津は自分の悩みが解消したとわかりつつも、それを単純に喜んでいいのか判断できなかった。

それにしても、ねっとりってなんだ。ねっとりって。恭介の主観しか入っていない表現だ。

「もしかして最近下着をつけたままエッチをしなくなったのも、それが原因ですか？」

この際だから、気になっていることは聞いてみる。

奈津は今まで真剣に悩んでいたというのに、結局その理由は本当にくだらないことだった。ストッキングがマイブームなんて、奈津の人生で初めて耳にした単語だ。もうヤケである。

「は？　……あー、言われてみればそうかもしれないな」

恭介が目線だけ上げて、なにかを思い出す仕草をする。

「私、実はずっとそれで悩んでて」

「そうだったのか？　……うーん、なんというか最初は『奈津に触れた下着』に興奮してたんだ。でもそれが一周回って、いつの間にか『〝奈津に触れた下着〟に触れていた部分』に興奮するようになったというか」

「……ちょっとなにを言ってるか理解できないです」

わかりにくい。すごくわかりにくい。一周どころか二百周くらい回っている。

変態の深淵を覗いた気がして、奈津は目眩がした。

父の女装癖を認めた母のように変態のすべてを受け入れ、理解するなんて、自分には一生できないんじゃないだろうか。

「ところでさっきの、下着相手でも浮気ってどういう意味だ」

変態のありのままを受け入れられるか否かについて頭を悩ませる奈津に、恭介が逆に質問をしてきた。

恭介の所業に興奮して思わず口走ってしまった言葉だが、これが奈津の本心であることに変わりはない。だから奈津は淡々と返答した。

「そのままの意味ですけど。恭介さんは下着が好きだから、私以外の下着を集め始めたら、それは浮気だと思います」

まぁ今回は誤解だった訳だが。でもこんなに下着好きの恭介のことだ。いつ他人の下着にも興味を示し出すかわからなくて、奈津は早めに釘を刺しておくことにした。外から盗んでくるのは論外だが、たとえ合法的に手に入れたとしても許せない。

「……前から言おうと思っていたんだが、奈津はなにか勘違いしている気がする」

ため息をついた恭介が、不満そうな表情をする。

「俺は別に昔から下着が好きなんじゃない。奈津を好きになってから、初めて下着を集めるようになったんだ。前に言ったよな、奈津が薄着になった時にブラジャーの線が浮き出ていて興奮したと。ちなみにストラップの背中側についているアジャスターの膨らみがすげぇエロいよな。あれでいきなり覚醒した」

「えぇぇっ!?」

てっきり元から下着フェチなんだと思っていた。奈津には恭介の下着談義は一から十まで共感できないが、彼が高レベルの変態なんだろうということだけはわかる。

こんなにマニアックな部分にエロスを感じる人が、にわかフェチだったなんて信じられない。派手に驚いた奈津を見て、恭介が拗ねたように鼻を鳴らす。

「やはりわかっていなかったか。よく考えてみろ、誰かを好きになるたびにベランダに忍び込んで下着を盗んでいたら身が持たないだろうが」

「まぁ、そうですよね」

確かに。それにこのペースで下着を集めていたら、別れる時にはゴミ捨てが大変そうだ。

優しく肩を抱き寄せた恭介の声色が、ぐんと甘くなる。

「他人の体液が染み込んだ布切れなんて気持ち悪くて触りたくもない。俺が下着を集めたくなるのは奈津だけだ。な？」

「……恭介さん、それ口説き文句としては微妙だと思います」

「俺らしくていいだろ」

「よくな……んっ」

恭介の乾いた唇が奈津のそれに重なった。肉厚の舌で唇の表面をちろりと舐められたのをきっかけに、奈津は薄く口を開く。すぐに熱い舌が入り込んできて、湿った音を立てながら互いに舌先でくすぐり合った。

久しぶりのキスは、わずかに苦いコーヒーの味がする。


「恭介さんっ、やっ……もうくすぐったい」

「駄目だ。これは俺への『詫び』だろ？　好きなだけやらせてもらう」

ストッキングに包まれた奈津の脚を撫で回しながら恭介が恍惚とした表情で言う。大きく開いた脚の間には恭介が陣取っているせいで閉じられず、奈津はひたすらやわやわとした刺激に耐えていた。

一体なんでこんなことになっているんだろう。

キスをした後は甘い空気のままソファに押し倒され、久しぶりのセックスになだれ込むはずだった。なのに奈津に覆いかぶさった恭介が言ったのだ、「俺は一途に奈津を愛してるのに、浮気を疑われて傷付いた」と。

「だから誠意を見せろ」

据わった目で言う恭介に対して警戒心しか湧かない。

「で、でも恭介さんが隠し事をしてたから」

「一緒に暮らしていても胸の内すべてを見せ合うべきだとは思わない。実際浮気なんかしていなかっただろ。俺を信じなかった奈津が悪い」

「ええ……」

そんなめちゃくちゃな。強引に引っ張ってくれる頼り甲斐のある人が素敵！　などと言う女性もいるが、ここまで強引だと困惑しかないというのが正直なところだ。

「だから、誠意を見せろ」

しつこく言い張る恭介に奈津が根負けするのは最初から決まっていたことかもしれない。奈津は仕方なく首を縦に振った。

――そして今、ベッドに移動した奈津はストッキング越しに延々と脚を撫で回されている。しかもショーツは剝ぎ取られ、直にストッキングを穿いているから落ち着かない。

足の甲、足首の骨、ふくらはぎ、膝小僧、太もも。煌々とした蛍光灯の下で脚を大きく開かされ、順に確認するようにちろりちろりと舐められる。

「……ぁんっ」

「そんなに気持ちいいのか？　まだ脚を触っただけなのに、もうかなり濡れてるぞ」

恥ずかしさのあまり、奈津は思わず顔を両手で覆った。そんなこと、言葉に出して言われなくても、当の本人である奈津が一番よくわかっている。

普段はショーツで覆われているはずの秘められた部分がだらしなく蜜を零し、薄いナイロンの膜がべっとりと張り付いているのだ。不意打ちのようにそこをじゅんと吸い上げられ、奈津はまた嬌声を上げた。

「そろそろ、ここを可愛がってやらないと可哀想だな」

恭介が呟くと同時に、ピイッと乾いた悲鳴を上げてストッキングに穴が開く。最初は右のふくらはぎにだけ開けられた穴は次々に増えていき、すぐにボロ布のようになった。奈津の足にまとわりついている、かつてストッキングと呼ばれていたものは、それはそれはひどい有様だ。

最後にどろどろに濡れている部分を破られ、奈津を守る物はなにもなくなった。

「下着を破るっていう、この背徳感が堪らないな。癖になりそうだ」

「……もうだめ、こんなの今日だけですっ。あっ」

「わかってる。だから今日は目一杯堪能させてくれよ」

ぐじゅんと音を立てて恭介の太い指が挿入された。恭介にはすべて知られている弱い部分を集中的に擦られると、奈津はすぐに頂点に達してしまう。

「恭介さんっ、……ふ、あぁっ！」

「もう入れるぞ。この見た目だけでイキそうでやばい」

絶頂の余韻も消え切らないまま、まだぴくぴくと震える媚肉に挿入される。

奈津はこの瞬間が好きだ。狭い肉をぐいぐい拡げるようにして征服されると、恭介と繋がっていると実感できるから。

「あ……、はぅ、んっ……。恭介さん、大好き。だから絶対浮気なんてしないで……」

満たされたことを実感し、うっとりとしたため息をつく。

恭介の逞しい首筋に腕を回してささやけば、「お前はまだ言うか」と耳に齧り付かれた。

その夜、恭介がいかに奈津を愛しているか理解できるまで、なかなか離してもらえなかったのは言うまでもない。

何度も上り詰めて、気怠くなりながら、ベッドで奈津は恭介に腕枕をされていた。

慈しむように髪を撫でられて、その気持ちよさからすぐに眠ってしまいそうだ。だからこの穏やかな触れ合いの中で、奈津はこっそりと本音を零した。

「八日なんてすぐだと思ってたけど、すごく寂しかったです」

今までも恭介が出張で会社を留守にすることはよくあった。だから大丈夫だと思っていたが、こうやって濃密な時間を二人で過ごしてしまうと、彼の不在がひどく辛いものに感じられる。ネットを介して会話をしようと思っていたが、お互い働いていると時差の関係でそれも難しい。

「恭介さんは？　寂しいって思ってくれましたか？」

俺も寂しかったという甘い言葉を期待して言ったのに、返ってきたのは奈津を落胆させるものだった。

「まぁそれなりに、だな」

「え……」

そうか、恭介は自分と離れても大したダメージは受けないのか。それが思っていたよりも悲しくて、奈津はシュンと目を伏せる。

男性は案外あっさりしているものなのかもしれない。

「ウェブカメラを見れば奈津の様子はわかったから。八日なんてすぐだったぞ」

「ウェ、ウェブカメラ!?」

一瞬で眠気が覚めた。

「気付いてなかったのか？　とりあえず今は、玄関と寝室とキッチンとリビングと洗面所に置いているが。風呂場は湿気が多くて諦めたんだ。あとは会社のデスクにも置きたかったが、さすがに市販品のセキュリティ対策が簡易なものでネット回線を拝借するとバレる可能性があるからな。今、試行錯誤の途中だ」

「そんな試行錯誤いりませんってば！」

まさか恭介が自宅の盗撮までし始めるとは思わなかった奈津は、必死の表情で恭介に詰め寄った。もしも今彼が服を着ていたら、布を引きちぎる勢いで胸ぐら（つか）を掴んでいただろう。

この情熱をもっと違うところに向けて欲しい。奈津は切（せつ）にそう思った。

6

精神的にも肉体的にも疲れ切った奈津が規則的な寝息を立て始めると、隣に寝ていた恭介はむくりと起き上がった。そしてゆっくりと奈津の下から腕を抜き、小さな頭をそっと枕にのせる。

「ん……ぅん……」

「奈津、すぐ帰ってくるからな」

つるんとした白い頬（ほお）に軽いキスを落として、奈津を起こさないよう静かにベッドを抜け出す。今日の分のストッキングを回収するためである。

まとめ買いしている業務用のジッパー付きビニール袋を収納庫から取り出した恭介は、足取りも軽く脱衣所に向かう。そこでは先ほど奈津が脱いだばかりのストッキングが、絶妙なくたびれ具合で洗濯ネットに入って恭介を待っているはずだ。

奈津に「ストッキングが俺を待っている」などと言った日には、「恭介さんを待ってるんじゃありません！　洗濯を待ってるんです！」と涙目になってきゃんきゃん怒るだろうなと想像すると、その可愛らしさについニヤけてしまった。

うん、今度実際に言ってみよう。

そんな楽しい計画を立てながら脱衣所に入り、八日ぶりにストッキングを手に取る。この久しぶりのナイロンの感覚でやっと日本に帰ってきたんだと実感が湧き、例えようもない安心感に包まれた。

仕事柄出張には慣れているため、数日間の出張から帰ってきたくらいでは今さらなんの感慨もないのだが、長期にわたって奈津のストッキングを触っていなかったせいで気付かないうちに疲労が溜まっていたらしい。

離れている間も少しの暇を見つけてはウェブカメラで奈津の様子を眺めて癒されていたとはいえ、やはり恭介の精神衛生のためには奈津本人と下着の両方が必要なようだ。

何より大事な元気の源をビニール袋に入れてわずかな空気も逃さないように封をした。

「さてストッキングも回収したことだし、久しぶりに奈津の隣で寝るか」

無機質なビジネスホテルでの侘しい一人寝から解放され、愛しい婚約者の温もりを感じながら眠りにつける喜びに恭介の胸が躍る。

奈津に腕枕をしてやって抱き寄せながら寝ると、ちょうど恭介の鼻先に奈津のつむじがくる。奈津が愛用している蜂蜜シャンプーの甘い匂いが鼻をくすぐって、これがひどく安眠効果があるのだ。たまに無意識のうちに胸元に頬を擦り付けてくるところも可愛いし、彼女が隣にいるかいないかでは睡眠の質が段違いなのである。

ビニール袋に日付を記入してから丁寧に収納箱に収め、恭介はベッドに滑り込んだ。さっき恭介が出ていった時のままの姿勢で寝ている奈津は完全に熟睡中だ。もとから一度寝たらほぼ起きない性質だが、今日は一日の疲れと先ほどの性的な運動が祟って泥のように眠りこけている。

「奈津……」

こうして名前を呼ぶのも八日ぶりだ。小さな声で、愛しさをこめて名前を呼ぶ。

ウェブカメラがあれば奈津の様子はわかるが、音声を送る機能はついていない。少し乱れた髪を耳にかけてやると、ぴたりと閉じたまぶたがぴくぴくと動いてまた静かになった。

「全然起きないな」

まるで眠り姫のような婚約者に恭介は苦笑する。眠り姫ならキスをしたら起きるのだが、試しに優しく唇を食んでもまったく起きる気配はなかった。そんな奈津の髪を撫でているうちに、常に下心しか持っていない恭介はふと、あるひらめきを得た。

これはもしかして、ものすごいチャンスなんじゃないか？

薄い掛け布に包まれて穏やかに上下している奈津の体をちらりと見て、そしてまた無防備な表情を窺い見て。以前から夢見ていたシチュエーションを実現するチャンスが訪れたと内心で歓喜し、恭介は邪な笑みを浮かべた。多分奈津がこの表情を見ていたらすぐに逃げ出していただろうが、残念ながら今は熟睡中だ。

まな板の鯉状態である。

「奈津……起きるなよ？」

とりあえずそう声を掛けてから、恭介は奈津のパジャマのズボンを下ろし始めた。早く中を見たいと気は焦るが、乱暴にやって奈津が起きてしまったら計画はおじゃんだ。慎重に事を運ばなければいけない。どうか奈津が気付きませんように。そう祈りながら、じわじわとズボンを下ろしていく。

慎重に慎重を期した作業はなんとか成功したようで、奈津の安眠を邪魔することなくズボンを脱がせた。すると、本丸とも言うべき奈津のパンツが顔を覗かせる。

「ほう……」

今日は淡いピンクのレース付きパンツだった。

恭介は目を細めながら、年代物の芳醇なワインでも味わったかのような感嘆のため息を零す。このパンツは現在奈津が持っている二十四枚の中で恭介が三番目に好きなものである。出張から帰って早々このパンツに出会えるとは、なんて運がいいんだろうか。

ちなみに先ほどストッキングビリビリプレイをする前に奈津が穿いていたのは、恭介が二十一番目に好きな白い無地のパンツだった。二十一番目ということで少々ランクは落ちるが、肌色のストッキングを脱がせた中から白いパンツが出てくるというのは暗闇の中で花開く月下美人のような神々しさすら感じさせられた。やはりストッキングには王道の白パンツが一番適していると実感できたので、その白パンツへの敬意を込めてランクを十五番目程度に上げるべきか悩んでいるところだ。

さてパンツのランクはあとでじっくり検討を重ねるとして、今はこの美味しそうなピンクの下着の調理が先である。奈津の白い肌にぴったりと密着し、布地の淡いピンクと繊細な白いレースが可憐さを演出しているそれは、実は恭介が一番最初に盗んだ下着でもある。そっと下着の両脇に手をかけてずり下ろしながら、恭介は懐かしくも微笑ましい過去を思い出していた。

忘れもしない、あれは恭介が奈津の隣の部屋に引っ越した日のことだった。

引っ越し業者に指示を出しつつ荷物を搬入していると、簡素な部屋着のワンピースを着た奈津が玄関からひょいと顔を出した。しばらくきょろきょろとあたりの様子を窺っていたが、そこに立っている恭介に気付くと目をまん丸にして驚き、そして石のように固まってしまった。

「か、課長っ!?」

「結城？　まさか隣に住んでるのか？　……奇遇だな」

本当は奈津と同じマンションをずっと狙っていてやっと入居できたのだが、そんなことはおくびにも出さない。これから少しずつ奈津を懐柔して手に入れるためには、余計な警戒心を抱かせてはいけないのだ。

だから奈津が隣の部屋から出てきたことに驚いた演技をしつつ、恭介はその服装に釘付けだった。今奈津が着ているのは、会社に穿いてくるスカートよりもかなり丈の短いワンピース。ちょっとめくったらすぐにパンツが見えてしまいそうで、無意識のうちに右手が動きそうになるのを鋼の意思で押し留める。

しかし、見たい。ものすごく見たい。見なければ多分一時間以内に干からびて死ぬ。

そう思いつめた恭介は一計を案じた。

「結城、このマンションの非常階段はどこだ？」

「非常階段ですか？　……あのドアです。鍵はいつも開いてますよ」

奈津の指差す方向には白いペンキで塗られた一枚のドアが見えた。

そのドアを開けた先には外付けの非常階段があるのだろう。それを利用すれば奈津のパンツを下から覗き放題である。計画があまりにも杜撰だが、奈津を見てコンマ二秒で考えたにしては上出来だ。

あとはもっともらしいことを言って丸め込むだけだが、奈津はどうも他人をあまり疑わない性格をしているふしがあるため、これに関しては自信がある。

「できれば案内してくれないか」

「案内ですか？　いいですけど、別に普通の螺旋階段ですよ？」

首をかしげながら恭介を先導する奈津のワンピースからは、むっちりとした白い脚が二本伸びている。ほどよく肉がついたすべすべの脚は眼福だが、こんな姿で外に出るなんて危ないだろうと叱りつけたい気持ちもある。非常にジレンマだ。

「こちらです」

ドアを開けて階段を見せる奈津に、恭介はわざとらしく考え込むフリをした。そしておもむろに口を開く。

「結城、非常階段に私物が置かれて塞がれたりしていないか、確認したことはあるか？」

「いえ、それは……。いつもエレベーターを使うので、階段は使ったことないんです」

当然だろう。マンションの上階に住んでいれば、エレベーターの故障でもない限りわざわざ階段を使う人間はいない。しかも非常階段となればなおさらだ。想定通りの答えに満足した恭介はもっともらしく頷いた。

「そうか、それは駄目だな。よし、今から俺と確認しに行こう」

「えっ？」

かなり強引な展開だが、有無を言わせず恭介が先に足を踏み出せば奈津も慌ててついて来る。このマンションの管理・清掃レベルを見れば非常階段も整えられていることくらいわかっていたが、二人で一緒に下まで降りて避難経路が確保されていることを確認する。

そして一階でUターンし、奈津を先に上らせることに成功した。

「課長、非常階段もちゃんと管理されていて安心しましたね！」

「そうだな」

狭い非常階段を先に上がっていく奈津が嬉しそうに言うが、恭介は今それどころではない。なんせ少し腰を屈めるだけで、可愛らしいピンクのパンツが丸見えなのだ。会社でも、タイミングを見計らっては下から覗いたり、隠し持った手鏡に映して見たりしていたとはいえ、無防備な部屋着の下から見るパンツもまたひとしおである。

この絶景は永久保存せねばと当然のようにジーンズのポケットからスマホを取り出して撮影すると、シャッター音に驚いた奈津が振り向いた。

「課長？　写真ですか？」

「おう。せっかくだから撮っておこうと思ってな」

「非常階段をですか……？」

首を捻りながら階段を上がる奈津の下からまたシャッターを切る。

あとで外付けHDDとクラウドの両方に保存し、さらに印刷もしておかねばならない。

データの管理は二重三重に保険をかけておく主義だ。

好きなだけ写真を撮ってから奈津と別れた恭介はその夜、写真の整理をしながら隣のベランダへの侵入計画を立て始めた。見るだけでは飽き足らず、このピンクの下着を手に入れたくなったからだ。目で見て、写真を撮れば、次は実物が欲しくなるのは自然の摂理、かつ当然の欲求である。

だから干している洗濯物の中から下着を失敬するのはごく当たり前な成り行きだと恭介は思う。

「この下着が干されるのは明日か明後日あたりか……」

そう予想をつけて隣のベランダを監視した恭介は、狙い通り二日後に念願のピンクパンツを手に入れる。この時の湧き上がる歓喜と高揚感はいまだに忘れられない。

さて、こうして下着泥棒を始めた恭介は順調に奈津の下着を回収していった。

　最初はベランダから、そして付き合うようになってからはクローゼットや洗濯カゴ、たまには奈津本人から追い剥ぎもした。それでもやはり、一番初めに手に入れたパンツというのは特別感があるものだ。ぐっすりと眠りこける奈津から思い出のパンツを脱がせた恭介はもう一度パジャマのズボンを穿かせ、パンツを頬に当ててうっとりとする。

「この肌触りが堪らんな」

　しばし頬ずりを楽しんだ後は、夢にまで見た憧れのシチュエーションである。奈津の脱ぎたてパンツを枕に置き、ベッドに横になってパンツに頭をのせた。まだ新しい洗濯物の匂いがするパンツはすべすべとして気持ちいい。

　寝ている間ずっとパンツに触れていられるという画期的な睡眠方法だ。

「奈津、おやすみ」

　奈津の髪を梳き、頬をひと撫でしてからふっと微笑む。今日はいい夢を見られそうだ。そう満足して深い深い眠りに落ちていった恭介は翌日、奈津の悲鳴で目を覚ますことになった。

「あれ!?　なんでノーパン!?」

「……あ？　ああ……おはよう、奈津」

「おはようじゃないですよ！　恭介さん私、朝起きたらショーツをはいてなくて……、ってどうして恭介さんの枕の上にあるんですか!?」

「ああ、奈津が寝てから脱がせたんだが」

「い、いやーっ！」

前夜のウェブカメラに続いて朝からパンツ枕カバーに直面した奈津の恐怖の叫び声が響き渡る。

慌てて自分のパンツを取り返した奈津からふたたびパンツを強奪し、恭介はパンツと一緒に奈津を抱き込んだ。

「細かいこと言うなよ。ちょっと借りただけだろ」

「全然細かくないですっ！　もう絶対にこんなことしないで下さいよ!?」

「嫌だ」

「なっ……！」

奈津のパンツを頭の下に敷いて寝た効果なのか、出張の疲れはすっかり取れて活力が漲っている。やっぱり可愛い婚約者と一緒に寝るのは最高だ。

首根っこを掴まれたハムスターのようにきゅうきゅうと抵抗する奈津を押さえて少し赤く染まった頬にキスをすれば、反射的に目を閉じた奈津が大人しくなった。

「……そんなことしても、誤魔化されないんですから」

「それなら誤魔化されるまで何回でもしてやるよ」

「んっ……！」

力業（ちからわざ）で甘い空気に持ち込んだ恭介は、キスをしながら次はどのパンツを敷いて寝るかと内心舌舐（な）めずりをする。

奈津によく似合っている水玉模様のポップなパンツもいいし、以前一目惚（ひとめぼ）れして買ってきた黒の総レースパンツもいい。パンツに限らずブラジャーでも癒（いや）されそうだ。

ピンクのパンツを手の中で弄（もてあそ）びながら、恭介の野望は止（とど）まるところを知らないのであった。

第三章　ライバル登場？

1

《新しいバージョンがあります。アップデートして下さい》

昼休みの社員食堂。奈津が例のパズルゲームをプレイしようと起動すると、こんなメッセージが表示された。アップデートの内容を見ると、新規ダンジョンの追加、バグの修正、キャラクターデータ追加となっている。

恭介によってパズルゲームを模したGPS追跡アプリを仕込まれていることが発覚してからすぐ、奈津はそのパズルゲームに夢中になってしまった。

自分自身はなにもやましいことはしていないし、追跡することで恭介が安心するのなら、と今後もGPS追跡を了承した。彼に押し切られただけのようにも思えるが、実はアプリを削除するとゲームができなくなるのが嫌だったからというのもある。

恭介が片手間に作ったと言う割には出来がよく、シンプルなルールはわかりやすい。にもかかわらず戦略を立ててやり込む要素もあって、初心者から上級者まで楽しめるのだ。

奈津が喜んでプレイしているのを見た恭介はどんどん機能を充実させ、ＧＰＳ機能を削除した完全なるパズルゲームとしてとうとう一般にリリースしてしまった。奈津はすっかりヘビーユーザーで、課金までしているのは秘密である。

「あれ？　奈津もそのゲームやってるの？」

アップデートしたゲーム画面を開いて新しいダンジョンをチェックしていると、きのこパスタをトレイに載せた千佳がやってきた。

「うん。最近はまってて」

「面白いよねー！　私も移動中によくやってる」

千佳が隣に腰掛ける。このゲームは元々、奈津をＧＰＳ追跡するための目くらましに恭介が作ったものだとは、仲のいい同期相手でもさすがに言えない。

十月になり、年度替わりの規模ほどではないが人事異動が行われた。直属の上司である恭介とすでに婚約を発表していた奈津は、予定通り違う部署へ異動に。

まったく畑違いの職場になったら慣れるのが大変だな、などと思っていたが、結局蓋を開けてみれば、隣の営業一課が新所属先だった。職務区分の変更によって事務から営業に移った千佳の後任である。

元いた二課も、新しい所属先の一課も両方同じフロアだが、中央をコピー機と観葉植物で区切っているため恭介の姿はまったく見えない。当然、仕事の指示を受けることも一切ない。

　仕事中のふとした瞬間に顔を上げて課長席を見た時、偶然恭介と目が合って誰にも気付かれないようにアイコンタクトを交わすこともうないと思うと、無性に寂しくなってしまう奈津だ。家に帰れば毎日会えるのに、なんて贅沢なんだと思う。

「ねぇ、あの女、また隣に座ってるんだけど」

「え？」

　二人でゲームについて語り合いながら昼食を食べ、ついでにＩＤを交換して〝友達〟にもなった。そろそろ食器を片付けようとしたところで、千佳がふいに遠くへ目を向け、険しい顔になる。

　奈津がその目線の先を追うと、かつて所属していた二課の営業の面々が数人まとまって昼食を摂っていた。その中心にはきっちりと髪をセットしたビジネスモードの恭介がいて、和やかそうな雰囲気だ。これだけなら以前もよく見た光景だ。正午頃に外回りに出ていない者はまとまって食事を摂ることも多い。

　その中で以前と一つだけ違うのは、恭介の隣に見目麗しい女性が座っていることだ。

　暗い色のスーツ姿の男性の中、明るいクリーム色のスーツに華やかなフリルインナーを合わせている彼女はまさに紅一点という雰囲気。顔立ちも派手な美人系だから、恭介と並ぶととても映える。

「一体なんのつもり⁉　奈津がいるって知ってるはずでしょ⁉」

「席なんて偶然だよ」

彼女は中途採用で今月から営業二課に配属になった女性だ。奈津よりも少し年上で、気の強そうな見た目通り海外営業もバリバリこなすキャリアウーマンだと恭介が言っていた。

恭介の隣に美人がいれば、奈津だって内心はちょっと面白くない。だがこれまでも恭介は女性に囲まれていたし、仕事上で付き合いのある女性すべてに嫉妬していたらきりがないのだ。伊達に二年も片想いしていた訳ではない。お邪魔虫耐性は付いている。

恭介が卓上の調味料に手を伸ばすと、それにいち早く気付いたらしい彼女が代わりにソースを取って手渡した。首をかしげながらなにか喋る彼女に、恭介がお礼を言っているようだ。

「ほら！　隣に座ってるんだから、どっちが取っても距離は変わらないでしょ？　なのに代わりに取るって彼女面でもしてるつもりなの⁉」

「ねぇ落ち着いて。もう行こう」

奈津の代わりにぷんぷんと怒りまくる千佳をなんとかなだめる。

確かにちょっとやりすぎな気もするが、女子力アピールだと思って我慢しよう。

そして食器を返却口に返して食堂を出る直前、ちらりとそのテーブルに目をやると彼女とばっちり目が合った。奈津は不意打ちに驚いて固まるが、彼女は余裕の笑みを浮かべて丁寧な会釈をする。

「なんかわかんないけど、すっごいむかつく」

横で呟いた千佳に、奈津も心の中で同意した。

すぐにテーブルで交わされている会話に戻った彼女は、さり気なさを装って恭介に軽くボディタッチをしている。奈津が見ているのを知っていて、見せつけるかのように。

なんだか宣戦布告されたようで腹立たしい。

「でもさ、本妻は奈津なんだから、どんと構えてなよ」

社員食堂から帰る道すがら、千佳が奈津を励ましてくれた。

「ああいう派手な人、多分真山課長のタイプじゃないって。結婚式の準備も進んでるんでしょ？」

「うん。こないだ招待客のリストが完成したとこ」

式の準備は順調だ。ゴールデンウィークに式場巡りをして予約し、先月の連休には初めてのドレス試着に行ってきた。恭介はなにを着ても褒めてくれたので、自分が本当に美人だと勘違いしそうになったくらいだ。

試着の後にブライダルインナーについての説明が始まると、恭介はドレスそっちのけでインナーに釘付けになった。周りにいた人も、ちょっと引いていたと思う。しかも、『ドレスが決まった後にその形に合う物を購入して頂ければいいですよ』と非常に良心的なことを言うプランナーさんを遮って、なぜか無駄に二セットも注文した。

本人は「奈津が使う分と、俺の分だ」と言っていたが、後者は通常必要ない。

そう、彼はおかしい。普通の神経の人じゃ相手できないのではないかと思う。

恭介の見た目と表面的な性格に惹かれて寄ってくる虫は数多くいるだろうが、変態の素顔を知っても愛せるのは奈津だけだ。色々と許しがたい時も多々あるが、今それなりに受け入れているだけでも大したものだと自負している。

あのプライドが高そうな彼女が、本当の恭介とうまくやっていけるはずなんてないのだ。

「私、あんな女には負けない気がする」

「だよね！　逆に仲のいいとこ見せつけてやりなよ」

「うん」

奈津は余裕の表情で頷いた。

2

数日後。取引先からの帰り道、恭介は地下鉄の車内でウェブカメラの視聴アプリを起動した。

自宅内の複数のカメラを確認すると、奈津はまだ帰宅前のようだ。短時間の残業で帰っていればすでに家にいる時間だが、まだ異動したばかりで慣れないことも多いと言っていたから遅くなっているのかもしれない。

奈津の姿を見れば、これから社に戻ってからの残務処理もがんばれそうな気がしたのに。落胆して、せめて室内干しをしている下着でも見つからないかとカメラを左右に操作をする。

「あら、それってご自宅ですかぁ？」

隣から無遠慮に声を掛けられて、恭介はすぐにウェブカメラを終了した。

声を掛けてきたのは、今日取引先に紹介するべく同行していた宮野玲子である。彼女は中途採用で今月から新しく配属になった部下で、イベント運営会社の海外営業をしてキャリアを積んだ精鋭だ。

まだ数週間の付き合いだが、相手の潜在的なニーズを引き出すトーク術もさることながら、理路整然とメリットとデメリットを伝えるプレゼンテーション能力も高い。海外営業をしていただけあって語学力も申し分ない。

しかしプライバシーの塊とも言うべきスマホを本人に断りもなく覗き込むとは、社会人として以前に人として失格である。

「確かに自宅だが、勝手に見るのは感心しないな」

「あっ、すみません。課長が真剣な顔で見ていらっしゃるから気になってしまって……。それにしても素敵なインテリアですね」

軽く謝罪する宮野を見た恭介は、これは絶対に反省していないと確信した。しかも一瞬だけではなく、インテリアをチェックできるほどの時間は見ている。

新卒採用でもないのにこんな注意をしなければいけないのかと頭が痛くなるが、真剣にマナーについて諭すには残りの乗車時間も中途半端な上に、電車の中というのも向いていない。改めて指導する必要がありそうだ。

先ほどの取引先訪問についてを含めて帰社してからフィードバックする時間を二人で取りたいと伝えると、宮野はなぜか嬉しそうな顔をした。彼女の思惑が透けて見え、恭介は食事に誘われても絶対に断ろうと心に決める。

今日の夕食は恭介の大好物の鯖の味噌煮なのだ。可愛い婚約者が毎日準備してくれる手料理を食べないはずがない。

「それで、インテリアの話だったか。婚約者が全部決めたんだ。何冊もカタログを取り寄せて検討して。センスいいだろう？」

恭介がさり気なく惚気ると、宮野が一瞬顔を引きつらせる。しかしすぐに貼り付けたような笑顔に戻った。その立ち直りの早さは流石だ。

「……ま、まぁ、素敵ですね。課長の婚約者って、一課の結城さんという方ですよね？」

「あぁ、九月まではうちの課にいたんだ」

「先日社食でお見かけしました。でも私が課長の隣に座っていたからかしら、怖い顔で睨まれてしまって……。私達の関係を誤解させてしまったなら申し訳ないわ」

少し怯えたように目線を彷徨わせる彼女に、恭介は少しむっとした。怖い顔で睨む？　あの奈津が？

いつも控えめで、飲み会などで恭介が女子社員に囲まれていても遠くからチラチラと窺っているだけだった奈津が、突然そんな攻撃的な行動を取るはずがない。逆に、睨まれて逃げ出すほうがしっくりくる。

だいたい〝私達の関係〟ってなんなんだ。奈津は、恭介が社食で女子社員の隣に座って食べていたくらいで関係を勘ぐるほど狭量ではない。

「彼女は見ず知らずの人間を睨むほど気が強くないんだが。目が大きいし猫目だからそう見えたんだろうか。こちらこそ誤解させたなら悪かった」

軽く頭を下げる恭介に、慌てた宮野が頭を上げて欲しいと言うが、あくまでも自分の誤解だったとは言わないのは見上げた根性だ。

営業というのは相手に迎合するだけではやっていけないから、このくらい勝気なほうが向いているだろう。

「さっきの映像って、ウェブカメラですよね？　猫でも飼っていらっしゃるんですか？」

気を取り直したように宮野が言った。彼女はなんとかして恭介のプライベートな部分を聞き出したいらしい。

少しずつにじり寄ってくる宮野を一瞥し、恭介は横にずれて彼女との隙間を確保した。

「あー、そうだな、まぁ猫みたいなもんか」

奈津を動物に例えるなら猫、中でもロシアンブルーだと思う。ロシアンブルーは人見知りだが、飼い主と認めた相手には献身的で従順な猫だ。性格も穏やかで優しい。

口角が少し上がっていて微笑んでいるように見えるところも、いつもにこにこしている奈津のイメージにぴったりだ。

恭介が下着を盗むと怒り出すのも、猫が毛を逆立てて威嚇するのに似ている。それが可愛くて仕方ない。

「奇遇ですね！　私もアメショを飼ってるんです！」

宮野が胸の前で手を組んで、大げさに驚いてみせた。

別に猫なんて飼っている家庭はいくらでもあるだろうに。壁のように分厚い付け睫毛がバサバサと瞬く。そもそも恭介は猫など飼っていないのだが、彼女はやっと共通点が見つかったとばかりに大喜びだ。

それにしても距離が近い。パーソナル・スペースに侵入された居心地の悪さを感じながら、恭介はこれも脳内の指導チェックリストに入れた。

どうも宮野は他人との距離が近すぎる。彼女のような美人に近付かれて喜ぶ男は多いだろうが、恭介のように不快感を覚える者がいるのもまた事実だ。その見極めは、きちんとやってもらわなければ困る。

ついでに言えば香水の匂いも強すぎるのではないかと思う。言い方によってはセクハラと受け止められかねない内容だけに、どうやって伝えるべきか難しい。

恭介が伝え方を考えている間、相変わらず宮野は猫の話をしていた。どうやら猫が好きなのは本当らしい。

「留守の時って心配ですもんね。我が家も旅行の時はペットホテルに預けてますけど、寂しがってないか気になりますから。ずっと見ていたくなるお気持ちもわかります」

「お、わかるか？　そうなんだよ、できることなら二十四時間録画し続けたいくらいなんだ」

自宅には五台もカメラを仕掛けているため、さすがに二十四時間×五台の映像を保管するのは諦めた。容量が大きすぎてすぐに専用サーバーが必要なくらいの量になってしまうからだ。それに、録画した映像を見返す暇があったら本人を可愛がっていたいと思ったから、というのもある。

「ふふふ、課長って意外と過保護なんですね。愛されてる猫ちゃんが羨ましいわ」

「結城もそう言ってくれるならよかったんだがな。ウェブカメラまで仕掛けるのはやりすぎだと怒られた」

自宅にウェブカメラがあると告白した後、奈津は必死になって回収していた。まぁ、それは想定内だったため、見つけやすい場所にあらかじめダミーカメラを仕込んでいたから影響はない。

むしろ恭介が告白する前にそれを見つけるかもしれないと思っていたのに、まったく気付いていないのは鈍感な奈津らしくて可愛いなと思ったものだ。

駄目だ、奈津のことを思い出すと感想が可愛いしか出てこない。ふたたび物理的な距離を縮めようとする部下と早く別れて、家に帰って可愛い婚約者に癒されたい。

恭介は早く帰りたいと思っているのに、どうやら目の前の彼女はそう思っていないらしい。恭介の口から初めて出た奈津への不満を聞き、水を得た魚のように生き生きとし始めた。

「あらぁ！　結城さんは動物があまりお好きじゃないのかしら？　趣味が合わないって辛いですよねぇ。私は猫ちゃん大好きなんですよ？　私だったら課長とうまくやっていけそうだと思うのに、残念だわぁ」

ぺらぺらと喋る合間にも、さり気なく腕を触られる。さらに胸まで押し付けられそうになり、恭介は逃げるように立ち上がった。

「そろそろ降りる駅だ。準備してくれるか」

「……ええ、わかりました」

なにか思わせぶりな視線を送られている気がするが、あえて無視する。これが部下でなかったら一喝して追い払っているところだ。

しかし彼女の言動はまだ、ただの世間話や社交辞令に取れる範囲である。明確な誘い文句がないため、はっきりと断れないからタチが悪い。

まったく厄介な女だ。話がこじれる前に、粉を掛けてくる部下がいるが気にするなと奈津に言っておくべきだろうか。それとも、無用の心配を掛けないために黙っておくべきだろうか。

悩んでいるうちに地下鉄が会社の最寄り駅に滑り込む。

仕方ない、続きは帰宅後、今日の分のストッキングを回収してからゆっくり考えよう。

恭介はそう決めて、頭痛の種である宮野とともにホームに降り立った。

3

　彼女は絶対に恭介を狙っている。奈津がそう確信したのは、彼女——宮野玲子と目が合う回数が両手では足りなくなった頃だった。

　二課の面々が社食にいるのをたまに見かけると、宮野は必ず恭介の隣にいる。そして奈津が見ていることに気付くと、挑発的な微笑みを浮かべて恭介に話し掛けるのだ。さらにお茶を注いだり調味料を取ったりと甲斐甲斐しい世話焼きっぷりに、奈津は自分の居場所を奪われたような気分になる。

　恭介の性癖を含めて受け入れられるのは自分だけだと思ってはいるものの、やはり恭介を狙う美人が彼の側にいると心配になるのは当然だろう。だからといって恭介に、「あの人の隣に座らないで」などとワガママを言う訳にもいかなくて、悶々とするばかり。

　取引先からの帰りと思しき彼らとすれ違った時もそうだ。公私の区別を付けるため、奈津は社内で恭介に話しかけないことに決めている。

　その日はたまたま前方から恭介が歩いて来て、一言お疲れ様ですと声を掛けるくらいならいいだろうと口を開きかけた。

だが奈津が言葉を発する直前、それにいち早く気付いた宮野が恭介に次の予定について質問したのだ。もともと手に持った書類を見ながら歩いていた恭介はすぐに宮野のほうを向いてしまい、奈津に気付かないまま歩いていってしまった。

あまりにも悔しくて立ち去る彼らを見つめていると、彼女が申し訳なさそうな表情で振り返り、軽く頭を下げられた。

その表情とは裏腹に上がった口角が彼女の内心を表していて、奈津は腹が立って仕方なかった。

「もう、私の婚約者にちょっかい出すなって宣戦布告したらいいじゃん」

「そんなに簡単に言わないでよ……」

昼休みに会社近くのカフェに出掛け、五穀米と香草焼きチキンのプレートを食べながら千佳に愚痴を零すと、身も蓋もない返答が返ってきた。

気が強くてズバズバと物を言う千佳なら可能かもしれないが、奈津にはそんな芸当できそうもない。

「今はまだ会社で一緒にいるだけだし、もしかしたら私の思い込みかもしれないし……」

「本気で言ってる?」

「それに私が変なこと言って、仕事に影響が出たらいけないでしょ?」

「じゃあ真山課長に言いなよ。あの女に近付かないでって」

「子供っぽい嫉妬してるって思われたくないもん」

そうだ、これはただの嫉妬だ。

別に宮野が出てきたからといって、恭介が奈津に冷たくなったとか、関係にヒビが入ったとか、そういうことは一切ない。彼の帰りが遅くなる時や休日出勤の際は必ず誰とどこに行くのか連絡をくれるから、浮気の心配だってもちろんない。

その連絡の中に宮野の名前が入っている時もあるが、二人きりで食事に行っている訳ではないし、逆に誤魔化さずに教えてくれるあたりにやましい部分がまったくないのだとわかった。

たまに下着を盗んだり、恐ろしくストーカー体質なところ以外は、恭介はいつも奈津に対して誠実でいてくれる。

「じゃあこれからも、ずっとあの女が妻気取りでお茶注いでるのを見続けるつもり？」

「それが嫌だから相談してるんじゃない」

奈津はため息をついて、目の前のサラダを箸でつついた。

会社ですれ違った時に挨拶ができなくたって、家に帰れば挨拶どころか仲よく会話ができる。あと半年もすれば結婚だってする予定だ。だから実害はまったくなく、ただ奈津がもやもやしているだけ。宮野があからさまに近付いてもそれが会社内だけに留まっているのは、恭介がきちんと断っているからだと知っているのに。

それなのに、こんな嫌な気持ちになるのはなぜだろう。

自分に自信がないからだろうか。

「あー、はいはい。奈津はそうやって愚痴って、可哀想可哀想って慰めて欲しいだけってことね。解決する気がなくてうじうじするなら他を当たってくれる？」

なにを言われても言い訳ばかりの奈津に対し、千佳は呆れたように言い捨てた。

フンとそっぽを向いて香草焼きチキンを食べ始めた千佳に慌てて縋り付くが、あっさりと無視される。こんな時、千佳は絶対に方針を曲げない。

「嫌なことがあるなら、ちゃんと本人に言いなさい。言えないなら我慢しなさい」

正論を言われて、奈津はぐっと黙り込んだ。

「言いたいことを我慢する関係なんて、それ本当にうまくいってるって言えるの？」

言えない、と思う。

そうやって遠慮ばかりしていたら、いつか疲れ切って自滅してしまいそうだ。

「真山課長って、よその女とイチャイチャしないでって言ったくらいで怒るような人だっけ？」

「……ううん」

「じゃあ答えは出てるでしょ。ぐずぐず言ってないで自分で行動を起こすこと。がんばれる？」

恐る恐る同意した奈津を見て、千佳は「よし」と頷いた。

「………がんばる」

がんばるとは決めたものの、今すぐその足で恭介のもとに向かって不安をぶつける訳にはいかない。

そう考えながら午後の仕事をこなし、買い物をして帰宅し、美味しい美味しいと言って食べてくれる恭介に夕食を振る舞う頃にはすっかり決意が鈍っていた。いつも優しい恭介の気持ちを疑うような言動をして、彼を失望させてしまうのではないかと怖いのだ。

結局何も言えなかったその晩は、ちゃんと約束したでしょ！　と千佳に罵倒される夢を見て、「寝ながらうなされてたけど大丈夫か？」と心配されてしまった。

そのままぐだぐだと数日過ごし、このままでは駄目だと気が付いたのは恭介の海外出張前夜。その出張はトラブル解決のために急遽決まったもので、今回はイタリアに五日間らしい。

向こうではスケジュールが詰まっているから連絡を取る時間もないかもしれないと告げられ、奈津はとうとう心を決めた。こんな状態のままで離れるなんて、心臓に悪すぎる。

「どうした？　先にベッドに行っててもいいぞ」

スーツケースを広げ手際よく出張の準備をする恭介の周りで、奈津は話し掛けるタイミングを見計らってうろうろする。

着替えを詰める恭介になんでもないように切り出すのがいいのか、準備が終わってから席を改めて問いかけるのがいいのか。アイロンを掛けたシャツを日数分渡しながら逡巡する。

こんなことなら千佳にもっと具体的なアドバイスをもらえばよかった。恋愛経験の少ない奈津には決定的に経験値が不足している。

なにか話し掛けては口を噤む奈津を見て、恭介が代わりに口を開いた。スーツケースの内ポケットに歯ブラシや予備の充電ケーブルを詰めながら、淡々と話す。

「前に二課に中途採用の女性が配属されたと言っただろ。宮野っていうんだが、覚えてるか？」

「えっ」

今この瞬間にどう話題にするか悩んでいた彼女の名前が出てきて、奈津は手に持っていた洋服を取り落としそうになった。覚えているもなにも、毎日意味深な視線を向けられているんですけど。

そう言いたかったが、一応彼女は奈津のほうをただ見ているだけだ。挑発されているとか、奈津を敵視しているとか、そういう事実はない。それは奈津が勝手に思い込んでいるだけ。

だから奈津の主観を話すのはやめて、ただ「はい」と答えた。

別に彼女を庇いたかった訳ではない。そんな根拠のない中傷をする女だと恭介に思われたくなかったからだ。

「そうか。……ちょっと言いにくいんだが、宮野に遠回しに誘われている」

まっすぐに奈津の目を見て告げられた予想外の言葉に、奈津は驚きのあまりひゅっと息を呑んだ。まさか恭介が、そんな直接的な表現で彼女のことを伝えてくるとは思わなかった。思わず口を手で押さえてしまう。

奈津の驚きをどう捉えたのか、恭介が慌てて弁解し始めた。

「待て、誤解しないでくれ。俺は今まで宮野と仕事上以外の付き合いをしたことはないし、これからもするつもりはない！」

二人きりの食事に誘われたが断ったとか、必要以上に接近しないよう気を付けているとか、彼女の下着が欲しいと思ったことは一度もないとか、様々な弁解を並べ立てられた。ちなみに奈津は、最後の内容が一番説得力があると思った。

身の潔白を必死に訴える恭介を見て、奈津の今まで頑なになっていた心が柔らかく緩み始める。毎日毎日彼女に張り合って、自分はなんてバカだったんだろう。

そんなことしなくても、恭介は彼女に靡いたりなんてしない。ちゃんと奈津を愛してくれている。

「……私、本当はずっと悩んでて」

奈津の口から、自然に言葉が出ていた。

「宮野さんがいつも恭介さんの隣にいて、とても嫌な気持ちになりました。仕事だから仕方ないって割り切ろうとしても、あの人すごく綺麗だから。もしもいつか恭介さんが心変わりしたらどうしようって。……恭介さんのこと、ちゃんと信じられなくてごめんなさい」

「奈津……」

震える肩をそっと抱き寄せられた。すっぽりと覆うように恭介の逞しい体に包み込まれ、その安心感に奈津は力を抜いて身を預ける。

肌触りのいいニットに頬を擦り付けると、穏やかで優しい恭介の香りがした。

「こっちこそごめん。彼女とは、本当になにもないから。心配を掛けたくなくて言わないでいたんだが、奈津の気持ちを考えたら早く言うべきだったな」

「ううん。嫌だって言わなかった私が悪いの」

「……こんな俺でも愛想を尽かさないでいてくれるか？」

「……っ、当たり前です！　別れたいって言っても、もう離してあげませんから」

慌てて背中に腕を回しぎゅっと抱きしめると、頭上で小さく笑う気配がした。

見上げると、待ち構えていたように唇が重なる。わずかに開いた唇の隙間から恭介の舌が侵入し、静かに二人で求め合った。

——彼が出掛けてしまう前に、こうして誤解が解けてよかった。春の海のように穏やかな幸せの中、奈津はそう実感していた。

翌日、宮野によってとんでもない爆弾が投下されるとも知らずに。

4

翌日は恭介と一緒に出社した。

この日の奈津は午前中、電話対応と月末の伝票処理に追われ、午後の便に乗るため昼前に出て行った恭介を見送ることはできなかった。異動になる前は、飛行機や出張先のホテルの手配から契約書や説明資料の準備まで裏方のすべてを差配していたのに、まったく関われなくなるのはやはり寂しい。

一日の仕事を淡々とこなし、残業に入る直前にやっと一息つけた。今日は仕事が溜まっていて昼休みもほとんど返上状態だったから、少しくらい休んでもいいだろうと休憩所に行く。観葉植物に囲まれた場所にある自動販売機で買うのは、いつも通りココアだ。

「疲れたぁ」

うーんと両腕を伸ばして体の凝りをほぐす。あと一時間半もあれば終わるだろうか。自宅に帰り着くのは十九時を過ぎる計算になる。

冷蔵庫にあった物を思い出してメニューを考え、やっぱり面倒臭いからコンビニでなにか買って帰ろうかなと思い直した。そろそろ寒くなってきたからおでんでもいいし、美味しそうな新商品があればお菓子で済ませてもいい。

一緒に食べてくれる人がいればがんばって料理しようという気にもなるが、一人だと食べ終えた食器を洗うのも億劫だ。

熱いココアが少しずつ胃に流れ込み、体の芯からぽかぽかと温かくなる。

「あら、休憩？　私もご一緒していいかしら」

残りは仕事をしながらデスクで飲もうと立ち上がりかけた奈津は、うしろから声を掛けられてギクリと体を硬直させた。

覚えたくなくても覚えてしまったこの声は――

「宮野さん……」

「私の名前、ご存知だったのね。嬉しいわ」

予想が外れて欲しいと思いながら振り返ると、そこには妖艶な微笑みを浮かべた美女が立っていた。

緩く巻いたロングヘアが美しく、チャコールグレーのパンツスーツが彼女のスタイルのよさを際立たせている。パンツの裾から覗くポインテッドトゥのパンプスがよく似合っていると思った。

「ここ、失礼するわね」

　奈津の返事は聞かないまま、飲み物を購入した彼女がさっさと隣に座る。手元の缶を見るとブラックコーヒーだった。奈津が持っている砂糖たっぷりのココアとは大違いである。

　宮野が美しいジェルネイルが施された指先でプルタブを開けるのを眺めながら、奈津は恭介の言っていたことを思い出していた。

　昨夜、どうしてこのタイミングで奈津に宮野の件を伝えたのかと聞いたところ、「出張で連絡が取れない間に、彼女になにか不安になるようなことを吹き込まれるかもしれないと思ったから」と言われたのだ。今まで視線の応酬はあっても直接接触されたことはなかったため、恭介の考えすぎではないかと思ったのだが、まさか本当にやってくるとは。しかも恭介が出掛けてまだ数時間だ。

「ねぇ、単刀直入に言うわ。真山課長と別れて下さる?」

　いきなりの直球である。奈津の心臓がどくんと音を立てる。

　取り繕う様子さえ見せない彼女は相当自信があるのだろう。耳に髪をかけ、のんびりとコーヒーに口をつけている。

「だってそうでしょう？　見た目だって、能力だって、私のほうが優れてるもの。あなたが身を引くべきよ。そうだ、課長、先週の木曜は帰りが遅くなったでしょう？　あの日、私が一緒にいたの」

昨日までの奈津なら、ここで激しく動揺していたと思う。もしかしたら、慌てて恭介に連絡を取ろうとして繋がらず、さらにパニックになってしまったかもしれない。

だが恭介の昨夜の言葉が蘇る。彼女とはなにもないと言っていた。そして、キスをしながら何度も愛してるとささやいてくれた。

奈津は落ち着いて先週の行動を思い出す。確か木曜は定時で帰って、恭介が夕飯はいらないと言ったから大学時代の友人と久しぶりに夕食を一緒に食べた。その時、恭介からもらったメールは……。

「知ってます。成田銀行の方も含めて、ですよね。いつも連絡もらってますから」

冷静に返答した奈津に対して、宮野が言葉に詰まる。どうやら今までの様子を見て、気弱な奈津なら取り乱して逃げ出すと思っていたようだ。

じっと見つめ返した奈津から、宮野が気まずそうに目を逸らす。そして宮野は気を取り直したように咳払いをして、すらりと長い脚をゆっくりと組んだ。

「そういえば結城さんって、真山課長がウェブカメラをご覧になることにいい顔をなさらないそうね？」

いきなりそんな話題を出されて、奈津はココアの缶を取り落としそうになる。

なぜ宮野がウェブカメラのことを知っているんだ。まさか恭介が、奈津の手によってウェブカメラを回収されるまで毎日眺めていたと彼女に伝えたのだろうか。恭介が自分の変態性を他人に喧伝するのも驚きだが、宮野がそれをまったく異常だと思っていなさそうな口ぶりも驚きだ。

「え……、そうですけど。宮野さんはウェブカメラが気にならないんですか？」

「当たり前じゃない。私だって、私が留守の間どうしてるか気になるわ」

恐る恐る質問した奈津に、さも当然だという表情の宮野が答える。

今まで恭介がおかしいと思い込んできたが、もしかして世間は奈津が思っているより変態に優しいのだろうか。それとも宮野が変わっているのか。

まじまじと宮野を見つめる奈津は、次の瞬間さらに驚愕した。

「真山課長に機種の相談に乗って頂いて、私も自宅に設置したのよ」

「えっ、えええっ!?」

「な、なによ、そんなに驚くことじゃないでしょう」

一体誰を監視するつもりなんだ。なんとなく彼女は都心のお洒落な高層マンションに一人暮らしをしているイメージがあったが、誰かと一緒に暮らしているらしい。

あ、もしかしたら実家暮らしなのかもしれない。それで彼女が不在の間、高齢の両親の様子を見守りたいという事情なのかも。恋人を見張っていたい人ばかりとは限らないと思い当たって、奈津はほっとした。

恭介のようなストーカー体質がそう何人もいる訳ない。

だが、そんな奈津の安堵はすぐに裏切られる。

「うちの子はアレックスっていうんだけど、私が仕事の間にどうしてるか気になってたのよね。こっちの声を伝えられる機種もあるって教えて頂いたから、それに即決しちゃったわ」

「ア、アレックス!?」

男性だった。しかも外国人。

「男性と暮らしてたんですか……」

「男性？　……まぁ性別は男だけど、私にとっては男の子って感じね」

男の子、とは一体どのくらいの年齢を指すのだろう。果たしてアレックスが何歳なのか気になったが、平然と「十六歳よ」などと答えられたら立ち直れない気がしたので聞かないことにする。

「あの、つかぬことを伺いますが、もしかしてGPSで二十四時間追跡とかもアリだと思ってます？」

否定して欲しい、その一心で奈津は尋ねた。恭介のストーカー行動には呆れ果てて好きにさせている奈津だが、決して抵抗がない訳ではない。

たとえウェブカメラで自宅内を把握していても、せめて外出時くらいはアレックスを自由にしてあげて欲しいと思った。

宮野はなんでもないことのように答える。

「まぁそういう人もいるんじゃない？　私はほとんど外に出さないから利用してないけれど」

アレックスは外出すら許されていないのか！　あっさりと肯定された上に信じられない新事実まで飛び出して、奈津は愕然とする。

恋人を自宅に監禁するなんて、マンガやアニメの世界だけの話だと思っていた。彼女は恭介を遥かに超える超ド級の束縛女である。

負けた。完敗だ。

恭介を渡すつもりはないが、なんだか人間として負けた気がする。

「そんなことも許せないなんて結城さんって心が狭いのね。真山課長のよき理解者として、パートナーとして、私のほうが相応しいと思うわ」

フンと鼻で笑われて、奈津は少しむっとした。自宅にアレックスを囲っておきながら恭介を狙っているなんて、なんという肉食女だろう。

「だって宮野さんにはアレックスさんがいるのに」

「アレックスと真山課長はまったく別物でしょう。アレックスとは結婚なんてできないんだから」

そうか、アレックスには収入がなくて恭介に乗り換えるつもりなのか。彼女の趣味でアレックスをマンションに監禁してヒモ同然の生活を送らせているくせに。

「ひ、ひどい……アレックスさん……」

「あなた、さっきからアレックスアレックスってなんなの？　今アレックスは関係ないじゃない」

関係ないという言葉に、普段温和な奈津も腹が立ってきた。

それではアレックスに対しても恭介に対しても失礼だろう。奈津の大切な婚約者は、ヒモを囲ったまま片手間に手を出していいような人ではない。

恭介のことが本気で好きだと言うのなら真摯に向き合おうと思っていたが、彼女はそうではなかった。真面目に相手をする価値もない人だったのだ。

「関係なくなんてありません！　宮野さんになんて、絶対に課長は渡しませんからっ！　失礼します！」

「え？　なんで急に怒るわけ？」

ポカンとする宮野を置いて、奈津は休憩所を飛び出した。足早にデスクに向かいながら、それにしても、と考える。

ずっと恭介が異常だと思っていたが、実は意外にストーカー癖を持った人間は多いのだろうか。二十四時間ＧＰＳで居場所を把握したり、ウェブカメラで自宅の様子を監視したり、そんなのはてっきり恭介だけだと思っていた。しかし宮野は、どちらも大したことではないと言う。

もしかしたら毎日ストッキングを収集するプレイだって、宮野はアレックスに当然のようにさせているのかもしれない。

「もっと恭介さんの趣味を受け入れないといけないのかな……」

これまで奈津は、恭介の性癖に対してかなり譲歩しているほうだと思っていたが、どうやら足りなかったようだ。

試しにスマホで、『彼氏　性癖　受け入れる』で検索してみると、なんと七割の女子が彼氏の性癖を受け入れているという記事が出てきた。信じられない。

その夜、『宮野さんには同棲してる彼氏がいるそうです。だから私、恭介さんは渡さないって言っちゃいました』と恭介にメールを送ってから、奈津は一人でベッドに入った。いつもより広く感じるクイーンサイズのベッドには、恭介が何度出張に行っても慣れない。

「どうしよう……これ以上、どうやって受け入れたらいいの……」

今まで恭介の性癖を否定し続けていたが、それは自分のほうが間違っていた可能性が高いらしい。だからといってすぐには考えを改められず、恭介の変態趣味には抵抗がある。

かすかに恭介の匂いがする枕を抱えて、奈津は悶々と悩み続ける。

ちなみに宮野のことは正直もうどうでもよくなっていた。彼女には、アレックスと末長く仲よくやっていってもらいたいと思う。

――ただの勘違いによって、奈津の悩みは深みに嵌っていった。

5

それから恭介が帰って来るまでは至って平穏だった。

どうやって恭介の変態性癖を受容すればいいのかはまだ未解決だが、とりあえず今は保留にしてある。暇があればスマホで、『彼氏　変態』『彼氏　性癖　無理』などと検索して他人の性癖に戦慄しつつ、この人と恭介ならどっちがマシだろうか、と真剣に検討する日々だ。

宮野はたまに、なにか言いたそうにこちらを見ていることがある。

しかしキッと見つめ返せば彼女は釈然としない表情で去っていく。

そうか、とても簡単なことだったんだなと奈津は思う。

奈津が弱気になって、宮野の行動にいちいち反応していたからいけなかったのだ。彼女のことなんて恭介の周りを飛んでいるハエ程度に考えて、わざわざお茶の準備までしてくれてありがとう、と大きく構えていればいい。

ヒモに甘んじているアレックスには申し訳ないが、どうか彼が宮野を引きつけておいてくれるのを祈るばかりだ。奈津は心の中で、金髪碧眼（へきがん）の少年（推定十六歳）にエールを送った。

「これ、奈津に土産（みやげ）」

「わぁ！　ありがとうございます！」

無事に出張を終えて帰宅した恭介が、スーツケースから色とりどりのショップ袋を取り出した。アルファベットのロゴが印字してある紙袋とビニール袋、なんと合わせて四つも渡される。

今回の出張がハードスケジュールだったのは奈津もよく知っていた。お土産（みやげ）の期待なんてまったくしていなかったのに、こんなにたくさん買ってきてくれるなんて！　奈津は優しい婚約者がいる幸せを噛（か）み締めた。

「よくこんなに買えましたね。ちゃんと休む時間はありましたか？　時差ボケだって大変だったんじゃないですか？」

一つ目の紙袋のテープを剥がしながら、奈津は恭介に問いかける。こうやってプレゼントをもらうのは嬉しいが、やはり恭介の体のほうが心配だ。せっかくの休息の時間を買い物に費やしてしまったのではないかと不安になる。できれば自分への土産を買うよりも、恭介の体調を優先して欲しいと思う。

「あぁ、出張なんて慣れてるから気にするな。それにこれは俺の趣味みたいなもんだし」

「……趣味？」

開封する手がぴたりと止まる。

恭介の趣味は登山と下着鑑賞だ。しかし山に登っても買い物する場所はない。ということは……

丁寧に剥がそうとしていたテープをベリッと千切り、中に入っている包みの薄紙をバリバリと破る。

すると中から出てきたのは、向こうが透けるほどに薄い赤と黒のスケスケベビードールだったのである。

「恭介さんが普通のお土産を買ってくれると思った私が浅はかでした」

むすっと膨れて呟く奈津に、恭介が機嫌をとるように擦り寄る。そして目の前に並ぶ新品の下着類を手に力説を始めた。

「いいか、まずはこのTバック。うしろは細い紐なのに前面のレースは必要以上にゴージャスで、このギャップが堪らないだろ？　で、こっちは胸のところが網になってるから乳首が透けて見えるんだ。かなり網目が大きいから、奈津の小さい乳首なら隙間から出せるんじゃないか？」

恭介が嬉しそうに網目を広げて見せる。網越しに変態と対峙しながら、奈津はうんざりしてため息をついた。

「一応聞いてみますけど、その情報で私が喜ぶと思ったんですか？」

「興奮するだろ？」

「しません」

残りの三つも開けてみると、思った通りすべて下着だった。

一つは体にぴったりフィットする黒のビスチェ。一つは華やかなラッセルレースとリボンがついたガーターベルトとストッキング。デザインは可愛いが、色が赤なので絶対に外にはつけていけない。最後の、一回り大きな包みは有名ランジェリーメーカーの最高級下着三セット。すべてTバックである。

贈り物に文句をつけるのはマナー違反だとわかっているが、これはナイと思う。百万歩譲って下着でもいいから、せめて実用的な物をもらいたかった。

そんな奈津を尻目に、恭介はベビードールを片手に上機嫌だ。

「黒と赤っていう組み合わせが、ありがちだが扇情的でいいだろ。普段着る下着も今度からこの色を買わないか？」

「別にいいですけど、そういう色は上から透けやすいから着て行く服を選びますよ？」

「なら止める。奈津の下着を見ていいのは俺だけだ」

即答だった。彼は非常にシンプルな行動指針の下で生きている。

最初に取り出したベビードールは胸のところが黒の網目、胸の下に切り替えがあって、赤いレースが垂れ下がっているデザインだ。当然セットのショーツはＴバック。恐ろしいくらいに布の面積が小さく、一見するとただの紐である。

「もしかしてこれ、アダルトショップにでも行って買ってきたんですか？」

仕事で行ったはずなのになにをしているんだと、軽蔑した目で恭介を見る。

彼はまったく動じないどころか、嬉々として土産話を始めた。

「そう思うだろ!?　でも普通の店に売ってたんだよ！」

それはテンションを上げて話すような事柄なのか。

恭介によると現地では、ショーウインドウに派手な下着を着たマネキンが普通に並んでいるそうだ。その中にはこういう扇情的なベビードールやＴバックを着用しているものもあって、目のやり場に困ったとか。

「ただの人形だってわかってるはずなんだけどな。マネキンを見るたびにそれが奈津の顔に見えて焦った」

どうやら恭介の脳内には自動アイコラ機能が備わっているらしい。性に目覚めたばかりの中学生か。

この人は一体なにを考えながら毎日道を歩いていたんだろうと奈津は脱力する。

「しかもマネキンに乳首までついてんだぞ!?　奈津がこんな下着着て乳首勃たせてると思うと、俺もその場で勃ちそうになった」

「片道十二時間かけてなにしに行ったんですか！」

どうも日本人より下着に関してはオープンだと思しきイタリア人にも、奈津は少しイラッとした。


「奈津、ベビードールを着てみせて」

恭介が卑猥な微笑みを浮かべて迫ってくる。

右手にベビードール、左手に真っ赤なガーターベルトとストッキングが握られているところを見ると、両方セットで着せるつもりのようだ。グラビアアイドルや風俗店の広告なら大丈夫かもしれないが、素人が着るにはあまりにもビビッドな色合いで恥ずかしい。

しかも恭介の目は、絶対に着せるだけでは終わらないと語っている。

「そ、そういえば恭介さんは、ストッキングがマイブームなんですよね！　今、下着はお休み中って言ってませんでしたっけ？」

必殺話題逸らしである。いい雰囲気になった時に流れで着せられるならまだしも、この素面の状態で「さあ着替えろ！」と言われても羞恥心が勝る。

だからなんとか違う話題にしたくて、奈津はストッキングの話題を持ち出した。

恭介によるストッキングすり替えが発覚して以降、彼は堂々とそれを収集するようになっている。休みの日には、奈津からすれば全部同じに見えるストッキングをいくつも並べて鑑賞しているし、毎日奈津が風呂に入る時には横で待機。奈津が洗濯ネットに入れたストッキングをすぐに取り出して、なにか重要なサンプルであるかのようにビニール袋に保管する。

そんな状態なら自ら直接渡せばいいじゃないかと思われそうだが、これは一応奈津なりの意地だ。

別に自分がストッキングを渡している訳ではない、あくまでも奈津は洗濯しようと思って洗濯ネットに入れているが、恭介が勝手に取り出して保存しているのだ、という建前にするための意地。

実は一度だけ自分からビニール袋に入れて手渡したことがある。ずっと意地を張り続けるのもどうかなと思い直して、なんとなく自分から渡してみたのだ。

その時の恭介は本当に嬉しそうだった。心の底から幸せそうな目をしてビニール袋を受け取り、熱いキスと熱烈な抱擁。そして「愛してる」とささやいてくれた。

やっぱり奈津だって、好きな人がこんなに喜んでくれたら嬉しい。なんだか動物園での餌付け体験にも似ている行為にうっかりハマってしまいそうだな……とまで思って、はたと気付いた。

駄目だ、毒されすぎている！

いつの間にかストッキングの払い下げに抵抗がなくなっている自分に衝撃を受け、越えてはならない一線は守らなければいけない、と決意を新たにしたのだ。

恭介には、そんな細かいことに拘らなくても結果は同じだろうと笑われたが、全然細かいことじゃない。

「ストッキングは、白米なんだ」

「はい？」

恭介から唐突に告げられた言葉に、奈津は思わず聞き返す。奈津の耳が正常であれば今、ストッキングは白米だと聞こえた。

しかしストッキングは決して白米ではない。ナイロンとポリウレタンだ。

前から割とおかしかったけど、この人とうとう本格的にネジが飛んで下着を食べ始めるのかもしれない、と震え上がる。

恭介は真面目な顔をして続けた。

「今、絶対勘違いしてるだろ。ストッキングは白米みたいな存在だって意味だからな。白米は個性が強すぎなくてなんにでも合うから毎日食べても飽きないだろ？　それと同じようにストッキングも、少なくとも穿く前は全部均一でシンプルだって言いたかったんだ」

「……はぁ」

穿いた後もすべて均一だと思うのだが、恭介に言わせるとそうではないらしい。皺、ほつれ、汚れ、匂い、伸びなどがすべて微妙に違っていて、「みんなちがって、みんないい」状態なんだそうだ。

以前、収集したストッキングの違いはすべて把握していると豪語する恭介に利きストッキングを試したことがあるのだが、なんとすべて正解した。本人はいつ収集したストッキングがどの状態か、丸暗記しているらしい。

「それに値段も安い。一枚百円だぞ⁉　たった百円でその日一日奈津を包んでいた物が永久に保存できるなら安いもんだ」

「だけど別に、保存する必要はないですよね？」

奈津の常識的な訴えは華麗にスルーされた。いつものことだ。下着に関して恭介が聞く耳を持ったことは一度もない。

「その点下着は、物によって色も形も装飾もホックの場所も違う。一枚として同じデザインはないし、着ていくうちにそれぞれ個性も強くなる」

「はぁ」

下着の個性ってなんだろう。人懐っこいとか気難しいとか、奈津には到底感知できない性格があるのだろうか。

話の腰を折るようで申し訳ないが一応それを尋ねてみると、「アジャスターの位置に癖がついたり、いつも使うホックだけ少し伸びたり、毛羽立ちもそれぞれ違うだろ！」と怒られた。

その気迫に圧されて謝ったが、その後で謝る必要があったのかと我に返った。謝り損である。

「値段も高く、一セットが数千円する。だからパンツやブラジャーは特上寿司だ。奈津は、いくら特上でも毎日毎日寿司ばかり食べられるか？」

「無理ですね」

「だろう。だから俺は今、白米という名のストッキングを毎日集めてるんだ。だが、たまには特上寿司であるパンツやブラジャーも触りたくなる。そしては今は、イタリア料理である海外製のベビードールを見たいんだよ！」

「え、そこに繋がるんですか？」

恭介の論理が突飛すぎて、一体どこから反論していいのかわからないが、彼の頭の中でのストッキングと下着の位置関係がわかったのは収穫だった。まぁそれがわかったところで、なにかの役に立つ訳ではないのだが。

そして、こんなに熱心に頼むなら着てあげてもいいかな……とほんの少しだけ思いかけているのはまだ秘密だ。

「奈津、だからこれを着ろ」

「い、いやです」

ベビードールを持って隣に座る恭介に、奈津はとりあえず毅然（きぜん）と拒絶する。いつもいつも恭介の好き勝手にできると思ったら大間違いだ。

突然卑猥（ひわい）な下着を買ってきて、「マネキンに乳首があったから興奮した」「ストッキングは白米だ」などと荒唐無稽（こうとうむけい）な告白をする男の言うことなんて簡単には聞けない。

つんと横を向いて、ちゃんと機嫌取ってくれなきゃ着ませんというアピールをすれば、「そういう態度も可愛いな」と笑われた。

なんだかプレイの一環にされている。

「なーつ。これ着てくれるなら、ちゃんとした土産（みやげ）もやる」

「えっ、ほんとに？」

なんだ、実は普通に喜びそうな物も買ってくれていたのか。

一瞬で機嫌が直ってしまう単純な自分に呆（あき）れつつもくるりと向き直る。

「あぁ。水を買おうと思ってスーパーに入ったら、この間テレビに出てたメーカーのチョコレートをたまたま見かけたから買ってきた」

「うそっ！」

うしろを向いてビニール袋を取り出した恭介に、奈津はぱっと顔を輝かせた。

恭介が買ってきたのは、彼が出発する前に一緒に見た旅番組で紹介していたものだ。創業者がわざわざ毎年カカオの産地まで足を運んで品種を選び抜き、専用の栽培園で生産。それをすべて自社工場で発酵、焙煎、磨砕、精錬まで行っているというこだわりのチョコレートである。

甘い物好きの奈津はすぐに食べてみたくなったが、輸入食品店に行っても売っていなかった。食べられないと知れば余計に食べてみたくなるもので、あれからずっと心残りだったのだ。

恭介とはその時話題にしたきりだったのに、それをちゃんと覚えていてくれたことに嬉しくなる。我ながら現金な性格だ。

「じゃ、着てくれるよな？」

チョコレートを抱えて目を輝かせる奈津に、恭介が念を押す。

「うぅ……はい。物で釣られてエッチな下着を着るなんて、なんだか援助交際みたいですね」

まぁ最初から、どうせ最後には結局着てしまうんだろうなとは思っていたのだが。

惚れた弱みで恭介には随分甘い自覚があり、奈津は恥ずかしさを誤魔化すように苦笑する。

すると恭介が一番食いついたのは、今まで拘っていたベビードールではなく。

「……援交か。いいな、それ」

「は？」

きょとんとした奈津が逃げる間もなく、恭介に腰を抱き寄せられた。

そして、いつもいやらしいことを思いついた時に浮かべる黒い笑みを見せられ、本能的に危険を察知する。駄目だ、絶対によくないことが起きる。

「恭介さんっ、私今から明日の準備があるのでっ」

咄嗟に嘘をついて逃げようとした奈津は、耳元に口を寄せられ、ふっと息を掛けられた。

「準備ってなに？　宿題があるの？　それならおじさんが後から教えてあげようか」

すでになにか始まっている……！

ソファに座ってうしろからガッチリと抱きかかえられると、奈津の力ではまったく抗えない。渾身の力を込めてその檻から抜け出そうと試みたが、恭介にとっては子猫がじたばたと暴れているだけのようで、結局奈津が疲れただけだった。

色気を含んだ笑みを浮かべる恭介の手が奈津の弱い部分に伸びる。

「あんっ……、そこ、くすぐったい……」

「そこってどこ？　ちゃんと言葉に出さないとやめてあげないよ？」

そうしている間にも、胸を揉まれたり、スカートの中に手を入れて脚の付け根の敏感な部分を爪の先でなぞられたり。決定的な愛撫は与えてもらえないのに、奈津の体から力がどんどん抜けていく。

「ふっ……んぅ……」

背後から回された大きな手が奈津の体を執拗に這い回る。胸元のボタンをぷちんぷちんと外されて、それに抵抗しようとした奈津の手はやんわりと振り払われた。

息が上がり始めた奈津の耳元で、恭介が吐息混じりにささやく。

「ねぇ、奈津ちゃんは今、何歳？」

「何歳ってて っ……」

そんなこと、知ってる癖に。直属の上司が管理する履歴書だけではなく、人事部保管の身上書まで勝手に見ていた恭介が知らないはずがない。

しかも、つい先日奈津の誕生日があったばかりで、恭介には盛大に祝ってもらったところなのだ。

だからこれはプレイの一環として聞いたのだとわかっている。でもそれに乗ってやるのは癪で、奈津は本当の年齢を答えることにした。

「……にじゅう、はっさい、です」

「へえ、十八歳か。まだ高校生なのに、おじさんとこんなことするなんて悪い子だね」

サバを読みすぎだろう！　さすがに無理がある設定をしれっと言い放った恭介を振り返って睨むと、「お金が欲しいならいい子にしないと」とにやけられた。

駄目だ、もうなにをしても悦ばせてしまうパターンだ。奴はノリノリである。

女子高生を買うスケベ親父を演じているつもりなのか、いつもとは少し口調まで違う。

諦めて体の力を抜いた奈津を、恭介が好き勝手に弄る。

中途半端にはだけられた洋服が体にまとわりついて動きにくい。

「奈津ちゃんはどうして援交なんてしてるの？　何にお金を使うつもり？」

「……そんなの、関係ないでしょ」

不貞腐れてそう言うと、恭介がわざとらしく嘆息する。

「ふーん。気の強い子は好きだけど、聞かれたことにはちゃんと答えないといけないな」

だから、お仕置きだね？　そう言った恭介はものすごく嬉しそうで……

「やんっ……！」

乱暴にブラをたくし上げられると、奈津の白い胸がふるんと零れる。

その頂にある小さな桃色の突起はつんと上を向いていて、早く直接触って欲しいとでも言うかのように硬くしこっていた。

「触ってないのに、もう勃ってる」

「……っ、寒いからです！」

我ながら下手な言い訳だと思う。空調がきいていてしっかりと温度管理されたこの部屋では、たとえ真冬でも寒いなんてありえない。

「そっか。奈津ちゃんは、服の上からいじられただけで、乳首をビンビンに勃たせる痴女かと思ったのに、違うんだ？」

恭介はわざと奈津を辱める言葉を選び、反応を確かめるように一言ずつ区切って投げかけた。

恥ずかしくなって顔を背ける奈津は、そんな初心な反応が余計に彼を悦ばせているとわかっていない。

「……違う……もん」

「奈津ちゃんは素直じゃないな。そうやって意地を張ってると余計に長引くだけだぞ」

「……あっ」

トサ、という音とともに革張りのソファに押し倒された。背の高い恭介に合わせて大きなソファを選んで買ったのに、二人で横になると、とても窮屈だ。

前がはだけたブラウスを完全に取り払われ、すぐに圧し掛かってきた恭介が白い二つの膨らみをやわやわと揉む。

下から持ち上げるように優しく捏ね、色の薄い乳輪の縁を親指の爪でつうっと撫でられた。

「んっ……は……んっ……」

「なにか言いたいことがあるなら、おじさんに言ってごらん。ん？」

奈津が素直になるまで、決定的な快感を与えてくれるつもりはないらしい。

中心に近付いたはずの指はまた逆戻りし、重力に従ってぽよんと広がった胸を絶妙なタッチでいたぶっている。

「……いじ、わるっ」

じれったく腰を揺らす奈津を見て薄く笑った恭介が、硬く尖った乳首にふっと息を吹き掛けた。

「あんっ……！」

突然の出来事に奈津の体がぴくんと震える。敏感になっていた先端がぴりりと痺れ、奈津はすすり泣くような鳴き声を漏らすしかできない。

本当は、恭介の太い指で摘んで、弄って、もっともっと気持ちよくしてもらいたい。温かく濡れた咥内に迎え入れて、いつもみたいにちゅぷちゅぷと吸い上げて可愛がってもらいたい。

でも、そんなはしたないことを彼に言えるはずがなくて。

「恭介、さぁん……」

焦らされすぎて半泣き状態の奈津が潤んだ瞳で恭介を見ると、恭介が呆れたようにため息をつく。

「時間切れ。物欲しそうな顔してる癖に素直じゃない子はお仕置きしないといけないな」

恭介は奈津に目を合わせたままゆっくりとその突起に近付き、ゆっくりとした動作でべろりと舐める。

そして少し顔を上げ、親指と人差し指でぎゅっと乳首を摘んだ。

「……いっ！」

「お仕置きだよ」

擦り合わせるように乳首を潰されたまま、絶妙な力加減で引っ張られる。右、左と繰り返され、たまにちゅくちゅくと舐められると痺れるような感覚に襲われた。

痛みすら快感として認識されて、背筋をビリビリとしたものが駆け抜ける。

「ね……もう……、や、んっ！」

もうやめてと言おうとしたのに、また強く乳首を摘まれてそれは叶わなかった。本当はもっと、違うこともして欲しい。キスをして舌を絡め合いたいし、口に出しては言えない秘密の部分も触って欲しい。

そしてあの熱くて硬いもので体を満たして欲しい。

「お仕置きだから『やめて』はなしだよ。して欲しいことがあるなら、ちゃんと言いなさい」

「ひどいっ……！」

奈津の淫らな願望はすべてお見通しだったようだ。

ほんの半年前まではほとんど経験もなかったのに、いつの間にか淫らに作り変えられたこの体が恨めしい。

「ねぇ、奈津ちゃんはお金欲しいんだよね？」

女子高生とおじさんの設定はまだ続いているらしい。

もう一度否定しようとして、奈津はハッと気付いた。もしかして、今が恭介を受け入れなければいけないタイミングなのかもしれない。

最近ネットで検索しまくっていた他人の性癖の数々が頭に蘇る。ＳＭプレイだとか、スワッピングだとか、露出プレイだとか、そういったものの中にシチュエーションプレイも載っていた。メジャーな題材としてはナースや女教師が大多数に好まれるらしい。

束縛女王宮野とヒモのアレックスだって、「あっ……、先生、僕もう我慢できませんっ」「うふふ、二人で居残り勉強しましょうね」などとやっているのだろう。そうに違いない。

だったらこの援交プレイも受け入れなければ、奈津は宮野に負けるような気がした。

覚悟を決めた奈津は、ごくりと生唾を呑み込む。

「…………はい」

やっと陥落した奈津を見て、恭介は満足そうに笑う。

色事に持ち込まれると、こうして奈津はいつも恭介には負けっぱなしだ。いつか彼に勝ってやりたいと思うが、それはいまだに成し遂げられていない。

「じゃあ、もっとお金をあげようか。だからこれ、おじさんに売って欲しいな」

「え？」

するりとスカートの中に手を入れられた。下着の上から濡れそぼった秘裂を撫で上げられ、奈津は思わず甘い悲鳴を上げる。

「んっ、やぁんっ」

下着越しにぐにぐにと揉まれ、そのもどかしい刺激に体をくねらせる。だらしなく開いた口からは喘ぎ声ばかりが零れ出て止まらない。

そんな奈津の様子を満足げに見ていた恭介の指は、いつしかある一点を目指して移動する。布を隔ててもわかるほどぷっくりと腫れた花芯が、円を描くように指先で捏ね回された。

「あ……っ！　あぁッ、んっ……！」

ショーツが寿司でストッキングが白米だとか力説していたくせに、結局これが欲しいのか！　というツッコミを入れる余裕はもうない。

敏感な神経が集まっている快感の種をぐりぐりと刺激され、奈津はふるふると首を振った。

「ほら、もうべたべたで気持ち悪いだろ？　脱いでごらん」

確かに下着がべっとりと張り付いているのは不快だ。それに、できることなら早く脱いで直接触って欲しい。

でもすでに蕩けさせられている奈津と違って、恭介は余裕を保っている。そんな彼の目の前で下着を脱ぐのはハードルが高すぎた。

「……………じゃあ、あっち向いてて下さい」

「駄目」

奈津のせめてもの抵抗はあっさりと却下される。

無理やり手を取られてショーツの縁に触れさせられ、ここからは自分でやるんだと突き放されてしまった。縋るように目で訴えても気付かないふりをされる。

口元にうっすらと笑みを浮かべて奈津を見る恭介の目はギラギラとした欲望を湛えていて、その視線だけで身が焦げてしまいそうだ。

奈津は意を決してショーツを下ろし始める。震える手には力が入らないが、なんとか腰を上げて脚から抜いた。ショーツにはねっとりとした蜜が糸を引いて、これを保管されると思うと死にたくなった。

「いい子だな。ほら、こっちに寄越して」

「…………はい」

恥ずかしくて恭介の目を直視できないまま、奈津は腕を伸ばして淫液に濡れたショーツを差し出す。

恭介の手に渡ったそれは、すぐに彼のジーンズのポケットにしまわれた。この状況でビニール袋を取りに行くために放置されたらどうしようと思ったが、さすがにそこまで鬼ではなかったようだ。

「ね、もう……っ、お願い……っ」

涙を浮かべながら懇願する奈津はひどい格好だ。

前が完全にはだけたブラウスはすでに羽織っているだけだし、ずり上げられたブラジャーからは中途半端に胸が零れ、かろうじて腰に留まっているスカートの下はノーパン。その状態で勝手に恭介のベルトを外そうとする奈津の手首を掴み、彼は満面の笑みで非情な一言を放った。

「もう一つ頼みを聞いてくれたら、好きなだけ突いてやってもいいぞ」

「……っ！　もうやだぁっ！」

その後、もう一つの頼みである「お金が欲しいならこの下着も着けなさい」プレイが行われ、恭介が買ってきたベビードールと紐パンが活躍したのは言うまでもない。

焦らして焦らしてどろどろになった末に紐パンを脱がないまま挿入され、いつもより熱く硬い屹立に奈津は翻弄され続けた。

6

「奈津、もう心配させたくないからはっきり言うが、今日もまた宮野に誘われた」

遅くに帰ってきた恭介がそう告げたのは、例の援交ごっこから一週間経った頃だった。

アレックスと同棲しているくせに、彼女はまだ恭介にアプローチを続けているらしい。

「彼氏さんがいるのに恭介さんを誘うなんて、本当にモラルのない方なんですね」

何度断られてもめげずにトライする姿勢はある意味尊敬に値するが、そろそろ恭介のことは諦めてアレックスとの未来を描くべきなんじゃないかと奈津は思う。

実は今日だって、宮野の惚気としか思えない話を聞いてきたところなのだ。

あれはちょうど昼の休憩が終わる直前だった。奈津が給湯室でコップを洗っていると、背後からカツカツとヒールの音が聞こえ、そしてすぐうしろで止まった。

『あっ、すみません。もうすぐ片付け終わりま……』

水道を使う順番を待っているのだと思ってコップを手に持ったまま振り向くと、そこには腕を組んで仁王立ちした宮野が立っていた。

『……宮野さん、なんでしょうか』

『あなた、なにか勘違いしてると思うのよね。今ちょっといいかしら？』

宮野が長い髪を耳にかけて壁にもたれかかる。美人はそんな何気ない仕草も様になるなと思いながら、奈津は毅然と言い返した。

『勘違いなんてしてません。宮野さんにはアレックスくんがいるんだから、もう課長に言い寄るのはやめて下さい』

そう、宮野にはアレックスがいる。

恐らく金髪碧眼の儚げな美少年で、十六歳のイギリス人。学校に行くことも働くことも許されず、それでも宮野のことを愛しているからと毎日マンションで彼女の帰りを待っている。最近の数少ない楽しみは、ウェブカメラの音声機能を通じて外出先の宮野の声を聞くことである。

まぁ全部奈津の妄想なのだが、今まで聞いた情報を総合すると、なかなかいい線行ってるんじゃないかと思っている。

『それよ、そのアレックスがいるからっていうのが……』

『あの！　一つ聞きたいことがあるんですけど！』

奈津は宮野の言葉を遮って尋ねた。

『もしかして、アレックスくんは宮野さんのストッキングとか好きですか!?』

この間聞きそびれた質問だった。ウェブカメラとGPSは当然のように利用している宮野だが、下着プレイも行っているのか気になっていたのだ。

『ストッキング？　ねぇ、なんであなたっていつも質問が唐突なの？』

『お願いします、答えて下さい！』

かぶり付かんばかりの奈津の気迫に、宮野が頬を引きつらせる。

『……わかったわよ。ストッキング……は、まぁ嫌いじゃないとは思うけど。昨日も伝線したストッキングをゴミ箱に入れたら、引っ張り出して口にくわえて遊んでいたわね』

『く、口ですかっ!?』

ストッキングを愛でる美少年が頭をよぎり、奈津は慌ててそれを打ち消した。

ゴミ箱から出したストッキングを口にくわえるアレックスもひどいけれど、それを淡々と告げる宮野もひどい。奈津の感覚では二人とも高レベルの変態なのだが、もしかして二人が正常で、奈津の許容範囲が狭すぎるだけなのか。

わからない。これはググったらネット上のどこかに回答が載ってるのだろうか。混乱する奈津は、すぐに調べようとコップを水切りカゴに乱雑に積み上げた。

『すみません、調べないといけないことができたのでこれで失礼します！』

『ちょ、まだ話は終わってないんだけど！』

勝てない。やっぱり宮野には一生かかっても勝てそうにない。奈津は宮野の変態レベルの高さに対する敗北感を噛み締めながら、慌ててその場を立ち去ったのだ。

「彼氏がいるんだからそっちを大事にしろって言ったら、彼氏はいないって言われたぞ？」

日中のやりとりを思い出してぐぬぬ、と唸る奈津に、ソファに座った恭介が切り出す。

「奈津、その宮野に彼氏がいるって話なんだけどな」

ネクタイを緩めながら、納得がいかない表情の恭介は首を捻る。

どうやら宮野は、恭介に対してはフリーだと偽っているらしい。奈津に対してはあっけらかんと彼氏がいることを暴露したのに、それを恭介に伝えないとでも思ったのだろうか。

「嘘です。だって今日も彼氏と仲よくしてる話を聞きましたから。すっごいラブラブみたいですよ」

具体的にはアレックスがストッキングをハムハムしている話だ。これを恭介に告げると、「よそのカップルもやってるなら、俺達がやってもまったく問題ないな！」とさらにエスカレートしそうなので伏せておくことにする。

恭介はなおも不思議そうな顔をするが、自分の認識に一片の疑いも持っていない奈津は自信満々である。噛み合っているようでまったく噛み合っていない会話をしながら、奈津は壁にかかった時計をちらりと見やる。

「そんなことより恭介さん。お疲れなんだからお風呂入ってきて下さい。バッグは私が片付けておきますよ」

奈津が、はい、と手を出すと、バッグを渡しかけた恭介がなにかを思い出したように手を止めた。

「そういえば、土産があるんだ」

「お土産っ？」

ビジネスバッグを抱え直した恭介がそこからなにかを取り出したので、奈津はぎょっとして体を竦ませた。

援交ごっこ以来、お土産という言葉に過剰反応してしまうようになった奈津である。しかもいまだにチョコレートを見るたびに恥ずかしくなるという深刻かつ冗談のような後遺症に悩まされている。

さらに今日は出張も遠出もしていないごく普通の平日だ。恭介が一般的な『お土産』である銘菓や珍味などを買ってきたはずはなく、そこはかとない嫌な予感に背筋が凍る。

警戒心いっぱいの奈津の目の前に光沢のある上品なデザインの封筒が差し出された。

「なんだよ、別にお化けなんか入ってないから安心しろ」

びくびくしながら受け取った奈津を見て恭介が笑い飛ばすが、そんなことを心配しているのではない。むしろお化けならまだマシだ。神社にでも持っていって祓ってもらえばいい。

どんな修行をした高僧でも浄化できない強力な煩悩にまみれた恭介が、なにを企んでいるかわからないから怖いのだ。一体なにが入っているのだろう。

「あれ？　エステサロン・クレピュスキュール？」

ところが手にした封筒には、奈津もよく知っている名前が金字で箔押しされていた。ハリウッドセレブも愛用するという高級化粧品ブランドが手掛ける有名エステサロンで、エステティシャンは全員パリ本店で研修を受け認定試験に合格しているという本格派だ。一時間のフェイシャルエステだけで数万円もするという、庶民の奈津には手も足も出ない店である。

「これって……？」

「ブライダルエステをコースで契約してきた。まずは電話してカウンセリングの予約を取るんだそうだ。その中に専用番号が書いてあるから、今度電話してくれるか？」

「えと……誰のでしょう？」

コースで契約となると、目玉が飛び出るような金額になりそうだ。高級感溢れる封筒を物珍しそうに見つめる奈津に、恭介がネクタイを解く手を止めて苦笑する。

「奈津に決まってるだろ」

ぽかんと恭介を見返してから、奈津はさあっとすぐに青くなった。単品ですら手の届かない値段なのに、ブライダルエステだなんていくらの高額商品を契約したのだろう。そんな物、自分には贅沢すぎる。

「ええーっ!?　む、無理です、こんな高いお店！　キャンセルして来て下さい！」

「もう即金で払ったから。解約するなら違約金が五十％だな」

「えぇっ！」

あまりのことに目眩がする。

キャンセルして半額でも返してもらうべきか、それとも分不相応な自分が施術してもらうべきなのか、奈津にはどうすればいいかわからない。

「ほら、先週俺が下着を買い取っただろ？　あと土産のベビードールも着てもらったし。その支払いだ」

「多すぎますよ！」

一体彼は、ただの下着にいくらの値段をつけるつもりなのか。もしも毎日供給しているストッキングにも金銭を要求したら、軽自動車が買えるくらいのお金はすぐに貯まりそうだ。

奈津に対して、というより、奈津の下着に対して金を惜しまないところをなんとかして欲しい。

「私にそんな価値なんてないですから！」

これまで地味な男女交際しか経験のなかった奈津は高価なプレゼントを受け取ることに慣れていない。こんな時、「きゃぁ！　嬉しい！」と手放しで喜んで受け取る女の子のほうが可愛げがあると頭ではわかっているが、うまく振る舞えないのだ。

本心では、セレブ御用達のエステサロンに通えるなんて夢のようだと舞い上がっている部分もある。

ブライダル雑誌のエステ特集を読んだ時に「ラグジュアリーな本格派エステ」という大きな見出しの下、黒と臙脂を基調とした優雅な内装の店内が紹介されていたのを思い出す。こんな高級エステに縁はないだろうと思いつつも、いつか宝くじで一等が当たったら行ってみたいなあ、と夢想してしまった。

だから本当は嬉しいのに、こんなに高額な物を受け取っていいのか、という戸惑いが先にきて素直に「はい」と言えないのだ。

せっかくのプレゼントを手にしたままパンフレットを取り出そうともしない奈津に、恭介が不満気に口を開く。

「価値ってなんだ。俺にとっては奈津は世界で一番可愛いし、全財産使っても惜しくない」

「そんな、大げさです」

奈津は慌てて否定する。間違っても自分は絶世の美女ではないし、美人かと聞けば十人中十人が「せいぜい中の上」と答えそうな容姿だ。

「そういう控えめなところも可愛いと思ってるが、貢がれた物は素直に受け取って欲しいもんだな。それに言っておくが、この金の半分は奈津が稼いだようなもんなんだぞ」

「は？」

現在、生活費はすべて恭介が負担してくれているから、奈津の給料はすべて自分のものになっている。毎月余った分は着実に貯金に回していて、特に恭介に渡した記憶はない。

首をかしげつつ、そこからの恭介の説明を聞いて奈津は驚いた。

なんとこれは、あのパズルアプリから得た収益で購入したそうなのだ。奈津が楽しんで遊んでいる様子を見ながら新しいダンジョンを考えたり、喜びそうなアバターを追加したりし、さらにたまに奈津が零す不満や要望を書き留めてゲームバランスの改善をしたりした。

ヘビーユーザーを目の前にしてのゲーム開発により、その結果が全体の顧客満足に繋がって売り上げがうなぎ登りらしい。

「仕事も忙しいのに、よくそんな暇ありましたね……」

ただただ感心するばかりだ。

営業課長である恭介の日常は非常に忙しない。平日は朝から晩まで仕事で、管理職としての会議やデスクワークをこなしながら抱える案件の指示を出す。

月に一度は国内、海外を問わず出張があるし、土日も取引先とゴルフをしたり、クレーム処理に突然呼び出されたりと、一体いつ寝ているんだと思ってしまうほどだ。

「あぁ、実際の運営は大学の後輩でアプリ制作会社を興した奴に任せてるんだ。俺は社外アドバイザーって形でアイディアを出して、顧問料とライセンス料をもらってるんだよ。先週まとめて振り込まれて、今はかなり潤ってる」

つくづく抜かりのない男である。

だから安心して受け取れ、と言われ、奈津はふたたびその黒い封筒を見た。優雅な曲線を描く金字のロゴが、さっきより身近に感じる。

本当にもらってもいいんだろうか。

「……ありがとうございます。すごく嬉しいです」

「最初からそう言え」

奈津の頭をぽんと叩いて、恭介は着替えるために寝室に行ってしまった。

奈津は封筒をぎゅっと抱きしめて、お礼はなにがいいだろうかと頭を巡らせる。ネクタイとネクタイピンのセットとか、お酒とか、少しでも恭介のためになればと最近短期講習に通って覚えたばかりのマッサージとか。

本人にリクエストを聞くのが一番だろうが、絶対に「もう一枚下着をくれ」と言い出す未来しか思い浮かばなくて、奈津はすぐにその選択肢を捨てた。瞬殺である。

よし、心を込めたマッサージにしよう。その時は勇気を出して、真っ赤なガーターベルトとストッキングでもつけてあげようかなと思った。

7

母から電話がかかってきたのは、水曜の夜のことだった。

「今週の土日？　うーん、多分恭介さんは土曜はお昼過ぎまで仕事だと思うけど。どうしたの？」

『兵庫のおばさんが紅ズワイガニを送ってくれるらしいから、みんなでカニ鍋でもしようと思うのよ。よかったら二人で泊まりに来ない？』

「本当に!?　行く！」

兵庫県の漁村に嫁いだ母の妹は、この時期になるといつも大型発泡トレイいっぱいのカニを送ってくれる。それを焼いたり、茹でたり、天ぷらにしたり、家族で豪快な食べ放題をするのは毎年恒例の楽しみなのだ。産地直送で身のぎっしり詰まったそれはとても美味しくて、恭介も誘えば喜ぶだろう。

すぐに恭介にも伝えたところ、二つ返事で了承された。

「鍋もいいんですけど、うちの母が作る蟹味噌の甲羅焼きも絶品ですよ。酒粕を一緒に入れて焼いて、最後にネギを散らすんです。お酒にとっても合います！」

「へぇ、楽しみだな。今まで撮った山の写真を見せたいってお義父さんにも言われてたんだ。ちょうどいいから、ゆっくり見せてもらうよ」

「うちの父は酔ったらめんどくさくなるので、ほどほどに付き合うだけでいいですからね？」

そうだ、ついでに母に相談してみよう、と奈津は思いついた。

あの堅物な父の女装癖を受け入れて三十年も連れ添っている母なら、変態とともに生きるコツや心構え的なものを教えてくれるかもしれない。恭介が下着ばかり集めて困るとは言えないが、一般論として聞いてみるのもいいだろう。

と、ここまで考えて、奈津は重大なミスに気が付く。しまった、父のことを忘れていた……！

母が言っていた言葉を思い出す。

確か、偽った格好で会うのが辛くなってきたからカミングアウトしたいと言っていなかっただろうか。ということはこの鍋パーティーに女装で参加するかもしれない。

どうしよう。恭介に事前に伝えておくべきなのか。

それとも、流石に娘の婚約者の前では女装なんてしないだろうというほうに賭けて黙っておいてもよいのか。

いや、それだと女装して現れた時のリスクが大きすぎる。

かと言って奈津が自分で伝えるのは非常に勇気がいる。なにしろ自分の父親に女装癖があったと婚約者に伝えるのだ。最悪の場合、伝え方によっては恭介と父の仲が決裂してしまうかもしれない。

途端に血の気が引き悩みだした奈津を見て、恭介が眉を顰めて心配する。

「どうした？　体調でも悪くなったのか？」

「違うんです！　あ、いえ確かにすごく頭は痛いんですけど、これは体調不良というより悩み事で頭が痛くて、えーっと、うー……」

八方塞がりである。言うも地獄、言わぬも地獄。

だがこのまま言わないでいたら、週末までに悩みで胃に穴があいてしまいそうだ。そうなると大好きなカニが食べられなくなって困るので、『言って地獄』を選択することにした。父よりカニを選んだ訳だが、正直あまり罪悪感はない。

「恭介さん、驚かないで聞いて欲しいんですけど」

奈津は、明らかに無理であろう前置きとともに話し出した。

これを恭介に告げるのは相当覚悟がいる。でもこれからも実家と付き合っていくのなら、避けては通れない道だ。

「別に隠してた訳じゃなくて、私もこの間聞いたばかりなんですけど。………うちの父、実は女装が趣味なんだそうなんです！」

奈津はぎゅっと目を瞑った。

そして、「は⁉」とか、「えぇ⁉」といった驚嘆の叫び声を待つ。

しんと静まり返った部屋の中、奈津の心臓の音だけがうるさい。一秒、二秒、三秒、四秒……しかし待てど暮らせどその声は聞こえない。

恐る恐る目を開けて上目で恭介の様子を窺うと、なんとも言えない微妙な表情をしている。

「恭介さん、驚くのはわかります。普通はこんなこと、突然受け入れられないですよね？私も最初は意味がわからなかったんです。だけど、それでも私の父親なので……。迷惑は掛けないので、週末実家に行った時、もし女装をして出てきても許してもらえませんか？」

なんとか父を許容してもらおうと一生懸命に話す。恭介はじっと聞いていたが、やがて躊躇いがちに口を開いた。

「いや、今驚いているのはそっちじゃなくて……。お義父さんの女装趣味って周知の事実じゃなかったのか？」

「えぇっ!?」

恭介が上げるだろうと予想していた叫び声は、またいつも通り奈津が上げることになった。

「恭介さん、気付いてたんですか？　だったら教えてくれてもよかったじゃないですか」

「まさか奈津が知らないとは思ってなかったんだ」

最悪だ。父と一緒に暮らしている母や妹が気付いていたというのはわかる。それだけではなく、まだ数回しか会ったことのない恭介まで知っていたとは。

自分が少々鈍いのを自覚していたが、もしかしてこれはハイパー鈍いに認識を改めなければいけないのだろうか。

「そもそも、お義父さんの様子を見ていたらわかるだろう？」

「わかりませんよ。私の前では一切そんな素振りを見せてませんでしたから」

「いや、ちゃんと見せてたぞ」

「いつ!?」

恭介の言葉に奈津はまた驚く。そんな記憶まったくない。

恭介と一緒に父に会ったのはほんの数回で、その服装を思い出しても怪しいところは見当たらないからだ。

「そうだな、お義父さんの登山装備は見たことあるか？　トレッキングシューズやザックはピンクメインのデザインで、ストックにはひと昔前の女子高生が携帯に付けてたような巨大ぬいぐるみがぶら下がってるんだ。登山帽も、なんか山ガールみたいな感じでさ。『妻のを間違えて持ってきてしまって困ったよ』って言ってたけど、多分みんな信じてなかったぞ」

「見たことないです……」

父よ、なんてわかりやすい誤魔化し方をしてるんですか。うなだれる奈津に、恭介がまた違った例を話し出す。

「じゃあ結婚の挨拶に行った時のことは覚えてるか？　座布団がお義父さんだけピンクでレースが付いていたし、襟付きシャツが女性用だった。靴下にもレースが付いていたんだが」

「嘘！」

襟付きシャツは男性用と女性用でボタンの合わせが違うから、確かにぱっと見でどちらかわかる。そんなことといちいち日常生活でチェックなんかしないだろうに、恭介の観察眼には驚くばかりである。

「あとボトムも女性用のガウチョパンツだった。爪も肌もしっかり手入れされてて綺麗だっただろう。そこでやっとお義父さんは女性の装いが好きなんだと気付いて、あの登山スタイルにも合点がいったんだ」

挨拶に行った日は、奈津も父のズボンがダブダブで丈が短いことを不思議に思っていたが、『いつも母さんに任せてるから、久しぶりに自分で買いに行ったらサイズがめちゃくちゃなものを買ってしまったんだ。いやー、お父さん駄目だなぁ』というのを信じていた。あれ、ガウチョだったのか。

同居している時に奈津が肌の手入れに時間を掛けているのを見た父は、『お父さんは水道水だけでこんなに綺麗なんだぞー、がはは』などと言っていた癖に、まったくの嘘っぱちだ。今度会ったら問い詰めてやりたいと思う。

「なんだか私、色々自信がなくなってきました……」

父の女装癖に気付いていなかったのは、世界中で奈津一人だったのかもしれない。

8

土曜日。仕事終わりの恭介とともに実家に顔を出すと、笑顔の母とそわそわしている父に迎えられた。

父は淡い群青色に黒い子持縞と草花模様の入った銘仙の着物姿で、当然のように女性物を着ている。

フルスロットルで女装している父を見た奈津は盛大に狼狽えたが、まったく動じずに接する恭介は流石である。

父秘蔵のアルバムを披露するために居間を占拠する二人を尻目に、奈津は母と鍋の準備に取り掛かる。

「芙由は今日出掛けてるの？」

「彼氏とデートですって。晩ご飯までには帰ってくるって言ってたわ」

野菜を洗う母の横で、奈津はネギを刻み、生姜をすりおろし、鶏挽肉をボウルに入れる。鶏団子を作るためである。結城家のカニ鍋は、まずはシンプルに昆布出汁とカニの旨味だけで食べる。そしてその後に鶏団子を入れて、また違う味を楽しむのだ。

「料理教室にはまだ通ってるの？」

「うん。今はフランス料理に通ってる。でも家で作るとなったら難しくて……失敗だったかも」

「そうやって背伸びするからよ。もっと簡単なものから始めなさい」

お互いの近況を報告しながら楽しく準備を進めていく。鶏団子の次は焼きガニにするための足を切り落とす作業だ。関節ごとに切り落とし、焼いている間に水分が落ちないように片方をアルミホイルで包まなければいけない。

奈津が結婚式のドレスの色を決めかねていると零すと、母が次の試着には同行したいと言い出した。さらに妹もついて行きたいと言っているらしい。参加人数が増えれば増えるほど意見がまとまらなくなるような気もするが、みんなでわいわい選ぶのも楽しいだろう。

　母によると、父は妹の芙由にも女装癖をカミングアウトしたそうだ。思っていた通りまったく驚かれず、「ていうか、気付いてないと思ってたの？」の一言で終了したという。

　そうか、やはりわかりやすかったのか。自分はまったく気付いていなかったため、その一言が胸に痛い。

「ねぇ、お父さんの女装癖を知った時、お母さんに葛藤（かっとう）はなかったの？」

　温泉で初めて聞いた時の母は、驚いたとしか言っていなかった。婚約者の変態趣味を知って戸惑っている今の自分のように、どうやって父を受け入れるべきかと悩んだりしなかったのか、奈津は母に尋ねてみることにした。

「あるわよ。当たり前じゃない」

　ふふふと笑いながら言った母は慣れた手つきで白菜を切って大皿に盛り付ける。

　父とスキンケア用品を共有したり、うきうきと着付けについて語ったりする母の様子を見ると、とてもそうは思えない。

「じゃあどうして今は普通に受け入れてるの？　むしろ楽しそうだけど」

　今は二人で女装を楽しんでいるようで、同性の友人同士にすら見える。どうやってその境地に達したのか、奈津はとても興味があった。

「そりゃ、最初は別れることだって考えたわよ」

「うそ！」

恭介が変態でも別れまでは考えたことがない奈津は、驚きのあまりカニを取り落としそうになった。

澄ました顔の母は長ネギをトントントンとリズムよく切り、白菜の隣に並べる。

「だってそうでしょう。自分の旦那がスカート穿いてペディキュアつけてるなんて耐えられる？　気持ち悪いわ」

「う、うん」

恭介が女装しているところを想像してみた。端整な顔立ちの彼なら、もしかして上手に化粧すれば似合うのでは？　と思ってしまい、奈津は慌ててその考えを打ち消す。

下着収集とストーカーに加え、女装まで始めてしまったら堪ったものではない。それを誤魔化すようにカニの足をバシバシ切り落とせば、「もっと丁寧にしてちょうだい」と母に言われてしまった。

「子供達を連れて実家に帰ってゆっくり考えてたら、お父さんのいいところばかり思い出しちゃったのよね。いざという時に頼りになるところとか、子供達と楽しそうに遊んでる笑顔とか」

「お父さん、子供好きだもんね」

「ええ。こんなに好きなのに離れて暮らすなんて無理だって思ったわ」

母が照れたように笑う。

両親の仲がいいのは、こうして大切に想い合っているからかもしれない。

自分が恭介と離れて暮らすとしたら……と考えて、奈津はそんな仮定すらしたくないと思った。

多分恭介に片想いをしていた頃ならそれも可能だっただろう。別のマンションに引っ越すとか、職場が異動になって会えなくなるとか、例えばそうして離れ離れになったとして、最初は辛くても時間が解決してくれたと思う。

しかし恭介と付き合い始め、ともに暮らし、彼の優しさや奈津を想う強さに触れてしまった今、そのぬくもりを手放すことなどできはしない。たとえ恭介がド変態でもそれは変わらないと断言できる。

そうだ、答えは出ていたじゃないか。

宮野に変態許容度で負けていようが、この先恭介がどんなことをやらかそうが、奈津は恭介と離れたりしない。それならば、恭介のありのままを受け止めるしかない。

どうやって受け入れようとか、どの程度許せばいいんだろうとか、そんなの考えるだけ無駄だったのだ。

「ふふ。お母さん、お父さんのこと大好きなんだね」

「まぁ一番の理由は、実家の玄関先で土下座して『別れないでくれ！』って叫ぶお父さんを見てたら、なんだか笑えてきちゃったからなんだけどね。だってお父さん、自宅からボディコン着て似合わない真っ赤な口紅つけて来たのよ。普通スーツで来るでしょ」

「え、えええ……」

ドン引きである。いい話が全部台なしだ。

この家から母の実家まで一時間かかるのだが、電車で行ったのか車で行ったのか気になるところである。途中で捕まらなかったのが奇跡だと思う。

「どうせ女装するなら似合う物を着なさいって言って、それからお母さんもコーディネートに参加することにしたの」

「そ、そうなんだ……」

「あっ、そろそろ芙由が帰って来る時間だから火を入れましょうか。テーブルの上を片付けて拭いてくれる？」

母はさっさと話を切り替えて、卓上コンロを棚から下ろそうとしている。両親がうまくいっている秘訣は、母のこのポジティブさにあるのだろうと奈津は思った。

9

翌日、二人は両親と妹に見送られて実家を後にした。父は二日酔いなのか、ロングスカートで青い顔をしている。

「お父さん、調子に乗って飲むからよ」

「いやぁ、恭介くんがいける口だからつい釣られてしまってなぁ……」

「もう、ちゃんと年を考えてよね」

昨晩は飛び入りで参加した妹の彼氏を含めてわいわいと鍋を囲み、さらに途中で回覧板を持って来たお隣さん夫婦まで引きずり込み、最終的には大人八人での宴会(えんかい)になってしまった。

実はお隣さんまで父の女装癖に気付いていたと教えられた奈津は、また自分の鈍さに落ち込んだのだが、それとカニとは別腹だ。しっかりと締めの雑炊(ぞうすい)までカニのフルコースを堪能(たんのう)し、まだお腹が膨(ふく)れている気がする。カニと一緒に送られてきたという野菜や銘菓(めいか)までお土産(みやげ)にと渡され、お腹も荷物もいっぱいだ。

「恭介さん、せっかくのお休みなのに私の実家に来てくださってありがとうございました」

駅への道を歩きながら、奈津は小さく頭を下げる。実家では楽しそうにしていたが、やはり婚約者の実家に泊まるなんて気も使うし疲れただろう。営業課長として働き詰めである恭介の貴重な休みをすべて使ってしまい、申し訳ないという気持ちが先にくる。

しかし恭介は穏やかに笑って、奈津の荷物までひょいと奪い取ってしまった。

「あっ、それは私がっ」

「このくらい俺が持つ。その代わり、左手は俺と繋ぐこと」

荷物を片手に持ち替えた恭介が奈津の左手を掬い取る。指と指を絡めるように握られ、奈津はぽっと赤くなった。

「昨日はカニも美味かったし、すごく楽しかった。ああいう温かくて普通の家庭で育てられたから今の奈津がいるんだなと思ったよ」

「本当ですか？　父があんな感じなので、もしかして迷惑じゃなかったかと……」

普通、と言われると少し困ってしまう。確かに今まではずっと、どこにでもある普通の家庭だと思っていたが、そうではないことが判明したばかりだからだ。

普通の家庭なら父親は女性用の着物姿で出てこないと思う。

「俺の両親に比べたらお義父さんなんてまったく変じゃない。ただ可愛い物が好きなだけだろう？　そんなの個人の嗜好だから、他人がとやかく言うことじゃないよ」

そう言ってもらえるとほっとする。やはり変態は変態に寛容なのか、これが恭介でなかったら破談になってもおかしくないくらいだ。

ちょっと気になるのは、恭介の両親のこと。恭介の言い分を聞くと、女装癖よりももっとひどい趣味があるように聞こえる。

結納の際にこっそりと「父は寝取られ趣味があるんだ」と言われたが、意味がよくわからなくてそのままにしていた。

「あの、恭介さんのご両親って、どんな方なんですか？」

一人で考えていてもなにも解決しないので、ここは思い切って聞いてみる。奈津が見た限りでは、恭介の両親はごくごく普通の夫婦だった。

父親は恭介と同じく長身で、いつも穏やかな微笑みを浮かべているロマンスグレーの紳士。母親は、良妻賢母という言葉がこれほど似合う人はいないと思えるような上品で優しそうな女性。

現在は外交官を定年退官して、最終任地である東欧を気に入って住んでいる。日本に戻ってくる予定はないそうで、その話を会社の同期にすると「嫁姑争いがないなんて羨ましい！」と言われてしまった。

でもこのお姑さんなら、むしろ近くにいて料理や家事のアドバイスなどをして欲しいと思ったくらいだ。

「あー……うちの親の話、聞くか？」

「はい！　恭介さんが構わないのならぜひ！」

目をキラキラと輝かせる奈津を見て、恭介は少し困惑したように額を掻く。

「じゃあ、ちょっとそこの公園でベンチにでも座るか」

近くにあった自動販売機で自分にはホットコーヒー、奈津にはミルクココアを買った恭介は、先にベンチで待つ奈津のもとにくる。そしてココアを奈津が受け取ると、彼の思い出話が始まった。


恭介は比較的裕福な家庭に生まれた。聡明で頼り甲斐のある父と、料理が上手で優しい美人の母。

父の外交官という職業上、数年おきに転勤があったが、それも楽しかった。父はその人柄からかたくさんの人に慕われていて、どんな土地に行っても同僚や部下が頻繁に恭介の自宅を訪ねてきては泊まって行くのが常だった。

——あれは確か恭介が九歳の時だったと思う。

当時北米の某総領事館で働いていた父は、その日も同僚を連れてきた。現地採用のラリーという職員だ。夕食は母が自慢の手料理を振る舞い、夕食後はみんなでボードゲームをして楽しんだ。

『お酒も呑んだんだから、もう運転できないでしょう？　ぜひ泊まって行ってちょうだい』

そう言った母に、ラリーは上機嫌に頷く。

『ねぇ、次はなにして遊ぶ!?』

『お前はもう寝る時間だろ』

『やだよ！　僕も起きていたいー！』

まだまだ遊んでいたかったのに、恭介は問答無用でベッドルームに連行された。ベッドに放り込まれて電気を消されると、そこはまだ九歳。すぐに寝入ってしまう。

それからどのくらい寝ていただろう、ふと目を覚ますとまだ部屋は真っ暗だった。遊んでいる最中に調子に乗ってジュースを飲みすぎたのがよくなかったのか、ものすごくトイレに行きたい。眠くて眠くてベッドから起き上がるのも億劫だが、このままでは九歳にして漏らすという不名誉極まりない事態を引き起こしてしまうため、恭介は渋々立ち上がった。

なんとかトイレに間に合い、さてもう一度寝ようとベッドルームに引き返そうとした時だ。父が客間のドアの外から室内を覗き込んでいるのを見つけた。

『父さん、廊下でなにしてるの』

『なっ、恭介どうしたんだ。トイレか？』

『うん。母さんは？』

父が慌ててドアを閉め、客間を守るようにうしろ手に隠す。この中では今、ラリーが寝ているはずだ。なにを見ていたんだろう。

父は動揺していた。

『母さんは……あれだ。今ちょっとラリーと遊んでるんだ』

『そうなの？　なんで父さんだけ廊下にいるの？　一緒に遊べばいいじゃん』

父の同僚だというのに、どうして父だけ廊下に追いやられ、母がラリーと遊んでいるんだろう。しかもこんな真夜中に。ただ純粋に疑問で尋ねただけなのに、父は突然激昂した。

『父さんはいいんだ！　父さんはな、母さんが誰かと遊んでるのを見るのが好きなんだ！』

知り合い二人が遊んでいるところを見てなにが楽しいのか恭介には理解不能だが、まぁ父がそれがいいと言うなら仕方ない。好きにすればいいと思う。それよりも、どうしてこんなどうでもいいことで怒られなければいけないのかわからなかった。

眠いし、面倒くさいし、そろそろベッドルームに戻りたい。

しかし父は恭介を離す気はないようで、相変わらず説教モードである。

普段は穏やかで理性的な父がこんなに感情を露わにするなど非常に珍しく、恭介は少し混乱した。

『いいか、恭介。母さんがラリーとばかり遊んでるとするだろ？　それを父さんはただ物陰から見てるしかないんだ。恭介が父さんだったらどう思う？』

『うーん、一緒に遊びたい』

投げかけられた質問に恭介は素直に返答したところ、父はさらに怒った。

『違う！　お前はなんて男のロマンがわからない奴なんだ！　正解は「大好きな母さんがラリーと遊ぶなんて悔しくて悔しくて嫉妬心に焼かれて死んでしまいそうだが、その背徳感に逆に興奮して堪らない上に、やはり母さんはあちこちの男から求められるイイ女だと誇らしく、しかし最後はやはり父さんの所に帰ってくるんだと思うと母さんからの愛を再確認して興奮する」だ！』

『……ええ……』

長すぎて覚えられない。恍惚とした表情で語る父は少し気持ち悪かった。

『いいか、ちゃんと聞けよ？　母さんだって喜んでるんだぞ。父さんがいるのに父さんの同僚と遊ぶなんて、モテモテ気分を味わえるだろう？　しかも父さんに見られながらラリーと遊ぶと、その罪悪感で余計に楽しくなるらしいんだな』

『………ふぅん』

もう付き合っていられない。

『父さん、もう寝るね。おやすみ』

『こら、恭介！』

翌日、『お前に説明していたせいで母さんがラリーと遊んでる所を途中見逃しただろ！』と八つ当たりされた恭介は、二度と夜中にトイレに行かないと決意した。


説明を終えた恭介は、「な、うちのほうが変わってるだろ」と淡々と言う。

「ええと、なんだかとても……個性的なご家族ですね」

これが精一杯の表現だ。さすがに、変態は遺伝だったんですね、とは口が裂けても言えなかった。

確かに恭介の実家のほうが危険な気がするし、他人を巻き込んでいない分だけ奈津の父の女装癖がマシに思える。

「一応言っておくが、無用のトラブルを避けるために既婚者や特定の恋人がいる相手には手を出さないらしい」

「あっ、そうなんですね。よかった」

万が一、自分の父が誘われてそれに乗ってしまったら、というのを想像していた奈津は、あからさまにほっとした。そんなことが起きたら、想像できないような泥沼になりそうだ。

安心するとなんだか暑くなってきた。風がなく日差しが強い今日はポカポカ陽気で、奈津はぴっちり着込んでいたコートのボタンを外す。

それにしても驚くべきは義母である。妻を寝取られて悦ぶ義父もとんでもない性癖の持ち主だが、それに適応できる義母も信じられない。

現在奈津も恭介の性癖に振り回されてはいるが、それはあくまでも二人だけの世界で完結しているから、仕方ないと諦められているだけのこと。他人に寝取られて欲しいと言われても絶対にお断りだ。だから純粋に感心してしまった。

「お義母さんってすごいですね。お義父さんのためにそんなことまでできるなんて、ちょっと尊敬しちゃう」

ココアを飲みながら言うと、恭介は嫌そうに首を捻った。

「そうか？　やってることは無茶苦茶だろ」

「うーん、そうなんですけど……」

愛の深さで負けたような気持ちになってしまうのは、同じく無茶苦茶なことばかりする恭介と暮らして感覚が麻痺してしまったからかもしれない。

言い淀む奈津を見て、恭介が慰めるように奈津の髪を梳く。

「奈津は俺の母みたいにならなくていい。無理にすべてを受け入れる必要はないし、今のままの奈津でいればいいんだからな」

「え……？」

なんだか最近の奈津の悩みを知っていたかのような言葉に、奈津は一瞬黙り込んだ。

「なぁ、最近俺のことで悩んでいただろう」

　驚いて横を向くと、恭介の静かな目がじっとこちらを見据えている。

「奈津は真面目だから。俺の要求をすべて呑まなければいけないんじゃないか、もっと抵抗なく受け入れなければいけないんじゃないかって、自分を追い詰めていたんじゃないか？」

「それは……」

　恭介にはすべてお見通しだったらしい。今までもやもやしていたことを言い当てられ、奈津は素直に頷いた。

　恭介は天を仰いで嘆息し、ベンチの背にもたれる。

「悪かった。別にそんなつもりはなかったんだが、プレッシャーを掛けていたのかもしれないな」

「い、いえ、そんなことはないですっ」

　珍しくしおらしい態度を取る恭介に、奈津は慌てて否定した。いつものように開き直って自信満々な彼じゃないと、下着好きを責めるのも気が引ける。

「いや、いいんだ。勝手な言い分かもしれないが、奈津には駄目なことは駄目だとはっきり言ってもらって、俺が道を踏み外さないようにストッパーになって欲しいと思っている。……俺の両親の話をしただろ？　諫める役がいないから、ああやって二人で暴走するんだ。俺はそうなりたくはない」

「恭介さん……」

「それに奈津が本当に嫌なことがあれば俺は無理強いするつもりはない。辛い思いをさせたいとは思っていないから」

「……はい！」

恭介の言葉がじんと胸に染み渡る。変態は変態なりに奈津のことを考えてくれていたらしい。いつも下着下着とうるさくて自分の欲望にばかり忠実なのに、きちんと譲歩する気持ちも持っていてくれたのだ。

胸がくすぐったくて、奈津は恭介から目を逸らす。ブーツの踵で地面をトントンと叩いた。

「それなら、使用済みの下着を集めるのはもうやめて欲しいなぁ、なんて」

その気持ちだけでも嬉しいが、せっかくなのでお言葉に甘えて希望を伝えることにした。

奈津もだんだん慣れてきたもので、洗濯済みの下着を触られることに抵抗はなくなりつつある。洗った後なら普通の洋服やハンカチを触られるのと変わらないような気がして、恭介がクローゼットの中を漁っていても黙認しているのである。

しかし使用済みの下着は別だ。一日着用していた下着を見られるのは恥ずかしく、匂いを嗅がれるのも勘弁して欲しい。だから、やっとそれから解放されると思うと自然に頬が緩む。

「いいでしょうか？」

「いや、それは聞けない」

「え!?」

恭介の即答により、奈津の希望はあっさりと却下された。

「ちょ……、たった今、無理強いはしないって言いましたよね？」

「これは無理強いじゃない。強い依頼だ」

「………ひどい」

それを世間では屁理屈と言うのだが。その後、口だけは誰よりうまい婚約者に説得を試みてもすぐに丸め込まれてしまって、奈津はがっくりと肩を落とした。

それでも一緒にいたいと思ってしまうのだから、やはり惚れたら負けなのかもしれない。

10

翌日の昼休み、奈津は宮野と決着をつけるべく早めに食事を済ませて彼女のもとに向かった。

今日の宮野の予定はすでに恭介から聞いて知っている。午前中は外回りだが昼前には帰社。そして十六時から大事なアポイントメントのために出掛けて直帰する予定だそうだ。だから話をするなら昼休みしかない。

同じフロアとはいってもまったく見かけない日もあるから、今日は絶好のチャンスと言える。

「宮野さん、今少しだけお時間いいですか？　話したいことがあるんです」

デスクに向かおうとする宮野を待ち伏せてそう言うと、少し驚きながらも宮野は了承した。

「やっと話をする気になってくれた？　なにか行き違いがあるはずだから誤解を解いておきたかったのよね。ここじゃ話せないから、外に出ましょうか」

もう訳のわからない質問しないでよねと念を押されたが、奈津は今まで訳のわからない質問をしたつもりはない。そのあたりが宮野の言う「行き違い」なのかなと思いつつ、奈津は素直に宮野に従った。

時間もないことだしと宮野が選んだのは、隣のオフィスビルの一階にあるカフェだ。

周囲に話を聞かれないよう端の席に座ったが、昼食時の店内はざわついていてどの席で話しても聞かれる心配はなさそうだ。

先に話すよう促され、奈津は口火を切った。

「宮野さんがおっしゃった通り、外見も、能力も、私は宮野さんに及ばないです。私なんかが課長の隣にいる資格があるのか、この間までずっと悩んだりしてました。でも、でも課長を好きな気持ちだけは負けないつもりです……！　これからもずっと私が側にいたいと思っています！」

不機嫌そうに目を細めた宮野が腕を組む。派手系美人がこんな表情をすると迫力があって一瞬怯んだが、ここで負けてはいけない。

「だから……、もう私の婚約者に変な誘いをかけるのはやめて欲しいんです。そりゃあ宮野さんのような特別な人からみれば一般人の私には彼の相手なんて力不足だって思いますよね。だけど課長も、そんな私だからこそ暴走するのを止められるって言ってくれてますし……。それに宮野さんにはアレックスくんがいるじゃないですか？　二人の変態度はぴったり一致してて――」

「ちょっと待って！」

「は？」

突然話を遮られて、奈津は途中で言葉を呑み込んだ。

「それよ、それ。今アレックスは関係ないじゃない。それに一般人とか変態度とか、一体なんなの？」

　身を乗り出した宮野が綺麗な指先を奈津に向けて指摘する。今日の黒いタイトスカートも相まって、なんだかすごく女教師っぽい。これはやはりアレックスとの女教師プレイの成果なのだろうか。

「え、いや、だってアレックスくんは宮野さんの同棲中の恋人なんですよね？　そんな人がいるなら課長に手を出すのはおかしいと思って」

「……そういうことだったの」

　はぁーっ、と大きなため息をついた宮野が額に手をつく。

「もう、どうやったらそんな勘違いするのよ」

　俯いた宮野のロングヘアがさらりと流れる。そして顔を上げた彼女はジトッとした目で奈津を見据えた。

「アレックスはね、猫なのよ！」

「…………えぇっ!?」

　その時に奈津が上げた悲鳴は、周囲に座っている客が振り返るほどだった。

「ちょっと！　迷惑だから静かにして！」

「す、すみませんっ」

　アレックスが猫だと知らされて奈津は盛大に驚いた。

聞けば、アレックスは室内飼いのアメリカンショートヘアで二歳のオスだと言う。宮野の仕事中にどうしているか心配で、恭介に相談してウェブカメラを導入したそうだ。宮野のマンションにいたのは、監禁された金髪の耽美系美少年ではなく血統書付きの猫様だったのだ。

気分的にはもう白目を剥いて失神していたが、健康体の奈津はこの程度で気を失ったりはできない。頬を引きつらせてひたすら相槌を打っていたが、ほどなく本当に失神して逃げてしまいたいと思う時が訪れた。

宮野から厳しい追及が始まったからだ。

「で、どうしてあなたはアレックスが彼氏だって思ったの？」

「えぇっと……それは……」

奈津自身が婚約者に監視されているために、つい宮野も同じだと思ってしまったのである。

「ウェブカメラを設置して見る相手って、普通は動物か子供か高齢者でしょう。真山課長だって猫を飼っているからウェブカメラを置いてるっておっしゃっていたもの。恋人を監視する発想をするなんて、不気味だし異常だわ」

その不気味で異常な男に私達二人とも恋してるんですけどね！　とは簡単に言い出せなくて、奈津はすっかり頭を抱えた。

奈津の脳みそでは、恭介が変態だと遠回しに伝える言葉を思いつかない。

「さっきの変態度がどうとかいうのも説明してもらうわよ」

「えっ」

「納得いくまで放さないから」

「…………うぅ」

結局誤魔化しきれなくなった奈津は、とうとうすべてを告白した。

恭介が飼っているのは本物の猫ではなく、恐らく奈津を猫と比喩(ひゆ)したのだろうということ。ウェブカメラは奈津を眺(なが)める目的で導入されたため、宮野も同じだと勘違いしてしまったこと。いつもＧＰＳで追跡されていること。

聞き上手な宮野の誘導尋問によってさらに口が滑(すべ)る。

「同棲して以来ストッキングも毎日集めてるんです。ジッパー付きのビニール袋に入れて日付順に整理してて……」

「まぁ、真山課長ってそんなことまでなさってるの？」

「はい。先週、衣装ケースが二つ目に突入しました」

大変ね、すごいわ、それでそれで？　と先を促(うなが)され、恭介が下着を集めていることや付き合い始める前の彼はガチの下着泥棒(どろぼう)だったことまですべて白状させられてしまった。

もう話していないエピソードは一つもない。

一通り話し終わると、それまでにこやかに聞き役に徹していた宮野の顔が能面のようになる。そして一言だけ言葉を発した。

「……キッモ」

ですよね！　開き直った奈津は、やけっぱちで同意した。

11

「その流れでどうしていきなり仲よくなってんだよ……」

「だってアレックスがすごく可愛くてっ！　ねぇ、この写真も見て下さい。お腹を見せてごろんってしてるとこですよ。初対面の相手にこんなに懐くなんて珍しいって、玲子さんも驚いてました！　……あっ、『本当のこととはいえ、能力も見た目も劣るなんて言ってごめんなさい』ってちゃんと謝ってくれましたよ。うふふ、話してみればいい人ですね！」

「それは本当に謝ってるのか？」

うきうきとスマホをスワイプさせ、奈津は恭介に次々と写真を見せる。この写真の数々は、今日宮野の自宅に行って奈津が撮ったものだ。

宮野に恭介の所業をすべてぶちまけた後、その場は恭介への愚痴大会と化した。

一体何年分ストッキングを貯めれば気が済むのかだの、ストーカー体質は改めて欲しいだの、涙混じりに訴える奈津の話を、宮野は身を乗り出してうんうんと聞いてくれた。

奈津は今まで誰にも恭介の性癖を教えていなかったため、他人に愚痴を零すのは初めてだ。

思ったことをずけずけ言う宮野によって「やだ、本気で気持ち悪いんだけど」とバッサリ切られるうちに、恭介の性癖もあまり気にならなくなってきた。

不思議なものである。最初からこうやって誰かと一緒に笑い飛ばしてしまったらよかったのかもしれない。

昼休みが終わると同時にその場は解散したが、交換したアドレスにすぐにメールがやってきた。

それは、よかったら週末にアレックスを見にこないかという内容で、奈津は一も二もなく同意した。カフェで宮野に「ほら、これがうちのアレックスよ」と写真を見せられた時に、奈津が可愛い可愛いモフりたいと言っていたのを覚えてくれていたらしい。なんて律儀な人だろう。

そして今日、宮野の自宅を訪問した奈津は思う存分アレックスと遊び、その成果を休日出勤から帰ってきた恭介に披露しているという訳だ。背の高い恭介に合わせて選んだ大き目のソファに並んで座り、イチャイチャして過ごすのは至福の時である。

しかも手元には可愛い猫の写真。大きな瞳をくりくりさせてレンズを覗き込むアレックス、気持ちよさそうに伸びをするアレックス、宮野の膝の上でうっとりと目を閉じるアレックス。

被写体が美猫のためにどの写真も映りがよく、奈津は調子に乗って撮りまくってしまった。

「まぁ、宮野のトーク術は折り紙付きだからな。まだ付き合いは短いが、いつの間にか相手の懐にするっと入ってる奴なんだよ」

苦笑する恭介を横目で見て、奈津は腑に落ちない顔でスマホを操作する。

「喋るつもりはなかったのに、いつの間にか全部言わされたんです」

「営業の仕事は、まず相手のニーズをうまく引き出すことが大事なんだ。宮野のペースに乗せられてペラペラ喋っているうちに、いつの間にか仕事が形になる。あいつはそれが得意なんだよな。まさか俺の趣味を知られる日が来るとは思わなかったが」

その言葉を聞いて、奈津は少しだけ後悔した。

「……すみません、勝手に喋っちゃって」

恭介としては困った事態になったのかもしれない。

宮野が他人に言いふらすようには見えないが、部下に自分の変態性を知られるのは気分のいいものではないだろう。

そう心配したものの、恭介は意外にけろりとしていた。

「あ？　別に俺は構わないが。そんな恥ずかしい趣味でもないだろ」

「いえ、すごく恥ずかしい趣味だと思います」

他の部分はすべて常識的なのに、この変態的な部分だけ一般常識も羞恥心も通用しないのはどうにかして欲しいものだ。

今度はこれも宮野に愚痴ってしまおう、と奈津は心に決めた。


そういえば、奈津には恭介に聞いておきたいことがあった。

「あの、なんで私が恭介さんの趣味について悩んでるってわかったんですか？」

奈津の実家からの帰り道でのことだ。

恭介は奈津の悩みを知っているかのような口ぶりだったが、恭介の性癖とどうやって付き合っていけばいいのかなど、本人に相談したことはない。

まさかまた盗聴しているのかとも思ったが、独り言で悩みを呟いてはいない。仮に盗聴していても心の中まではわからないはずだ。

もしも愛の力でわかったのだとしたら照れ臭いなと奈津は密かに顔を熱くする。

「あぁ、あれな。この間パズ☆パンのアップデートしただろう？」

「……しましたけど」

パズ☆パンとは、恭介が配信したソーシャルゲーム、パズル☆パンティー&ブラジャーズの略称だ。どうしてこんなタイトルでリリースしたのか神経を疑う。それが逆に斬新なタイトルだと話題になったから世の中わからないものである。

「ついでに奈津のスマホの監視レベルを上げておいたんだ。GPS追跡だけじゃなくて、奈津が検索したワードや閲覧したサイトが俺にもわかるようになった」

「はぁ!?」

驚きのあまり目を見開いた奈津は、思わずスマホを握り潰しそうになった。

宮野との件があってから、散々ネットで検索した記憶が蘇る。

『変態　どうやって　受け入れる』『彼氏　性癖　無理』『ストーカー　付き合う』『下着　集める　理由』など、ありとあらゆる単語を試していた。

確かにそれらをすべて見ていたら、奈津がなにについて悩んでいるかわかってしまうだろう。

「でも他人とのメールやメッセージアプリの内容は見ていないから安心していいぞ」

「それって前提が間違ってますよね!?　もう絶対にアップデートしませんから!」

安心できる要素がどこにもない。

メール内容やメッセージアプリの通信記録など見ないのが当然であって、それ以外だって普通は勝手に見たりしないものだ。

もう二度とパズ☆パンのアップデートなんてしない。そう決意した奈津は、恭介をキッと見据えて宣言した。

しかしそんな奈津の反応は想定の範囲内とばかりに、恭介は用意してあったと思しきセリフを淡々と告げる。

「へぇ、次のアップデートではライフの回復時間が二分の一に短縮されるんだけどな」

「えっ」

「ついでに対戦機能が実装されて、友達とアイテムの交換も可能になる」

「ええっ！」

目の前にぶら下げられた人参に、奈津は思わず食いついた。

やりたい。ものすごくやりたい。

どれもが「こんなことができたら楽しそうなのに」と奈津が話していた機能だ。もう実装するらしい。

ほら、アップデートしたいんだろう？　と言いたげにニヤつく目の前の男と対峙し、奈津は激しく葛藤した。ゲームを取るか、残り少ないプライバシーを取るか。

どちらも捨て難い究極の二択である。

延々と悩みに悩んだその結果は——

「…………アップデートします」

「よし」

結城奈津、二十八歳。この日、彼女は悪魔に魂(たましい)を売った。

第四章　ガーターリング狂想曲

1

年が明け、結婚式まであと一ヶ月となった。

正月休みとは名ばかりで、恭介は自宅でずっと持ち帰り仕事をこなしている。正月らしいイベントといえば、初詣(はつもうで)の帰りに奈津の実家に新年の挨拶(あいさつ)をした程度だ。

海外の取引先は二日から動いている上に、来月の結婚式と新婚旅行でまとめて休む分を繰り上げて片付けているのである。

奈津も「手伝えるものなら手伝いたいんですけど」とこちらを気遣ってくれるが、これればかりはどうしようもない。恭介がやんわりとそう告(つ)げたところ、せめて仕事の邪魔にならないようにしたいと言ってくれ、静かに家事をしたりリビングで大人しく本や雑誌を読んだりしている。

「恭介さん、お茶飲みますか？」

「……ああ、ありがとう」

お盆に載せた緑茶を持った奈津に声をかけられ、恭介はふと顔を上げた。パソコン画面を見続けていたため疲れた目頭を揉(も)みながら、凝(こ)り固まった肩を回すとポキポキと音がする。ずっと集中していたせいで体がすっかり硬直していたらしい。

まったく仕事の邪魔をしない上に、こうやって絶妙なタイミングで休憩(きゅうけい)を挟(はさ)ませてくれるところが奈津のいいところだ。多分恭介のことをよく観察していて、細かい部分にも気が付く性格だからなのだろう。

まぁ欲を言えば、下着姿でお茶を持ってきてくれたら、もっと疲れが取れるのだが。

奈津が今着ている、体にぴったりとしたタートルネックのカットソーとふんわりと広がったピンクのチュールスカート、それから黒いタイツという組み合わせも女性らしさが出て可愛らしいと思うが、やはり直球ストレートな下着姿には勝てない。

頼んだら、やってくれるだろうか。

恭介が今死ぬほど仕事しているのは結婚式と新婚旅行用にまとまった休みを取るため。つまり奈津のためにこんなにがんばっているのだから、ちょっとくらいサービスしてくれるんじゃ……。

「やりませんよ」

「あ、声に出ていたか？」

「全部聞こえてました！　なんですか、そのノーパンしゃぶしゃぶみたいなサービス。私はエッチなコンパニオンじゃないんですからねっ」

　奈津は一人でぷんぷんと怒っているが、その聞き捨てならないセリフに恭介も眉を顰める。

　ノーパンしゃぶしゃぶだと？　下着フェチの恭介にとって、ノーパンは世界で二番目に嫌いな言葉である。ちなみに一番嫌いな言葉はノーブラだ。

「ノーパンだと一番大事な下着が見えないだろう。俺の嗜好をそんな邪道な風俗と一緒にしないでくれ」

「ええ？　どっちもどっちじゃないですか？」

　奈津の下着を軽視した発言に、恭介は「これだから素人は……」と首を振る。

　隠すべき部分はきちんと隠してこそのエロティシズムだ。下着もつけずに局部を丸出しにするなど、趣もなにもないではないか。

　分厚い洋服の下に最後の砦として存在する下着は、その薄く小さな布地に大きなドラマ性を秘めている。体にぴったりとフィットする形はエロティックで、一体その中はどうなっているのかという想像力が掻き立てられる。隠されれば暴きたくなるのは男としての本能なのか。隠されているからこそ、その奥に存在する女体への渇望が高まるのだ。

　また、下着は人に見せるものではないと洋服の下に隠しているのに、派手な色や柄、豪華なレースをあしらってあるのも見逃せない点だ。

花が、蜂(はち)や蝶(ちょう)を誘って受粉するために派手な色をしているように、女性の下着も潜在(せんざい)的(てき)にその派手さで男を誘っているのかもしれないと思うと余計に興奮する。

「どうだ、わかったか」

「はぁ……熱意だけは伝わってきました」

下着がいかに崇高(すうこう)な存在かと力説する恭介に対し、奈津はすでにうんざり顔である。

恭介がこの話題について語り始めると長いのだ。奈津の答えに満足した恭介が下着語りを続けようとしたところで、奈津が慌ててその話を遮(さえぎ)った。

「ところで！　二次会の進行表はもう届きましたか？」

「……奈津には届いてないのか？」

ここからさらに下着愛について語るつもりだったが、結婚準備の話題を出されて渋々その話をやめた。

仕方ない、後日レジュメでも作って時間のある時に徹底的に教育するとしよう。

「メールで送ってもらうっていう話だったんですけど、まだ私のところに来ないんです」

「ccに入れ忘れたのかもしれないな。ちょっと待て、今転送するから」

恭介はメールアカウントを開き、幹事(かんじ)からの添付ファイル付きのメールを探して奈津に転送した。かなり気合いの入った内容となっているそれは、確認してみるとやはり奈津だけが宛先から漏れている。こいつは、昔からどこか詰めが甘い奴なのだ。

ちなみにこの詰めの甘い二次会の幹事、児玉は恭介の大学の後輩である。

彼は恭介が作ったゲームアプリのパズ☆パンを委託運営しているアプリ制作会社の社長で、いつも合コンだなんだと走り回っているイベント好きだ。

「先輩にはいつも稼がせてもらってるので全身全霊を捧げて幹事をやらせて頂きます！」と自分から申し出てくれたのはありがたかったが、そのパズ☆パンに課金している奈津は微妙な表情をしていた。

「メール来ました。開きますね」

奈津がスマホを操作するのを見ながら、恭介もラップトップの画面に視線を落とす。

「オーソドックスな内容にしたらしいな。これで問題ないならこのまま進めてもらおう。なにか変更したい点があるなら早めに連絡して欲しいと書いてあるが」

「そうですね。じゃあ今決めちゃいましょう。乾杯、食事の後にビンゴゲームがあって……、あぁっ、ビンゴの参加賞にパンティ男爵とストッキンのストラップって書いてある！」

説明するまでもないが、どちらもパズ☆パンに出てくるキャラクターである。

いつも頭にパンツをかぶっている紳士・パンティ男爵は恭介の夢を具現化したキャラクターだが、自分もパンツをかぶろうとしたら奈津が泣いて嫌がったため実現には至っていない。

奈津は、このストラップ欲しい！　新婦もビンゴに参加できますかね!?　とはしゃいでいるが、婚約者にはパンツをかぶらせないのになぜそのキャラクターは好きなのか。恭介はまったく納得できない。

ちなみにキャラクターグッズは後輩に言えばいくらでももらえる。後日グッズ詰め合わせと引き換えに頭にパンツを許してもらおう、と決めた恭介は、「奈津を絶対にビンゴゲームに参加させないように」と児玉にも根回しすることにした。

ビジネスと下着に関しては、恭介は二手も三手も先を読む非常に優秀な男なのだ。

「そんなことよりプログラムの確認を済ませようか」

「あ、すみません。つい興奮しちゃって。えっと、ビンゴの後は恭介さんのお友達がやって下さるって言ってたスピーチと楽器演奏ですね。それからデザートタイムを挟んで、次に……」

画面をスクロールしながらにこにことプログラムを読み上げていた奈津の言葉がぴたっと止まった。そしてくわっと目を開いてスマホと恭介を見比べる。

そんな奈津の顔は鳩が豆鉄砲を三千発くらい食らったようでちょっと可愛いが、恭介としては早く確認を済ませて返信したい。

「どうした？　問題ないならゴーサインを出したいんだが」

「こ、これ……なんで……」

「新郎謝辞と退場がどうかしたのか？　奈津からもなにか一言って書いてあるな」

「じゃなくてその前です！」

「あぁ、そっちか」

楽器演奏と新郎謝辞の間にあるイベントは恭介がリクエストしてねじ込んだものだ。

本当はブーケトスの予定だったらしいが、後輩に幹事（かんじ）を依頼する時点で何度も念を押したために仮プログラムの段階から入れることができた。

挙式も披露宴（ひろうえん）もすべて奈津の希望を優先させたが、これだけは譲（ゆず）れない一大イベントだ。むしろこれをやりたいがために二次会を開くと言っても過言ではない。

本当に楽しみである。

「これは外せないイベントだろ」

「無理です！　恥ずかしくてできませんーっ！」

満面の笑みの恭介とは対照的に、奈津は涙目で叫んだのだった。

2

「玲子さん聞いて下さい！　今度は二次会でガータートスをしたいって言い出したんです！」

　その日奈津は、すっかり仲よくなってしまった宮野の自宅マンションに押しかけて盛大に泣き言を言っていた。

　東京の街並みが一望できる大きな南向きバルコニーは太陽の光をふんだんに取り入れ、冬だというのに室内はぽかぽかと暖かい。

　その光の中でキュートな表情を惜しみなく披露するアレックスが、奈津の操る猫じゃらしに向かってぴょこぴょこと飛び跳ねている。ついつい奈津のほうも夢中になってしまって、これではどちらが遊んでもらっているのかわからないくらいだ。

　愚痴りながらも、可愛い可愛いと悶えてはアレックスと戯れる奈津を横目に、宮野はソファに座ってなにか小難しそうな本を読んでいる。

「ガータートスって、新郎が口でガーターリングを取って投げるっていうアレ？　今流行ってるの？」

「全然流行(はや)ってませんよ！」

そう、恭介が二次会でやりたいと言い出した余興(よきょう)はガータートスだったのである。

ガータートスとは、新婦が結婚式でつけていた左脚のガーターリングを新郎が外し、うしろを向いて独身男性に投げるというものだ。手ではなく口だけで外すため、新郎は新婦のスカートの中に完全にもぐることになり、少しアダルトな雰囲気になるらしい。欧米ではポピュラーだそうだが、奈津が今まで参加したどの結婚式でも見たことはなかった。

だから奈津は、自分の結婚式準備のためにブライダル雑誌を読み、初めて、ちょっとエッチな変わり種の余興(よきょう)としてガータートスの存在を知った。

そしてその時、奈津は思ったのだ。

これを変態に知られたら、絶対にやりたいと言い出すに違いない……！

衆人環視(しゅうじんかんし)の中でスカートに顔を突っ込まれてガーターリングを外されるなど、恥ずかしいにもほどがある。

しかも下着フェチの恭介のことだ。もしかしたらその場でガーターリングの匂いを嗅(か)いだり、舐(な)め回したり、挙げ句の果てには食べたりするかもしれない。いくら変態といえど繊維(せんい)は消化できないから呑み込んだりしない、とは言い切れないのが怖いところだ。変態の可能性は未知数である。

仕事関係者も多く集まる場でそんなことをしたら、彼の評価はガタ落ちだ。

今は人当たりのいい出世頭の若手課長として人望を集めているが、桁外れに気持ち悪い変態だとバレてしまったら皆態度を一変させるだろう。そうすると今まで彼が努力して築いてきたものがすべて無駄になってしまう。だから、絶対にこの余興をさせてはいけないのだ。

とりあえずガータートスの存在を知られないことが重要だと考え、その時から奈津の密かな努力は始まった。

まずブライダル雑誌において、ガータートスについて載っている箇所はさり気なく切り取る。一箇所だけ切っていると不自然なため、同じ雑誌の違うページも何箇所か切り取っておいた。自分にしてはなかなかうまく偽装工作ができたと満足している。

それから式を担当するプランナーさんにも、「ガータートスの話題は一切出さないように」と一人で打ち合わせに行った時にお願いしておいた。

一拍おいて、「それは押すなよ押すなよと言って実は押して欲しいというパターンですか？」と聞かれたが、「本当にやめて欲しいんです!!」と死ぬ気で懇願したらわかってくれた。多分。

さらにネットから知識を得ないように、できるだけ結婚式関連の情報をウェブ検索させないようにした。忙しい恭介に代わって資料は自分がまとめると申し出て、必要と思われる情報はすべて奈津手作りのものを渡したのだ。もう六年も続けている営業事務という仕事柄、資料作りは手慣れている。

　キビキビと働く奈津を見た恭介は、奈津のお陰で自分で調べる手間が減ったと喜んでくれ、その背後にあった奈津の黒い思惑（おもわく）にはまったく気付いていないだろう。

　ここまでやって、恭介も今までガータートスのガの字も口にしなかったため、奈津はすっかり隠し通せていると思い込んでいた。

　だから二次会プログラムの中に当然のように鎮座（ちんざ）している「十、ガータートス」の文字を見て、驚きのあまり本気でひっくり返るかと思ったのだ。

　一体どこから漏（も）れたというのか。まさか奈津のいない所で、誰かが偶然話してしまったのか。海外ではメジャーなイベントらしいが、日本ではまだマイナーすぎて、話題として挙げる人はいないと思うのだが。仕方ないので本人に聞くことにした。

『あの……、恭介さんはどうしてガータートスを知ってたんですか？』

　心底不思議に思いながら聞いた奈津に、恭介も同じく困惑した表情を浮かべる。

『どうしてって、常識だろ？　結婚式で何度か見たぞ。そういえば海外の式でしか見たことがないが』

　そうだ、そういえばこの人、帰国子女だった……！

　まさかの盲点である。一生懸命ガータートスという存在を知られないようにとがんばっていたが、すでに最初から知っていたなんて。奈津は自分の迂闊さを激しく呪った。

そしてその場でやるやらないの応酬をし、結局押し切られてしまったのだ。

と、涙ながらに語った奈津に対し、宮野は面倒くさそうにソファにもたれかかる。これが俗に言う塩対応というやつだろうか。

「ねぇ、いつもいつも私を愚痴のはけ口にするのはやめてくれるかしら。あなた友達いないの？」

「だって玲子さんしか恭介さんの本当の姿を知らないんですよ！」

もちろん奈津にも友達くらいいくらでもいる。仲よしの同期とはよく仕事終わりに呑みに行っているし、大学時代の友達とはたまに誘い合って一緒に買い物に行く。結婚して家庭に入った友達の家にお邪魔して、可愛い赤ちゃんを抱っこさせてもらったりもしている。

だが恭介の特殊な性格を知っているのは宮野だけである。というか、話したとしても信じてくれるのは宮野だけだろう。

下着泥棒のストーカーという重篤な犯罪歴をまったく悔いていない恭介はいつも、彼の性的嗜好について誰に話してもいいと言っている。だから奈津は試しに千佳に話してみたのだが、あまりにも突飛な内容に冗談だと思って信じてもらえなかった。学生時代の友人も同じだった。

　そのため、恭介関連の愚痴を零すのは必然的に宮野相手ばかりになってしまい、可愛いアレックスと遊びがてらこのマンションを訪ねるのが習慣になっているのだ。

「真山課長の話を聞くと、気持ち悪くて鳥肌が立つのよねぇ」

「そんな恭介さんに一生懸命アプローチしてたのは誰ですか？」

「やめて。それ本当に消したい過去だから」

　わざとらしく顔を顰めた宮野は、大げさに二の腕をさすっている。

　確かに気持ち悪いのは同意するが、そこまで言わなくていいのに、と思ってしまうのは惚れた欲目だろうか。こうやって愚痴を言っていても、ついつい恭介をかばう思考に流れてしまう。

　好きなんだから仕方ない。

「そういえば最近、玲子さんがコーヒーを淹れてくれないって恭介さんがぼやいてましたよ」

「当たり前じゃない。どうして狙ってもない男にわざわざ私が準備してやらないといけないのよ」

　あっさりと切り捨てる宮野はむしろ清々しさすら感じさせ、まぁそうですよね、としか言いようがなかった。

つくづく合理的な女性だ。自分がお茶を淹れる時はつい周りにも必要かと聞いてしまう奈津としては、その潔さがある意味羨ましい。

「ほら、アレックスおいで」

「あぁっ、行かないで！」

宮野が両手を前に出すと、途端に目を輝かせたアレックスがそこに向かって駆け出した。それまで相手をしていた奈津になど目もくれない。ぴょんと宮野の膝に飛び乗って満足げに香箱を組み、リラックスした表情でゆったりと耳を上に向ける。

飼い主と客人の差をまざまざと見せつけられて、アレックスに夢中の奈津は敗北感に打ちひしがれた。

「さっきまで一緒に遊んでたじゃない……」

がっくりとうなだれる奈津に、宮野が仕方ないなぁという風に笑う。

「じゃあ聞くけど、どうしてそんなにガータートスが嫌なの？　ＧＰＳで追跡されたり下着を回収されたりしても文句言わないんだから、それくらいやってあげればいいでしょ」

「文句は言ってます！　聞いてもらえないだけなんです！」

ガバリ！　と奈津は顔を上げた。

やっと奈津の悩みを聞いてくれる気になったらしい。いつもなんだかんだと渋りつつも、結局最後は奈津の相手をしてくれるのだ。言葉はズバズバと辛辣だが、こういう面倒見のいいところに甘えてしまう。

「ハイハイ。で、どうして？」

「……本当に文句は言ってるんですよ？」

絶対にこの人信じていない。いつも一度はちゃんと断っているのに、色々あって最後は押し切られているだけだ。恭介の趣味を快く受容している風に取られていたと知り、なんだか奈津は納得がいかない。

とはいえ今はそれが議題ではない。こちらに関しての抗議は後々するとして、奈津はぽつぽつと語り出した。

下着フェチの恭介がガータートスをやると他人の前で暴走しそうだと危惧していること。そんな事態になると恭介の評判が落ちそうで困っていること。それに……スタイル抜群の美女がやるなら盛り上がるだろうが、至って平凡な容姿の奈津のガーターリングを投げるなんて恥ずかしすぎること。

全部話し終わってから、奈津はそっと宮野を仰ぎ見る。

「そんな理由で嫌だって言ってたの？」

「〝そんな〟理由じゃないですよ！　平凡な私には切実な悩みなんですから！」

奈津の言い分を聞いた後、宮野はさも呆れたと言わんばかりに形のいい顎に手を当てた。なんとなく予想はしていたが、美人でナルシストで必要以上に自信に満ち溢れている宮野には共感してもらえなかったようだ。

「まぁそうよね。確かに私みたいに美人のガーターベルトなら希望者が殺到しても、なっちゃんレベルだと微妙な空気になるかもしれないものね」

「うぅ、そんなにはっきり言わなくても……」

宮野の言葉がグサグサと突き刺さる。

しらけた二次会の光景がありありと思い浮かんで、奈津はしょんぼりと肩を落とした。

その意見を恭介にも伝えて、なんとかガータートスをやめる説得をしてくれないだろうか。

完全にへこんで屍になっている奈津の隣に、ソファから下りた宮野がやって来る。

そして奈津の頭をよしよしと撫でた。

「んもう、嘘よ。ごめんね、いじめすぎちゃった」

「え……？」

あとからやって来たアレックスも、元気出せよ！　という風に奈津の手の甲を舐めてくれる。

「まったく、どうしてそんなことで悩んでんの？　なっちゃんは、私ほどじゃないけどちゃんと可愛いじゃない」

「……本当に？」

今宮野が言っている「可愛い」とは、犬や猫、ひいてはゆるキャラに対して言うようなニュアンスなのだが、それでも奈津は少し気分が浮上した。

「そんなに卑屈にならないの。結婚式なんてドレス効果で花嫁が一番輝いて見えるんだから。営業課の人達もみんな呼ぶんでしょ？　どうなると思う？」

「えっと……盛り上げてくれる？」

「正解」

昨年まで奈津も所属していた営業二課の面々を思い浮かべる。

ある程度の人事異動はあるにしてもやはり課によって雰囲気は違ってくるもので、恭介が率いる営業二課は体育会系で賑やかなメンバーが多い。ともすればバラバラになってしまいそうな個性的でお祭り好きの面々を、リーダーシップのある恭介がぐいぐいと引っ張っているのだ。

確かに彼らなら、その場の空気が盛り上がるように物珍しいイベントを賑やかしてくれる気がする。

「それに、あの真山課長が人前で評判を落とすようなヘマをやらかすと思うの？　外面だけは完璧超人じゃないの」

「確かに……」

言われてみれば、恭介が他人の前で醜態を晒している姿を見たことはない。酒の席では酔わず潰れず、仕事上のミスを叱責する時だって決して冷静さを欠かない。下着好き変態野郎の本性だって本人は特に隠しているつもりはないらしいのに、なぜか誰にもバレないのだ。

やはり日頃の行いのせいだろうか。

「やだやだ言っててもどうせ最後にはやるんだから、なっちゃんだって楽しんだほうがいいわよ。それに他の演出は全部好きにさせてもらったんでしょう？　一つくらい希望を聞いてあげてもバチは当たらないと思うわ」

「……そうですね！」

宮野の言葉に奈津は大きく頷いた。そして、確かに彼女の言う通りだと反省する。結婚式も披露宴も、その大部分が奈津の希望に沿った内容になっている。

年末にかけて仕事が尋常でないほど忙しかった恭介と、彼よりは時間に余裕のある奈津では準備に掛けられる時間が違ったから、というのもあるが、いつも「結婚式は女性のものだって言うからな」と奈津に譲ってくれたのだ。

もちろん、恭介はすべてを奈津に丸投げだった訳ではない。要所要所では自分の意見を出して妥協点を探しつつ、最終的には奈津の意見を尊重してくれた。

そんな恭介がどうしても譲れないと言う余興なのだ。少しくらい恥ずかしくても、恭介のためにがんばらなければいけないと思う。

「玲子さん、私がんばります……！」

「そう。よかったわ」

相変わらず美しく微笑む宮野に見送られ、奈津は決意を新たにして帰路に就いた。

家に帰ったら、まずは自分のことしか考えていなかったと恭介に謝ろう。そしてガートスもプログラムに入れていいですよと伝えなければいけない。恭介は喜んでくれるだろうかと期待しながら、奈津はふかふかのマフラーに顔を埋めた。


奈津が帰宅するのを見届けてから、宮野はテーブルに置いていたスマホを手にとった。そしてアドレス帳の中の会社フォルダから一人を選び出し、通話ボタンを押す。

目当ての人物はすぐに着信を受け取った。

「お疲れ。どうだった、奈津はその気になったか？」

耳元に聞こえるのは、大人の色香を漂わせる落ち着いた重低音である。聞く者を安心させるような包容力のある声。

あぁそういえばこの声にも騙されたんだった……と遠い目をしつつ、宮野は胸を張って返答した。

「課長、私を誰だと思ってるんですか。ちゃんと励ましてやる気にしてから送り返しましたよ」

「さすが宮野だな。頼んでよかったよ」

実は今回のガータートスについて、恭介から事前に依頼があったのだ。曰く、後日奈津が泣き言を言いに訪れるはずだから、宮野の手八丁口八丁で前向きにさせて欲しいと。

普段ならそう簡単に変態に協力することはできないとお断りするところだが、今、宮野にはのっぴきならない事情があった。

「あの課長。ですから例の件はぜひご内密に……」

「あぁ、猫相手にママちゃんとか言ってたやつな」

「いやぁぁっ！　ちょ、ちょっと声に出して言わないで下さいよ‼」

思いっきり声に出して確認する恭介に、宮野は慌てて止めに入った。

一体誰に聞かれているかもわからないのに、不用意に口に出したりしないで欲しい。

この男危険すぎる。

「前にも言ったが、俺は交換条件なんかなくても他人に言いふらしたりしないぞ？　奈津を説得してもらったことは感謝してるが」

「いいえ。それじゃこっちの気が済みませんから！」

あれは年末の殺人的スケジュールの真っ最中のことだった。取引先への年末挨拶回りや忘年会の参加、年末年始休暇をふまえた前倒しの商品運搬手配、進行中企画の関係各所への根回しと、とにかく宮野は時間がなかった。

そうなれば自宅には寝に帰るだけの状態で、愛しのアレックスとはほとんど触れ合う時間がない。夜中に帰宅すると大喜びで駆け寄って来るが、早朝に出社する時には寂しそうな声でいつもより長く鳴く様子を見ると胸が張り裂けそうだった。

そのため少しでも触れ合う時間を作ろうと、宮野は恭介に紹介してもらったウェブカメラの音声機能を使うことにしたのだ。

仕事のちょっとした空き時間や移動中などにアプリを起動してアレックスの様子を見つつ、マイクをオンにしてこちらの音声をアレックスに伝えるという作戦だ。

効果はてきめんだった。飼い主の声に反応したアレックスはキラキラと目を輝かせ、猛ダッシュでカメラとスピーカーに寄ってきた。しっぽをぴーんと立てて全身で喜びを表現している。

そんな風に喜ばれると、最初は名前を呼ぶだけに留めていた宮野もついつい調子に乗り、うっかりいつもの調子が出てしまい――

「ママちゃんでちゅよぉ☆　あれっくちゅたんはもうご飯食べまちたかぁ？　今日の猫缶は北海道サーモンの味でちゅからねぇ。おいちいでちゅねぇ☆」

「宮野、北海道サーモンがどうかしたのか」

「…………！！！！」

背後から鈍器で殴られたような衝撃が背筋を走った。

錆(さ)び付いたブリキ人形のようにぎこちない動きで振り返ると、うしろに立っていたのは相変わらず秀麗(しゅうれい)な顔立ちをした直属の上司（※変態）である。

「い、いえ……っ、あのこれは……なんと言いますか……っ」

頭の中が真っ白でまったく言い訳が出てこない。まさに穴があったら入りたい、というか穴がなくても自力で掘って三百年ほど埋まりたい心境だ。

宮野がしどろもどろになっているうちに、「もうすぐミーティング始めるぞ」とだけ言い残して立ち去ろうとする恭介を慌てて捕まえ、宮野は土下座せんばかりの勢いで内密にしてくれるよう頼みこんだ。

恭介は言われなくても誰にも喋(しゃべ)らないと言っていたが、宮野は貸しは作っても借りは作らない主義である。なかば無理やり話をまとめ、後日然(しか)るべき時に宮野が対価を提供するという約束を取り付けた。

まさかその約束は履行(りこう)されないのではないかと危惧(きぐ)していたが、正月明けに協力を求める電話が鳴り、そして現在に至るという訳だ。

「では、私はこれで。あまりなっちゃんのことをいじめないであげて下さいね」

「別にいじめているつもりはないんだがな」

「課長がパンツを集めてるだけでいじめみたいなものですよ」

すでに存在自体がいじめのような気もするが、相手は自分の人事権を握っている上司だ。さすがに言い過ぎかもしれないと思ってそれは黙っておいた。

実生活に支障が出るレベルの変態なのに奈津はベタ惚れで、なぜかうまくいっているのが本気で不思議である。自分はこんな男絶対にお断りだ。

電話を切った宮野は、年収が低くても、イケメンじゃなくても、少々性格に難があっても、とにかく変態じゃない彼氏が欲しいものだとしみじみと思った。

3

結婚式当日は、切れるように冷たく冴え渡る晴天だった。

今日は午前中に親族のみで神前式を挙げ、午後から親戚と会社関係者、それからごく親しい友人も招いた披露宴をし、そして夕方から披露宴に呼びきれなかった友人、知人を交えた二次会を開く予定である。

挙式する神社の控え室で支度を整えた奈津は、打掛、掛下はもちろんのこと、頭からつま先まで真っ白な装いとなった。清浄潔白、嫁ぎ先の家風に染まるという意味のある白はまさに今の奈津の心境を表すもので、愛する人と、とうとう籍を入れるという喜びが湧き上がる。

そろそろお時間ですと声を掛けられ、奈津は慎重に立ち上がって控え室を後にした。

境内へと移動するため、左右の褄を重ねて右手で持ち、そろりそろりと小さな歩幅で石畳を歩く。長身の恭介に合わせるために選んだ草履は、かなり底が厚くて歩きにくい。つま先で円を描くイメージで、少し内股気味に。初めて着た白無垢は、その神聖さからか全身にずっしりと重みがかかっている気持ちになった。

「新郎様ですよ」

境内に入る手前で隣を歩く介添人に耳打ちされ、奈津は重い綿帽子をかぶった頭をゆっくりと上げた。少し先に、正礼装である黒の五つ紋付羽織袴姿で近付いてくる恭介が見える。まっすぐにこちらを見つめ、堂々と歩を進める恭介はいつも以上に凛々しく感じる。

そんな彼の真っ黒な羽織の両胸には、染め抜かれた真山家の家紋がどっしりと鎮座していた。

「……奈津、綺麗だ」

奈津のすぐ横まで来た恭介が眩しそうな表情を浮かべ、奈津への賞賛を口にする。

その飾り気のない素直な言葉がなによりも嬉しく、そして周りの人に聞かれているかと思うと照れくさい。奈津の両親と同じくらいの年齢の介添人は「最近の若い人は、ちゃんと言葉に出して褒めるから偉いわね」と感心している。

「あの、恭介さんもすごくかっこいいです」

いつもいつもそう思っているけれど、今日は特に。

恥ずかしがり屋の奈津はこんなこと滅多に言えないから、この場の雰囲気を借りて思い切って言ってみた。元から整った顔立ちの人が正装すると、相乗効果で何倍もかっこよく見えるらしい。この人が私の旦那様なんです！　と自慢して回りたいくらいだ。

しかし正装して外見を取り繕っても、中身は変わらないらしい。舐めるように奈津の全身を眺めていた恭介が、ふと不満そうに腕を組む。

「今は和装用の下着をつけてるんだろ？　ったく、どうして新郎新婦で控え室が違うんだろうな。俺も着付けを見たかった」

「ちょ、ちょっと恭介さん！」

全部台なしである。とんでもなく不埒なことを言い出した恭介に奈津は激しく動揺し、助けを求めるように介添人を見る。しかし彼女は恭介を諫めるどころか、なにか微笑ましい光景に遭遇したような雰囲気だ。

「あらあら、新郎様はご冗談がお上手ですね。新婦様が緊張してらっしゃるから、和ませようとして下さってるのねぇ」

ふふふと満足そうに笑う介添人は、まったく助けにならなかった。むしろ背後から撃たれた気分だ。

この人、本気で言ってるんですけどね……！　そう言っても絶対信じてもらえないため、奈津は曖昧に笑って誤魔化した。

この一年で、恭介の外面のよさをいやというほど感じてきた結果だ。

そして式が始まった。

まずは神職と巫女に先導され、母にお手引きされながら歩く参進の儀である。太鼓の音や雅楽が境内に響き渡る中、恭介はしつこく和装下着への未練を口にしているが、見せられないものは仕方ない。笑顔で無視だ。

そもそも和装下着はまったく華美でも奇抜なものでもなく、前ファスナーで面積が広いスポーツブラのような形だ。たとえ見ても別に面白くはないと思うのだが、下着フェチ（本人は、「下着フェチではなく〝奈津の下着〟フェチなんだ！」と言い張っているが、奈津にとってはその違いはあまり重要ではない）の恭介には、なかなか見られない価値のあるアイテムらしい。

今、奈津達が歩いている道の脇で珍しそうに花嫁行列の写真を撮っている観光客と思しき外国人も、まさか新郎新婦が和装下着を見せる見せないで揉めている最中とは思わないだろう。

その後は神殿への入場となる。巫女と介添さんに手伝われながら草履を脱いでいると、ふと両親の会話が耳に入った。

「私、奈津の手を引いて歩く時に緊張して手が震えちゃったわ」

「いや、母さんは凛としていてよかった。私だったら絶対に感動して泣き崩れてるな」

「そうねぇ、お父さん涙もろいから。バージンロードじゃなくてよかったわね」

穏やかに笑い合う両親はいつも通り仲がいい。

自分達もこんな夫婦になりたいと思いながら父の言葉に熱いものが込み上げた奈津は必死に気を逸らし、軽く上を向いて涙を我慢した。

今泣くなんて早すぎる。ここで化粧が崩れてしまったら大変だ。

「それにしても和装はいいな。母さんの黒留袖、よく似合っている」

「お父さん羨ましいんでしょう？　実は白無垢も巫女さん衣装も着てみたいんだって顔に書いてありますよ」

「いやぁ……、やっぱりわかったか？」

会話が不穏な方向に進み始め、奈津はギョッとして動きを止めた。

ちょっと待て、誰に聞かれるかわからないここでそんな話をしないで欲しい。

カツラと綿帽子で重い頭は自由に動かすことができず、奈津は素早く視線を走らせてあたりを確認する。幸いにも皆、自分の靴を片付けることに専念していて、両親の会話に注意を払っている人はいなさそうだった。

なんとか父の名誉が守られ、奈津はホッと胸を撫で下ろす。

「今年の父の日は巫女のコスプレ衣装でも贈るか？」

「ひぃっ！」

会話を聞いている人がいた……！

しかも自分の婚約者、いや今日からは夫である。夫、夫かぁ……なんだか素敵な響き……と、うっとりしかけて、いやいや今はそんなことを考えている暇はないんだと思い直した。

「恭介さんやめて下さい！　絶対！　だめ！」

当然のことながら、奈津は必死に抵抗した。父の女装は容認したが、決してそれを助長したいとは思っていない。

だいたい親にコスプレ衣装を贈るという発想自体がおかしい。これが母の日に母宛に巫女衣装を贈るという提案だったとしても迷わず反対している。

「なんでだ。俺は父の日に奈津のパンツをもらったら嬉しいぞ」

「今の発言、色々間違ってる部分がありますよね⁉」

もはや間違っている部分しかない。

一般常識が通用しない恭介を宥めすかし、なんとか巫女衣装は贈らないという言質をとった奈津はぐったりと階段の手すりにもたれかかった。

今日のスケジュールは始まったばかりで、まだ最初の挙式すら終わっていない。だというのに激しく疲れ切っていて、先行きが非常に不安になる。

しかし奈津の不安をよそに、それ以降の挙式は非常に順調に進んだ。

恐ろしく個性的な面々が揃っているため、なにかしらのトラブルが起きることを想定していたのだが、恭介がいつまでも和装下着にこだわっている以外、なにも起きなかった。皆このよき日に空気を読んでくれたのだろうか。

斎主による厳かな祓詞と清めのお祓いでは心が洗われる思いだった。できれば追加料金を払って恭介の変態性も清めてもらえないかと思ったが、残念ながらそういうオプションはない。ただ恭介の変態性を祓うと、なんとなく本人も同時に死んでしまいそうな気がするので、たとえ実際にできるとしても怖くてやらなかったと思う。

新郎新婦が神前に進み出て誓詞を読み上げる誓詞奏上では、恭介が堂々と読み上げる姿に惚れ直してしまった。最後に名前を名乗って終わりにするのだが、「真山恭介」とフルネームを名乗った恭介に対し、奈津は名前だけをその後に続ける。

結城家から真山家にお嫁に行くのだという実感がじんわりと湧いてきた。

4

午後からの披露宴も滞りなく定刻通りに始まった。好天のため公共交通機関の乱れもなく、親戚用に手配していた駅からのマイクロバスも渋滞などに巻き込まれず到着して、奈津はほっと胸を撫で下ろす。

一つトラブルがあったと言えば、結婚式用の白無垢から披露宴用の色打掛へと着替える際に、今度こそ和装下着を見てやると意気込んだ恭介が乱入してきたことだ。

が、これは想定の範囲内だったために大きな騒ぎにはならなかった。なにしろ着替えると言っても、一番上の羽織を取り替えて綿帽子を外し、見栄えのする大きなかんざしを髪に挿すだけなのだ。一瞬で終わった上に下着は一ミリたりとも見えない。

それを知って、どよーんと音が聞こえるほど意気消沈した恭介に、たかが和装下着をそんなに見たいものかと奈津はちょっと引いた。

でも、可哀想だから自宅に帰ってから着て見せてあげてもいいかな、などとは断じて思っていない。絶対に。本当に。

……いや、でも、少しくらい……。多分すごく喜んでくれるから見せてあげよう、かな？　と、こういう時に仏心を出してしまうから、宮野には「なっちゃんが甘やかすから、いつまでも課長の変態が治らないのよ！」と怒られるのだ。

まぁ奈津が甘やかしても甘やかさなくても、あの変態は生涯現役だと思うのだが。

新郎新婦入場から始まった披露宴は、司会による新郎新婦の紹介、主賓挨拶と続き、新郎新婦と両家両親によって鏡開きをした樽酒で乾杯となった。ケーキ入刀も無事に済み、会食が始まった時点でお色直しのために退場となる。新婦のほうが準備に時間がかかるからと、奈津が先に退場して恭介はしばらく高砂に残る算段だ。

父に手を引かれて披露宴会場を後にした奈津は、超特急でラベンダー色のカラードレスへと着替えた。

ベアトップとなっている上半身を中心にブルー系の花びらがたっぷりと散らされ、チュールをふんだんに使ったスカートが柔らかい曲線を描くこのドレスは、恭介がとてもよく似合うと大絶賛してくれたものだ。

ボリューミーなスカートのヒップ部分に、大きなリボンがついているのも可愛い。同じ形のドレスが二色あり、ピンクにするかラベンダーにするか散々悩んでこちらに決めたのは、恭介の強い推しがあったからだ。

ちなみにこのドレス、色合いと花びらを散らしているというデザインが、恭介が二回目に盗んだブラジャーと酷似している。それに気付いた瞬間、まさかそんな理由でこのドレスを推したなんてことはないだろうと思ったのだが、恭介の前科を考えるとそうは言い切れないのが悲しい。

　髪もドレスに合うようなアップスタイルにまとめ直してもらい、白とピンクの花を飾った。ラベンダー色はピンクの甘さとブルーの落ち着きを合わせ持っているため、髪飾りはピンクにして華やかさを出したのだ。

　奈津の準備が完了したところで新郎側の準備もすぐに整うと伝えられ、奈津はうきうきと恭介のもとへ向かう。試着の時にも見たが、恭介のタキシード姿は誰もが見惚れてしまうほど素敵だった。

　長身で脚が長い彼のシルエットは完璧で、ほどよくついた筋肉が逞しさを演出する。隣に並ぶのに気が引けてしまうくらいである。

　そんな恭介がいる控え室へ足を踏み入れようとした時、その事件は起きた。

「一体どういうことだ！　きちんと約束は守ってもらわないと困る！」

「なにをそんなに怒ってるのよ。お母さん、約束を破った覚えはないわ」

　新郎控え室から押し殺したような怒気をはらんだ声が響く。奈津はスカートを持ち上げ、慌てて駆け寄った。

「恭介さん!?　どうしたんですかっ」

　そこにいたのは、すでに準備を完了させた恭介とその両親である。怒り心頭といった様子の恭介とは対照的に、モーニングコートがよく似合うダンディな義父と、金箔花車の黒留袖を艶やかに着こなした美魔女の義母がにこやかに振り返る。そして奈津のドレス姿を二人して褒めてくれた。

「まぁ！　奈津さんは藤色が似合うわねぇ。とっても可愛いわ」

「本当に。いやぁ、こんな子が恭介の嫁に来てくれるなんて、もったいないくらいだな」

「あ、ありがとうございます。えっと、あの、一体なにが……」

和やかな義両親に毒気を抜かれた奈津が恭介に水を向けると、恭介が険しい表情で口を開く。

「この二人が、溝口専務をお持ち帰りするつもりなんだと」

「えぇっ!?」

とりあえず驚いてみたが、ある意味予想通りの展開である。赴任先のあちこちで寝取られプレイを楽しんでいた彼らが、久しぶりの日本で獲物を探さないはずがないのだ。

しかし改めてその事実を突きつけられると奈津は頭を抱えた。

しかも今回のターゲットである専務は、恭介の入社時の直属の上司。異動で部署が離れてからもなにかにつけてお世話になっているそうで、今回も主賓扱いで招待した。話好きでウィットに富んだ専務の主賓挨拶は工夫が凝らされたもので、まだ始まったばかりだった披露宴の空気がぐんと温かくなった。

そんな上司にまであっさり手を出そうとするとは、この二人のポテンシャルが高すぎる。

「修ちゃんの、見るからに仕事ができる男！　って感じが素敵なのよねぇ。渋くて硬派なのに笑うと目尻に皺ができるところも可愛いわぁ」

「うむ。相手にとって不足はないな」

「しゅ、修ちゃん……？」

突然義母の口から出てきた修ちゃんという名前に、それは一体誰だと一瞬考えて、そういえば溝口専務のフルネームが溝口修二だったと思い出した。この短時間でどうやってそう呼び合う仲になったんだろう。

「とにかく！　溝口専務は絶対にやめろ！　親父とお袋は知らないだろうが、専務は既婚だ。既婚者には手を出さないルールだっただろう」

強弁する恭介のうしろで、奈津はうんうんと頷いた。

そう、溝口専務は既婚者なのだ。しかも社内でも屈指の愛妻家で、おしどり夫婦として社内報にインタビューが掲載されたこともある。

夫婦円満の秘訣とはというテーマだったが、三十年連れ添った夫婦から滲み出る信頼感や安定感はさすがだった。『長い間つけていると、プラチナの結婚指輪も磨耗して表面の細かい模様が消えてなくなるんです。それと同じように夫婦の関係性も丸く円滑になっていきました。彼が隣にいない人生なんてまったく考えられませんよ』という奥様の言葉は、奈津の中に小さな感動すら巻き起こした。

そんな専務を誘うなんて、奈津のナンバーワン憧れ夫婦の仲を壊さないで欲しい。

「あら、あなた達、修ちゃんの左手薬指見なかったの？　結婚指輪なんてないわよ」

「え？」

思ってもみなかった義母の言葉に、奈津はしばし固まった。社内報のインタビューでは、三十年間ほとんど外したことがないと書いてあったはず。今日に限って外しているなんて、奇妙なこともあるものだ。

いやでも、何かのタイミングで外してつけ忘れたとか、サイズ直しに出している最中とか、そういうことだってあり得る。

恭介も同じように考えたようだった。

「たまたまつけていないだけの可能性もあるだろう。既婚者に変わりはない」

「もう！　私達がそんなへマするわけないでしょう。聞いたら先月離婚されたとおっしゃってたわよ。奥様が真実の愛を見つけたって言って、十八歳の子と駆け落ちしたんですって」

「じゅ、じゅうはっ!?　……えっ……ええ!?」

驚きすぎて、頭の情報処理が追いつかない。ぽかんと口を開けたまま、奈津は呆然とする。

駆け落ち？　十八歳？　なにがなんだかまったく意味がわからないのだが。相手は一体、何歳年下なんだ。っていうか指輪の磨耗とともに夫婦間が丸くなっていったっていう話はどこに行ったんだ。

「お前達が結婚直前だから、気を使って縁起が悪いことは黙っていたんだろうな」

バリトンボイスの義父がフォローらしきことを言うが、ほとんど頭に入ってこない。

「あの恭介さん、知ってました？」

「いや、……まったく知らなかった」

さすがの恭介も絶句している。それはそうだ、入社以来お世話になっていた上司が突然奥様の駆け落ちで離婚していたら誰だって驚くに決まっている。

「ね、問題ないでしょう？　独身なんだから自由に遊べばいいのよ」

さあ問題は片付いた！　とばかりに義母はにこにことしている。

うふ、と笑った横顔は人妻の色気の中に少女のような無邪気さもあり、女である奈津も少し胸がドキドキした。こういうアンバランスさが男性を虜にするのかもしれない。

と、いつの間にか義母のペースに乗せられそうになって、奈津はぶんぶんと首を横に振った。

いやいや、確かに既婚者だという障害はクリアになったが、問題はそれだけではないだろう。いくら独身でも、相手は恭介の上司。しかもかなりお世話になっているほうだ。そんな相手をお持ち帰りされたりしたら、今後仕事上の不和が生まれないとも限らない。なにかトラブルが発生しても責任を取りきれない。

　だから溝口専務をプレイに巻き込むのは絶対にやめるべきだと奈津は思う。

　結婚して早々義理の両親に反旗を翻すことに抵抗はあるが、やはり夫である恭介のためにはっきり言わなければならないだろう。奈津はキッと決意を固めた。

「で、でも！　やっぱり常識的に考えて、専務とは不適切な関係になるべきじゃないと思うんです！　これからも専務には公私ともにお世話になりますし！　職場だって同じですし！　ね、恭介さんもそう思いますよね!?」

「独身なら別にいいんじゃないか？」

「ですよね！　だからやっぱり専務を誘うのはやめたほうが……え!?　恭介さん、今なんて言いました!?」

　なにか聞き捨てならないセリフが聞こえ、奈津は思いっきり聞き返す。

「独身なら別にいいと言ったが。どうかしたか？」

　なにがいけないんだとばかりにこちらに視線を向ける恭介に、奈津は一瞬怯んだ。頭では自分のほうが正しいとわかっているが、そう言われると少し自信がなくなる。

「だって……、だって、恭介さんはおかしいと思わないんですか？」

「なんでだ。専務が独身になったのなら自由恋愛の範囲だろ。俺は別に気にしないが」

「えっ」

「そうよ奈津さん、修ちゃんだってノリノリなのよ」

「えっ」

「そもそも誘ってきたのは溝口専務のほうだしな」

「ええっ!?」

最後にさりげなく投下された爆弾発言に狼狽えながら、みんな社会人として本当にそれでいいのかと焦る。絶対によくないはずだ。

だが、今ここにいる四人のうちで反対派は奈津ただ一人だ。勝てるはずがなかった。

「じゃあ……、まぁ、恭介さんがいいって言うのなら……」

変態包囲網が敷かれたこの状況に、奈津は絶対的な敗北感を噛み締める。

一般的に考えて奈津のほうがまともなことを言っているはずなのに、真山家にいると自分がおかしいんじゃないかと思わされてしまうから恐ろしい。このままだと洗脳される気がする。

「あら本当？　奈津さんも認めてくれて嬉しいわ！」

「いや、ちょっと待て。嫁に反対される禁断の関係もまた燃えると思わないか」

「まぁ！　それもそうね！　奈津さん、やっぱり反対してくれる？」

「すみません、遠慮させて下さい」

どこまでも我が道を行く義理の両親に疲れ切り、奈津はこっそりとため息をついた。悪い人達ではないのだが、いかんせん個性が強すぎる。嫁いびりをされるよりはマシだろうとは思いながらも、現状もなかなかハードなのである。


そろそろ再入場の時間ということで、奈津は恭介とともに会場の扉前へと移動することになった。

義理の両親はもういない。少し前にうきうきと会場内へと戻って行ったのだが、まだお酌に行っていないテーブルを回るついでに、さらに次の獲物を探すのだそうだ。

六十を超えてなお、そのバイタリティを保つところだけは見習いたいが、新婦側の招待客には絶対に手を出さないように！　と土下座する勢いで頼んでおいた。

「親父達が騒いで悪かったな。あれでも大人しくしていたほうなんだ」

「えっ、あれで!?　……あっ、いえすみません。覚悟してたから大丈夫です」

思わず心の声が漏れてしまい、奈津は慌てて取り繕う。あのレベルで大人しいなんて、本気ではしゃいだらどうなってしまうんだろう。

申し訳なさそうにしていた恭介は、奈津の頬をそっと撫でて表情を緩めた。

「そのドレス、奈津の柔らかい雰囲気に本当によく合うな。いつもと違って髪をアップにしているし、今日は一段と可愛い。さっきからずっと思ってたんだ」

「えっ……」

なんの躊躇いもなく直球で褒められて、奈津は思わず顔が熱くなる。

「あ、ありがとうございます。あの……恭介さんもすごく素敵ですよ」

奈津は改めて恭介のタキシード姿を見、その精悍さにうっとりとした。今までゴタゴタしていたせいで、せっかくのタキシードをゆっくり鑑賞できなかったのだ。

チュールをたっぷり使ったラベンダー色のドレスによってふんわりとした印象の奈津とは対照的に、恭介が着ているシルバーグレーのタキシードは彼をよりシャープに見せている。襟に黒いトリミングが入っていることでタキシードの光沢が映えて見え、同じく黒いベストと黒のポケットチーフが統一感を出している。近付いて見れば、ポケットチーフには同じく黒のレース細工も施されているようだ。こんなさりげない部分にもお洒落な演出があるらしいと感心する。

「恭介さんはなにを着ても似合いますね」

「可愛い花嫁のために選んだ衣装だぞ。似合わない訳ないだろ？」

「もう。恭介さんってば」

なんだか結婚式のドキドキ感が出てきた気がする。もともと緊張していたからというのもあるが、朝から色んな出来事がありすぎて、こんな風にわくわくする心の余裕がなかったのだ。やっと、じっくりと恭介と向き合うことができる。

恭介の全身を上から下まで眺め、また視線がポケットチーフのところまで戻ってきたところで奈津ははたと気付いた。

このレース、なんとなく見覚えがある。一体なんだっただろう。

黒のレース、黒のレース……と頭の中を引っ掻き回したところ、ぱっと記憶が蘇る。大小の薔薇が交互に配置されたデザインで、穿き心地がよかったシルクの……

「あーーーっ‼　わ、わ、わ、私の……！」

無我夢中で胸ポケットから引っ張り出したポケットチーフを広げてみると、案の定逆三角形のシルクがペロンと広がった。

「私のショーツっっっ！」

恭介は一瞬しまったという顔をしたが、すぐに気を取り直していつも通りの涼しい顔に戻り、奈津の手からショーツを奪い返す。今回も開き直ることに決めたらしい。

「正解だ。確かにそれは今日、奈津のクローゼットから出してきたものだ。よくわかったな」

「正解だ、じゃないですよ！　クイズじゃないんですから！　返して下さい！」

「俺が大人しく返すと思うのか？」

奈津は食ってかかるが、恭介は鼻で笑ってショーツに頬ずりした。奈津の背筋に悪寒が走る。

「いやーーーっ！」

「言っておくが予備のポケットチーフなんてないぞ。もうすぐ入場なんだから落ち着け」

「誰のせいでこうなってると思ってるんですか……！」

お色直し後の再入場のタイミングを待ちながら新婦のショーツを握っている新郎とワナワナ震えている新婦。日本広しといえども、こんな組み合わせは自分達だけに違いない。

そうこうしているうちに丁寧にショーツを畳んでまた胸ポケットに入れた恭介は、笑顔で奈津に腕を差し出す。

披露宴会場では奈津が選んだ入場曲がかかり始めていた。

「ほら、行くぞ」

「ほんとに⁉　ねぇ、本当にそのまま行く気なんですか⁉」

「そのために持ってきたんだから当然だろ」

それから披露宴が終わるまで、自分のショーツを胸ポケットに入れた男と高砂に並ぶ羽目になった奈津は、家に帰ったら真っ先にクローゼットに鍵をつけようと決心したのだった。

5

「恭介さん、お願いですからこれ以上問題を起こさないで下さい」

二次会が始まる直前、奈津は恭介に向かい合って本気の懇願をしていた。

現在の奈津は、ウエストから下がエレガントに広がった王道プリンセスラインの白いウエディングドレス姿だ。対する恭介は披露宴と同じタキシード姿で、胸元のコサージュとポケットチーフだけ色が変わっている。新しいポケットチーフはまたしてもシルクのショーツ（白）で、奈津は本気で目眩がした。

「問題？　……今日、なにかあったか？」

父に巫女衣装を贈ろうとしたりとか、和装下着を見たいと騒いだりとか、あとはあなたのご両親が獲物を狙う狩人でした！　両親への手紙を読んで涙を流した私に差し出したのは畳んでハンカチに見せかけたコットンのキャミソールだったから一瞬で涙が引きましたし！　そして今もあなたの胸ポケットには私のショーツが入ってますがなにか!?　と言いたいのをぐっと呑み込んで、奈津は「……色々ありました」と言うに留めた。

今日起こった事件について片っ端から文句をつけていたら、日が暮れても言い終わらない。

朝から色々あったゴタゴタは、恭介の中で問題のうちに入っていなかったらしい。奈津はむしろ問題しかなかったと思うのだが、恭介の鋼の精神力に改めて恐れ入る。顧客のニーズには敏感なくせに、この人は自分の置かれている状況に対してかなり鈍感だ。

「とにかく！　プログラム通りに粛々と二次会を進行してくれたらそれでいいです」

「それなら簡単だ。任せろ」

全然信用できないから今こうやって頼み込んでいるのだが。

「先輩、奈津さん！　みんな揃いましたよ。今ゲストの方々にはウェルカムドリンクを飲んでもらってるので、もう少ししたら始めましょうか」

さらに続けて注意しようとしたところで、二次会の幹事である児玉から声が掛かった。

彼は恭介の後輩で、恭介が作ったパズルゲーム、パズ☆パンの運営会社代表である。

そんな人に恭介への説教を聞かれる訳にもいかず、奈津は急いでよそ行きの顔を作り、口を噤む。

「おう、児玉。今日は頼むな」

「よろしくお願いします」

片手を上げた恭介の横で、奈津もぺこりと頭を下げる。

会場の選定からプログラムの決定まで、彼には準備段階から非常にお世話になった。

本人曰く「先輩の力でうちの会社はもってるようなもんなんで！　お礼なんていらないから新しいダンジョン考えて下さい！」とのことで、今日の司会も引き受けてくれたのだ。さらにはパズ☆パンのオリジナルグッズまでビンゴの景品にと提供してくれた。

「プログラムに変更はありません。今のところ機材のトラブルもなく、欠席は事前連絡があった一名のみです。なにか進行上の質問があれば今聞きますよ」

今日の流れを最終確認して、児玉が手元の進行表をめくりながら言う。よし、今しかない、と思って、奈津はおずおずと手を挙げた。

「あの、できればでいいんですけど、私もビンゴに参加させてもらえませんか？」

「えっ？　新婦がビンゴですか⁉」

案の定驚かれた。進行表を持つ手が止まり、軽く目を見開いた児玉が奈津を凝視する。

それはそうだろう、ゲストのためのビンゴゲームに新婦自ら乗り込んでいくなんて聞いたことがない。

だから奈津は慌てて弁解した。

「違うんです！　賞品じゃなくて、参加賞が欲しいんです！」

今回のビンゴはかなり豪華なラインナップになっている。

特賞のテーマパークペアチケットに加え、ホテルでのペアディナー、商品券、人気のタブレット端末、お取り寄せグルメ、名店のスイーツなど。ゲストのためにと、恭介がかなりの自腹を切ったのである。

確かにそれらは魅力的だが奈津は賞品が欲しい訳ではない。

テーマパークには行かなくていい、ディナーも食べない、タブレットだって今持っている少し古い端末で十分。食べ物だってスーパーで買えばいい。ただただ、参加賞であるパンティ男爵とストッキンの限定ストラップだけが欲しいのだ……！

「無理でしょうか⁉」

「えっ」

必死で限定ストラップへの愛を訴えると、児玉は若干怯えながら後ずさった。そして助けを求めるように恭介のほうを見、しばらく目線で合図し合ってから、申し訳なさそうな表情で奈津に向き直る。

「えっ、えーっと、……そうですね。ちょっと……数が足らないかなと、思うんですよね」

かなり遠まわしな表現だが、これははっきりとしたお断りだ。やっぱり新婦がビンゴに参加するのは体裁がよくないのかもしれない、と奈津は肩を落とす。

落ち込みすぎてその時は、欠席者がいるなら数が足りないはずないじゃん！　というツッコミすら思いつかなかった。

「そうですか……」

「奈津、それなら家にあるからやってもいいぞ」

しかしそんな奈津のもとに、神の声とでも言うべき一言が降り注がれる。限定品のため二度と手に入らないと思っていたストラップが、なんと自宅にあったというのか。

「えっ!?　本当ですか!?」

「あぁ。そのキャラクターデザインをしたのは俺だからな。サンプルとしてもらった物がいくらでもある」

「きょ、恭介さん……っ！」

――この時の奈津はまさか帰宅した後で、「パンティ男爵（頭にパンツをかぶっている）と同じことをさせてくれるならストラップをやる」という交換条件を出されるとも知らず、感動で目を潤ませた。

恭介の優しさに、変態だけどこの人と結婚してよかった！　という思いが込み上げる。

「奈津さん、お役に立てなくてすみません……」

「全然大丈夫ですよ！　主人からもらいますから」

もう質問はないですね？　と確認され、奈津は恭介とともに頷いた。あとは二次会が始まって、ビンゴに余興に美味しい食事にとゲストに楽しんでもらうだけだ。

開始時刻が近付き、司会は会場入りしますね、と児玉が立ち上がったところで、彼が思い出したように口を開いた。

「あ、そういえばあの猫。すごいですね」

「アレックスのことですか!?　どうでした？　いい子にしてました？」

ずっと気にかかっていたことを話題に出され、奈津はすぐにその話題に食いつく。

実は今日、この二次会の場にアレックスも来ていたのだ。出席者にも会場スタッフにも猫アレルギーがいないことを確認し、アレックスにはゲストをお迎えするウェルカムベアならぬ、ウェルカムキャットの役目を果たしてもらったのである。

今はもう近所のペットホテルの一時預かりで寛いでいる頃だろうが、ゲストをお迎えする間は、受付横の小さなテーブルの上に花かごと一緒に座っていたはずだ。美猫のアレックスのそんな姿はさぞ可愛かっただろう。

「えぇ、テーブルの上でピクリとも動かないんですよ。みんな最初はよくできたぬいぐるみだと思うから、いきなり鳴いてびっくりしていましたよ。写真もガンガン撮られてました」

「そうなんです！　すっごく躾の行き届いた子なんです！」

アレックスを褒められると自分のことのように誇らしい。躾をしたのはすべて飼い主である宮野だが、まったく関係のない奈津まで、うちの子すごいでしょう！　と便乗して鼻が高くなってしまう。

あぁ、それにしても自分が写真を撮れないのが残念で堪らない。

小さな蝶ネクタイをして花かごの横に座っているアレックスは最高の被写体だというのに！　後で誰かに写真を送ってもらうよう頼まなければ。

「飼い主さんが横で付き添ってましたけど、付き添いなんていらないくらいですね」

「でしょう!?　アレックスは本当に賢い子なんです」

アレックスに限って出席者に危害を加えることは絶対にないとは思ったが、今回は念のため宮野に付き添ってもらっていた。自分にも他人にも厳しい宮野には断られるかとビクビクしていたが、案外あっさりと承諾されて拍子抜けだった。

それどころか「この機会に猫好きのイケメンを見つけてやるわ！」と燃えていた。ちゃんと猫好きの男性とは知り合えただろうか。

ちなみに主役であるアレックスとはプレミアム猫缶で交渉成立した。

遊びに行った時に高級マグロ缶を渡して事情を説明すると、上機嫌で「みゃう！」と返事をされたのだ。本当に人間の言葉がわかっているのかもしれない。

猫缶のフレーバーについては、最初は最高級レベルである北海道サーモンにするつもりだった。が、宮野に「北海道サーモンの猫缶にはトラウマがあるからできれば遠慮して欲しい」と言われてしまい、結局マグロ風味を貢ぐことになった。

アレックスに好き嫌いはないからフレーバーはどちらでもいいのだが、一体なにが起きたら北海道サーモンの猫缶にトラウマを抱える結果になるのか非常に気になっている奈津である。

宮野に聞いても「色々あるのよ、油断大敵って本当に金言だわ」としか答えてくれず、渋々引き下がるしかなかった。

児玉の司会によって、二次会は華々しく幕を開けた。

親戚やお世話になっている上司、恩師が中心だった披露宴と違い、同世代で仲のいい友人、知人がメインになる二次会はやはりノリが違う。学生時代の友人のテーブルはプチ同窓会のようになっていたりして、みんな和気藹々と賑やかだ。

そんなフランクな雰囲気の中でのケーキ入刀とファーストバイトでは、新郎だけ巨大な一口を食べさせられるという定番の意地悪が行われた。

「さあ、続いては新婦奈津さんから、新郎恭介さんへケーキを食べさせてもらいましょう！『一生美味しいものを作って食べさせます』という意味があるそうなので、美味しいケーキをたくさん掬って下さいね？」

児玉の煽りにより、ケーキの周りに集まっていた面々が「それじゃ小さい！」「まだいける！」と口々に野次を飛ばす。

「奈津さん、ゲストの皆様がそうおっしゃってるので、もっと大きく切りましょうか！」

「えーっと、じゃあ……このくらいで！」

周りの声に押されて奈津が切り分けたケーキは明らかに大きく、フォークで刺して持ち上げると重みで崩れそうなくらいだった。仕方ないので、フォークと一緒に準備されていた紅白リボン付きのしゃもじでそれを掬うことにする。

「それではみなさんご一緒に！」

児玉の合図で数十人が声を揃えた「あーん！」の大合唱がレストランのＢＧＭを掻き消した。苦笑する恭介がなにか言っていたが、奈津には聞こえない。

「がんばってくださいね！」

「ちょ、本当に無理だろ」

しゃもじで掬ったケーキを恭介の口に押し込むと顔がクリームまみれになる。それを見た周りがドッと沸き、奈津もそれに釣られるように笑ってしまった。


「恭介さん、大丈夫ですか？」

「あぁ。もうクリームはついてないか？　気のせいかまだクリームの感覚が残ってるんだが」

「えーっと……、あっここに残ってました」

ファーストバイトが終わり、皆が自席に戻っている間に奈津は恭介の顔を温かいおしぼりで拭いていた。なぜか前髪にまで少しクリームがついていて、それらを丁寧に清めていく。幸いにもタキシードは汚れていなかったが、顔面はひどい状態だ。

「ごめんなさい。ちょっと大きく切りすぎましたね」

「はは。さすがにあのサイズは無理だったな。練習ではイケると思ったんだが、奈津があんなに思い切りよく切るとは思わなかった」

「えっ、練習してたんですか？」

　初耳である。いつの間にそんなことしていたんだろう。恭介がケーキを買って帰ったことなんて最近あったかなと記憶を辿（たど）るが、どうにも思い出せない。

　ファーストバイトで大きなケーキを口に入れられるのはだいたいお決まりだが、その練習を事前にする人なんて初めて聞いた。

「まぁな。練習では二枚は口に入れられるようになっていたんだ。でも今回のケーキは四枚分はあったから無理だった」

「ちょ、ちょっと待って下さい！　『枚』ってなんですか!?」

　単位がおかしい。明らかにケーキじゃない。恭介が好きなもので単位が『枚』のものなんて非常に限られてくるため、ひしひしと嫌な予感がする。

「パンツの枚数に決まってるだろ。いやちょっと待て、練習した後のパンツは洗ってしまったから衛生面は問題ないぞ？」

「そんなこと心配してるんじゃありませんからっ！」

　恭介の恐ろしい告白を聞いて、奈津は声を押し殺して叫んだ。いつの間にパンツを食べていたんだ、この変態は。

　正直いつかはやりそうだと危惧（きぐ）していたが、その「いつか」はもっと先だと勝手に思い込んでいた。まさか結婚式の二次会でそれを告げられるとは。悪夢だ。

「さ、そろそろ俺達も高砂に戻ろうか。今回は残念な結果だったから、四枚口に入るようになるまで自主練だな」

「だめ！　やらなくていいです！」

もう二度とファーストバイトをする機会なんてないのに、恭介の無駄な向上心が迷惑すぎる。その場の空気に乗せられてケーキを巨大に切りすぎたせいで、とんでもないことになってしまったと奈津は今さらながら後悔した。

これはもう、クローゼットに鍵程度では駄目だ。まだ残っている冬のボーナスで耐火防水仕様の金庫を買うべきかもしれない。

頑丈な金庫っていくらするんだろう、絶対重いけど、自分で設置できるのかな、という奈津の心配をよそに、プログラムは順調に進んでいった。

奈津が涙を呑んで参加を諦めたビンゴゲームはその豪華賞品のために大盛況を博し、白熱したリーチコールの中、特賞のテーマパークペアチケットを射止めたのはなんと宮野だった。

「とうとうビンゴが出ました！　さぁ、当選者の方は前までお願いします」

シルバーブルーのハイネックドレスを上品に着た宮野が、周囲に会釈しながら前に進み出る。スタッフからマイクを渡された宮野が艶やかな微笑みを浮かべてお祝いの言葉を述べると、男性陣は身を乗り出し、どこからともなく感嘆のため息が漏れ聞こえた。

最後に児玉が「このテーマパークへは誰と行きますか？」という質問を付け加えると、スタイル抜群で美貌の宮野が「一緒に行ってもらえる男性を募集中です」などと答えたものだから、その場は一時騒然となった。相変わらずどこにいても目立つ人だ。

もしも宮野のガーターリングでガータートスなんてしてしまった日には、それを奪い合う男性陣の間で凶器を使った乱闘が起きそうである。

次に恭介の一番の親友だという学生時代の友人がしてくれた友人代表スピーチは、笑いあり、感動ありの素晴らしい内容だった。

何度も喧嘩して仲直りをした話や、若気の至りで無茶をしたエピソードを交えつつ、「誰よりも誠実で、明るく、高い志を持つ恭介くんは、必ずや穏やかで温かい家庭を築いてくれるでしょう。恭介くん、奈津さん、このたびはご結婚本当におめでとうございます」と結んだ彼は、最後に目を潤ませて一礼する。

その様子を見て奈津も思わずもらい泣きしそうになったのだが、「誰よりも誠実な人」はベランダから下着を盗んだり部下を盗聴したりしないと思う。多分この会場の中で一番誠実という言葉に縁がない人物が恭介だ。

ついでに言えば恭介の持つ「高い志」の熱意は八割がた下着に向けられているし、「温かい」はまだしも「穏やか」な家庭は築けそうにない。彼といるといつも驚きの連続で、意外で波乱に富んだ生活なのだ。

「奈津、あいつが言うように穏やかで温かい家庭が築けたらいいな」

「話は恭介さんが変態じゃなくなってからです」

穏やかな家庭を築いてみたかった……と遠い目をしながら、奈津はズバッと切り捨てた。


遠くに住む友人達からのサプライズビデオメッセージや楽器演奏を経て、二次会も終わりに差し掛かる。

高砂に次々に訪れるゲストと写真を撮ったり、出席してくれたお礼を言ったりしているうちに、とうとう例のガータートスの時間がやって来た。緊張のあまり、奈津はテーブルの下できゅっと手を握りしめる。

「宴もたけなわですが、皆様ご注目下さい！　独身男性お待ちかねのガータートスのお時間がやって参りました！」

マイクを握った児玉のアナウンスにより、歓談タイムで賑わっていた会場内が説明に耳を傾ける。

ガータートスとは、現在新婦が左脚につけているガーターリングを新郎が口を使って取り、それを新郎がうしろ向きになって未婚男性に投げるというイベントだ。ちなみに残されたほうの右脚のガーターリングは生まれてきた赤ちゃんのヘアバンドにすると幸福になれると言われている。

最初はガータートスという耳慣れない単語にざわめいていたゲスト達も、その内容が次第に明らかになるにつれていやが上にもボルテージが上がっていく。

「新婦の奈津さんが今、まさに！　つけているガーターリングです。受け取ったラッキーな男性には、その温もりを感じてもらいましょうね～？」

司会の児玉が煽るように説明すると、ノリのいい営業二課のテーブルからは拍手と野太い歓声が上がった。びっくりしてそちらを見ると、手を高く上げて拍手する馴染みの面々がいる。みんないい感じにでき上がってしまっているようだ。

同じテーブルに紅一点で交ざっている宮野からは、盛り上がってよかったじゃないの、と言いたげなウインクが飛んできた。

確かにみんな喜んでくれてよかった。とは思ったものの、昨年まで一緒に仕事をしていた同僚に今つけているガーターリングが渡るかもしれないというのも若干複雑な心境である。

「それでは新婦の奈津さん、こちらの椅子に座って頂けますか。皆様もカメラのご用意をして前のほうにどうぞ！」

「は、はいっ」

　児玉に促され、高砂の前のスペースに準備された椅子に浅く腰掛けた。ドレスがふわんと広がって、照明に照らされたビジューと精密な刺繍がキラキラと乱反射する。

　もう心臓はドキドキばくばくとうるさいくらいだ。たくさんの人に囲まれて、デジカメやスマホのレンズを向けられながら恭介の口でガーターリングを取られるなんて、一体なんの罰ゲームなんだろう。

　その光景を想像するだけで自然に頬が熱くなる。

「新郎の恭介さんの準備が整いました！　さて恭介さんは無事にガーターリングを下ろせるのでしょうか？」

　目隠しをされ、手まで縛られた恭介が、司会の児玉に誘導されながら近付いてきた。足元には音響機材のコードもあるため割と危険なのだ。うっかり転んだりしませんように、とハラハラしながら見守る。

「おい、本当にまったく見えないぞ。こういう時は気を利かせて緩めに結ぶものなんじゃないのか？　これじゃドレスの中に入ってもせっかくのブライダルインナーが見えないだろ」

「おっと、恭介さんは冗談を言うほど余裕があるみたいですよ？」

　児玉が茶々を入れると周りが和やかな笑いに包まれた。が、これは決して冗談ではない。恭介の紛うことなき本音だと奈津と宮野だけが知っている。

この期に及んでそんな文句を言う恭介を見て、転倒を心配する気はすっかり失せた。大好きな下着を口で外すというボーナスイベントを前にして、恭介が転ぶ訳がないだろう。

「それでは新郎の恭介さんにガーターリングを取ってもらいましょう！」

児玉の合図でBGMがアップテンポな曲調に切り替わる。

いよいよだ、と覚悟を決めた奈津は、そっとドレスの裾を持ち上げた。目の前にいる恭介は目隠しされているが、口元が完全にニヤけきっていてゾワゾワくる。

「恭介さん……、余計なことはしないで素早く取って下さいね？」

「余計なこと？　頬ずりをして匂いを嗅ぐだけだから二十分もあれば終わるぞ」

「ひえぇえっ！」

思わず色気のない悲鳴が出た。

「無理です！　二十分って意味がわかりません！」

必死に抗議する奈津を無視して、恭介はなんの躊躇いもなく顔をスカートに突っ込む。

周りを囲んでいるゲスト達からは、おおーっという感嘆の声や、きゃあきゃあと恥ずかしがる声が聞こえるが、今の奈津はそれどころではない。

「恭介さんっ！　ほんとにダ……っっっ!!」

何かぬめった感触が太ももを這い上がって、奈津は慌てて口を押さえた。

現在奈津は、レースでできた丈の短いフレアパンツをブライダルインナーとして穿いているのだが、信じられないことにこんな状況でそれを舐められたのだ。さらに恭介はスカートの中でもぞもぞと動き続けており、次は一体なにをされるのかと戦慄する。

「恭介さんっ！　今すぐに出てきてくれたら、家に帰って好きなだけ舐めさせてあげますから！」

切羽詰まった奈津が捨て身の交換条件を出すと、スカートの中で蠢いていた変態がピタリと止まった。

「……武士に二言はないか？」

「武士じゃないですけど約束は守ります！」

恭介にだけ聞こえるよう布越しにささやく。もうここまできたらあとは野となれ山となれという心境だ。

今すぐに出てきてもらうためなら、自宅に帰ってからでいいならなんでもできる。

「ついでに和装下着も見せてあげますから！」

「よし交渉成立だ」

追加の特典を提示すると、今までグズグズしていたのが嘘のように恭介が行動を始めた。サムシングブルーのリボンで装飾されたガーターリングを唇で挟んで、スルスルッと足首まで下ろす。

慌てて白いブライダルシューズを脱ぐと、すぐに脚から外して立ち上がった。

「おお！　新郎の恭介さん、なんでも器用にこなすだけあってすぐに外してしまいましたね！　さすがです！　新婦の奈津さん、いかがでしたか？」

インタビューのようにマイクを向けられ、恥じらうように目を伏せながら「ドキドキしました」と答えると、その答えにまた会場内が沸く。

途中からどうやって恭介を説得するかに必死で恥ずかしいなんて考えている暇もなかった。ドキドキしたといっても恭介がなにをやらかすのか怖くてドキドキしただけなのだが、まぁ嘘ではない。

そうしているうちにスタッフに目隠しと腕の拘束を解いてもらった恭介が、ガーターリングをゴムボールに巻きつける。

小さな布切れであるガーターリングは、ブーケトスと違ってそれだけでは投げられないため、こうやってボールにつけて投げるのだ。

多分自宅に帰ってからのめくるめくシーンを想像しているのだろう。恍惚とした表情でその作業をする恭介と違って、奈津は激しい疲労感に襲われていた。明日から新婚旅行だというのに、朝起きられないかもしれない。

「さぁ、独身男性の皆様は前のほうにお集まり下さい！」

二次会も佳境である。ガータートスの一番の山場であるガーターリング争奪戦をするため、児玉の案内とスタッフの誘導により、皆がガヤガヤと話しながら移動を始めた。

女性陣は思い思いにカメラやスマホを構えて見通しがいい場所に立ち、約半数の独身男性が前方に固まる。わざとらしく準備体操をする者もいれば、「真山！　こっちに投げてくれー！」と恭介にアピールする者もいた。

ここからは恭介と独身男性が主役だから、奈津は穏やかな気持ちで鑑賞するだけでいい。肩の荷が下りて、純粋な気持ちで楽しめそうだ。

さてと、と端のほうに移動しようと立ち上がったところで、恭介がぬっと目の前に立ち塞がった。

「じゃ、奈津頼んだぞ」

「は？」

ぽん、とガーターリング付きのボールを渡されて、奈津はぱちぱちと瞬きをする。

いやいや、「頼んだぞ」じゃない。

これからうしろを向いてガーターリングを投げるのは恭介の役だとすでに決まっている。新郎が投げるブーケトスがありえないように、新婦が投げるガータートスなんて聞いたことがない。

「ちょっと恭介さん、段取りを忘れちゃったんですか？　投げるのは恭介さんですよ」

慌ててボールを恭介に返そうとすると、逆に強い力で押し戻された。なんでだ。恭介のほうが役割を勘違いしているのに、さも奈津が間違っていると言わんばかりの態度である。

「なに言ってるんだ。俺が投げたら俺が捕れないだろう」

「はぁ？」

ちょっとなにを言っているのかわからない。

さっきから児玉が説明しているが、ガータートスというのは、新郎が投げてゲストの独身男性にキャッチしてもらうというイベントだ。この人まさか、ガーターリングが欲しいあまりに独身男性のほうに交ざる気なんだろうか。

「いいか、絶対に俺に向かって投げろよ」

「えっ!?　ちょ、ちょっと待って下さいっ！　無理ですよ！」

奈津の制止も聞かず、恭介はズンズンと独身男性の輪に向かってしまった。

押し付けられたボールを持って、奈津は一人でオロオロとするしかない。

「おや？　新郎の恭介さん、どうしましたか？　なにか気になることでも？」

恭介の段取りを無視した行動に気付いた児玉が、マイク越しに問いかける。まさか恭介がトス役を放棄(ほうき)してゲストに交ざろうとしてるなんて想像もしていないのだろう。

なにかトラブルでもあったのかと児玉は訝(いぶか)しげな顔だが、恭介はすでにタキシードの上着を脱いでいる最中だ。

この男、ガチでやる気である。

「えっと、すみません。恭介さんが、その……なんだかキャッチするほうにも興味があるといいますか――」

「俺もこっちに参加する」

少しでも傷を浅くしようと、遠回しに弁解していた奈津の気遣いなんて丸無視をして、恭介が単刀直入に返事をした。

あ、これはもう取り繕えない、と奈津は高い天井を仰ぐ。天井から垂れ下がる多数のタッセルに照明が反射して、波のように揺らめいているのが無駄に美しい。

「……はい？　えーっと、ガータートスは新郎の恭介さんが投げることになっているんですが……」

恭介の開き直った態度に、司会の児玉がものすごく戸惑った声を出す。

そりゃそうだ。普段から恭介の奇行に慣れている奈津ですら驚いたのだから、彼のことをただの頼りになる先輩だと思っている児玉にとっては青天の霹靂だろう。堂々と段取り無視の行動を取られて、驚かないはずがない。

「まだ婚姻届を出してないんだ。俺も独身だから問題ない。奈津のガーターリングを他の男に渡す訳ないだろう」

低い声でそう言った恭介が、威嚇しながら独身男性の集団を見回す。

見せつけるようにゆっくりと袖をまくると、程よく引き締まった筋肉質の腕がシャツの下から顔を出した。

「お前ら、奈津のガーターリングが欲しいなら、俺を殺す気でこいよ?」

「きょ、恭介さんっ!」

盛り上がっていたはずの会場内は水を打ったように静かになった。

奈津の悲鳴に似た叫び声だけが響き渡り、ゲスト一同は呆気にとられた表情だ。

多分、恭介の言葉にドン引きしてるんだろう。たかが余興のガーターリングごときで「殺す気でこい」なんて言っちゃう痛い人だとか、課長って本気でガーターリングが欲しいの? きもーい! とか、みんな幻滅しているに違いない。

せっかく今までギリギリのところでバレていなかったのに、全員の前でこんなにハッキリ言ってしまったら誤魔化しようがないではないか。不気味なくらいの静寂がその場を支配して、奈津の胃がキリキリと痛んだ。

とりあえず恭介には、命を懸けてまでこのガーターリングが欲しいと思っている人間なんて世界中であなたしかいないですから! と教えてやりたい。

「すみませんっ、これには深い訳がっ」

「素晴らしい!!」

「え?」

どうにか言い訳をしようとしたところで児玉の大絶叫が響き、奈津は思わず動きを止めた。

「ゲストの皆様！　お聞きになりましたか、今の新郎の言葉を！　愛する新婦の奈津さんがつけていたものは、たとえ小さなガーターリングでもよその男には渡せないそうです！　なんという愛の深さでしょうか！」

会場内に、自然に拍手が巻き起こる。

恭介の周りにいた男性陣は賞賛(しょうさん)にも似たどよめきを、女性陣は黄色い悲鳴を上げている。中には頬(ほお)を染めて恭介に見惚(みと)れている者までいた。

「え、ええ……」

どうも、奈津が予想したのと正反対の方向に事態が転がり始めている。

「さすが課長。やっぱり帰国子女だから愛情表現がストレートなのかな」

「私もこんな風に愛されてみたーい！」

次々に恭介を褒(ほ)め称(たた)える声が上がり、会場内の空気がさらに熱を増す。

「それでは、新郎の恭介さんも独身男性に交ざって頂くということで、奈津さんもそれでよろしいですね？」

児玉から同意を求められ、ゲスト全員の視線が奈津に集まった。

みんなワクワクと楽しそうで、恭介が純粋な奈津への愛のためにガーターリングを欲しがっているのだと信じきった目をしている。

宮野だけはまた鳥肌が立ったのかうしろのほうで腕をさすっているが、それ以外は誰一人として恭介を不快に思っている者などいない。本来のガータートスからかなりかけ離れているのに、みんなこの場の雰囲気と変態の勢いに丸め込まれているのだ。

恭介の変態具合が知れ渡らなかったのはよかったが、この人数の人々ですら自分のペースに巻き込んでしまえる恭介の力は恐るべきものである。

なんだか今まで悩んでいたのがバカバカしくなって、やけっぱちになった奈津は「はい！」と笑顔で答えた。

会場内が熱気に包まれる中、恭介が立っている位置を確認してからうしろを向いて、えいやっとガーターリングのついたボールを投げる。そのボールは綺麗な弧を描いて恭介のもとに飛んでいった。

「っっよっしゃ!!」

軽くジャンプした恭介が、目にも留まらぬ素早さでボールをキャッチする。

そしてボールを高く掲げて大きくガッツポーズした瞬間に、この場にいる全員がわーっと歓声を上げた。やんややんやと拍手喝采して、その声が会場内に響き渡る。

「課長！　無事にキャッチできてよかったですね！」

「奈津ーっ、おめでとー！」

「めっちゃ愛されてんじゃん！　この幸せ者がっ」

ガータートスが終わると同時に友人達に囲まれ、たくさんのお祝いの言葉が降り注ぐ。人垣の向こうでは恭介も同じ状態になっていて、そちらも祝われたり冷やかされたりと大忙しだ。

「課長があんなに情熱的だとは思わなかったなぁ」

「ね！『奈津のガーターリングを他の男に渡す訳ないだろう』だって！　かっこいーー！」

同期のみんなが口々に恭介を褒めそやす。

お盆の頃に女子会をした時には、亭主関白みたいだの結婚しても厳しそうだの好き勝手に言っていたのに、すごい変わり身の早さである。

「もう恭介さんは私のものになったんだから。今さら気付いても遅いのよ」

「うわ、惚気ちゃって！」

「だって好きなんだもん。結婚式の日くらい惚気てもいいでしょ」

友人達にもみくちゃにされながらも満面の笑みでガーターリングを死守している恭介は相変わらずどうしようもないが、やっぱり奈津は恭介が好きだ。

下着を盗んだり、家庭内ストーカーをしたり、その両親まで寝取られ好きを公言するという筋金入りの変態だが、奈津をまっすぐに愛してくれるという点だけは揺るがない。

これからの人生、（主に恭介のせいで）辛いこと、悲しいこと、そしてトラブルもたくさんあるだろう。でもどんな逆境もプラスに変える力がある彼がいれば、毎日前を向いて生きていけそうな気がした。

彼が私を好きになってくれて本当によかったと心の底から思う。

「奈津、こっち来て」

「なんですか？」

ちょいちょいと手招きされて、みんなからきゃあきゃあと囃し立てられながら奈津は恭介のもとに向かう。隣に行くとぐっと肩を抱いて耳に口を寄せられ、たくさんの人の前だというのにドキドキしてしまった。

そして吐息がかかるほどの距離で、恭介がそっとささやく。

「なぁ、この左脚のガーターリングは保存用にするから、今つけてる右脚のものは俺が舐める用にくれないか？」

「な、舐め……、ハァッ!?」

恭介の気持ち悪い思考に、しっとりした雰囲気が一瞬で吹き飛んだ。

当然だが、ガーターリングは舐めるためのものではない。

「右脚のガーターリングは生まれた赤ちゃんに着けるんだからダメです！」

「大丈夫。子供には同じものを買ってやるから」

「それじゃ全然ご利益がありませんから！」

やっぱり金庫は絶対買おう。

ドリルでもハンマーでも高温バーナーの溶断でも、そして変態の猛攻でも開かない頑丈なやつを。そして右脚のガーターリングは金庫に保管しておくのだ。

この会話の内容も知らず、微笑ましい光景を見るような視線を向けてくるゲスト達に微笑み返しながら、奈津はそう決意を新たにしたのだった。


二次会が無事（？）に終了した後、奈津は二次会会場のレストラン内にある控え室でほっと息をついた。

ゲストを最後の一人までお見送りし、現在は幹事の児玉が精算と片付け、そしてレストランへの支払いをしてくれている。

奈津も手伝おうと思ったのだが早めにドレスから着替える必要があり、何度もお礼を言ってその場を抜けてきた。その時、恭介も当然のようについてきて同じ部屋で着替えようとしたため、本来の控え室に無理やり押し込んできたところだ。

「さっきブライダルインナーを好きなだけ舐めさせてくれるって言っただろ！」

「ここで、とは言ってません！」

互いに命を掛けた押し問答の末、なんとか恭介の控え室のドアを閉めるのは本当に重労働だった。

ガータートスの最中、ピンチを乗り越えるために「ブライダルインナーを舐めさせてあげる」と衝動的に言ってしまったが、こんな場所でそれを許すとは言っていない。あの時「自宅に帰ってから」と無意識のうちに条件をつけた自分を褒めてあげたいと思う。

自宅に帰ってからでもかなり恥ずかしいが、二次会終了直後の控え室でやるよりはまだ耐えられるだろう。

「それにしても遅いなぁ。なにかトラブルがあったのかな……」

現在奈津は、ドレスの背中のファスナーを下ろすのを手伝ってくれる女性スタッフを待っている。「この景品の余りを車に積んだらすぐに行きますね！」と言ってくれたのは児玉のアプリ制作会社で働く女性で、彼女も学生時代の後輩なのだそうだ。

先に髪飾りだけでも一人で片付けておくべきだろうか。そう思った奈津が、鏡を見ながら頭についていた百合の花を外した時だった。控え室のドアが力強くノックされる。

「はーい、どうぞ！　鍵は開いてます」

そう呼びかけるとドアがガチャリと音を立てて開いた。よかった、予定通り手伝いにきてくれたらしい。

手に持っていた花をテーブルに置き、手伝ってもらうお礼を言いながら笑顔で振り返った奈津の目の前にいたのは――

「奈津、手伝いにきてやったぞ」

「きょっ、恭介さん……っ!?」

すでに私服に着替え、不敵な笑みを浮かべた変態だったのだ。

「ちょ、ちょっと待って下さい！　今から女性のスタッフさんが来てくれることになってるんですよ？　こんなところでは絶対に下着は見せられませんから！」

「大丈夫だ。問題ない」

「どこが大丈夫なんですか！」

上機嫌の恭介がぐんぐんと近付いてきて、ドレスの下に着ているブライダルインナーの危機を感じた奈津はじりじりと後ずさりした。

今、恭介の好きにさせてしまったら大変なことになる。この後手伝いのためにやって来るスタッフさんに、下着を舐めるという変態プレイに及んでいる場面を見られてしまうのだ。

そんなことになったらもう二度と彼女とは顔を合わせられないため、絶対に阻止しなければいけない。

「やだっ！　本当に無理ですっ、人に見られちゃう！」

「だから大丈夫だと言っただろう。今彼女は新規ダンジョンと追加のキャラクター案を児玉と検討している最中だ。その代わりに俺が来たんだよ」

「へ？」

この人、今なんて言った？　呆気に取られて恭介を見ると、彼が得意げに説明してくれた。

精算と片付けが粗方済んだところを見計らって、恭介は児玉にパズ☆パンに関する新規のダンジョンと追加キャラクター案のデータを渡したらしい。最近結婚式の準備で忙しかった恭介が案を出すのは久しぶりだったため、大喜びで受け取った彼らは早速内容の吟味を始めてしまったというのだ。

奈津がドレスを脱ぐ手伝いは恭介が代わりにすると申し出て、恐縮しつつも感謝されてしまったらしい。

「恭介さん……、最初からそれを狙って今データを渡しましたね？」

「当然だ。会場もかなり時間の余裕を持って押さえているからな。使える手は可能な限り有効活用するべきだろ？」

準備段階からブライダルインナーを狙って計画していた恭介に勝てるはずがない。

そういう会話をしているうちに、とうとう壁際まで追い詰められてしまった。壁に両手をついた恭介に閉じ込められ、奈津は涙目で恭介を睨む。

「そういう顔したら余計にいじめたくなる。ほら、うしろ向け」

「ひゃっ」

簡単にくるりとひっくり返され、壁に体を押し付けるような体勢になってしまった。

こうなってしまったら奈津の防御力はゼロ以下だ。背後からはドレスのファスナーをゆっくりと下げる音と、恭介の荒い息遣いだけが聞こえる。

「恭介さんっ、本当に、駄目ですってば！　……あっ……ン」

ぴちゃ、と熱い舌が肩甲骨のあたりを這い、奈津はきゅっと体を竦ませた。すぐにチリリとした小さな痛みも襲ってきて、どうやらキスマークを付けられたのだと理解する。

「真っ白のドレス姿を見ていると汚したくて堪らなくなるだろ。今まで我慢してきたからなおさら」

「……っ、見えるとこは駄目……ですっ」

「これからしばらく会社は休むんだからいいだろ」

そう言った恭介が今度は背中の中心に吸い付く。

結婚式で肩と胸が大きく開いたドレスを着るからと、ここ最近はキスマーク禁止令を出していたのだ。もしかして、我慢していた分を今すべて取り戻す気なのだろうか。

「あっ……う……」

下からつーっと舐め上げられ、最後は首筋に何度目かの小さな痛みが襲った。背中ばかり執拗に愛撫され、いつもより背中が過敏になっている。

脚に力が入らなくなって、奈津は壁にしがみついた。

「んっ……、ひゃんっ」

ぴちゃ、と音を立てながら、露わになった奈津の背中に何度も何度も濡れた感触が襲う。奈津の羞恥心を煽るためなのだろうか、痕をつける時のリップ音もいつもより派手だ。

恭介の骨ばった力強い手でゆっくりと全身を撫で回されながら、強く吸っては癒すように優しく舐められ、次第に奈津の体温も上がっていく。

「あ……っ」

「奈津、……可愛い」

そうしているうちに背中のファスナーが全開になってしまった。

上半身のドレスは奈津と壁の間に挟まれているために辛うじて原型を留めているが、スカートはすでに大胆にたくし上げられている。奈津の両脚の間には恭介の左脚が差し込まれていて閉じられず、今は不埒な手がフレアパンツ型のインナーの肌触りを確かめるようにさわさわと動いていた。

「奈津の素肌も吸い付くようで好きだが、このシルクサテンの肌触りもいいな。つるつるしてて気持ちがいい」

「……鑑賞用にって、恭介さんも持ってるくせにっ」

「確かに下着だけでもよかったが、奈津の太ももを包んでいるほうが気持ちいいに決まってるだろ」

なんて言い草だ。無理やり二セット買ったのに、結局奈津が着て見せないといけないのか。

「あっ……そっちはっ」

　太ももから名残惜しそうに離れた右手が、背中側からドレスの下にするりと入り込む。精緻な刺繍が施されたロングラインブラジャーの脇を通り、招かざる侵入者はすぐにカップ部分に到達した。

　今日のために寄せて上げた胸が優しく持ち上げられて、ふやんとした谷間がより深くなった。

「ブライダルインナーは普段の下着より硬いし締め付け感があるよな。こうやって一分の隙もなく体を守ってるところがいじらしくて、俺の手で脱がしたくて堪らなくなる」

「もっ……意味わかりませんから……っ」

　いつもより大きな胸を持ち上げては落とされ、丁寧な手つきで揉み込まれる。たまに爪の先端で中心をカリカリと引っ掻かれ、奈津はそのもどかしい刺激に翻弄されるだけだ。

「脱がせたい……なぁ、いいだろ？」

「だ、め……っ、……きゃんっ！」

　本格的に攻勢を掛けてきた恭介に危険を感じ、奈津が身を捩って逃げようとした拍子に耳を口に含まれた。ぬるりと熱い咥内で耳たぶを弄ばれ、脳内にいやらしい水音が響き渡る。

「ふあぁ……っ」

恭介が演出する淫靡な雰囲気に流されつつも、まずい、と奈津は内心で冷や汗をかいた。このドレスはオーダーメイドではなく結婚式会場からのレンタル品なのだ。すぐに脱ぎ、専用の返却袋に入れて自宅に帰る前にホテルに持参する予定になっている。

もちろん自前のドレスであっても絶対にこんな雑な使い方をしてはいけないのだが、レンタル品ならなおさら駄目だろう。

このままでは恭介によってぐちゃぐちゃにされてしまい、最悪弁償扱いになる。お金だけならば原因を作った変態に払わせれば済む話だ。しかしその惨状を見たプランナーさんに、借りたドレスで一体なにをしていたのかが露見してしまうのが恥ずかしい。それになにより借りた物は丁寧に扱うのが社会人としてのマナーだ。このドレスはなにがあっても死守しなければならない。

「恭介さん！　本当に……だめなんですっ！」

奈津が涙目で振り返ると、虚をつかれた表情の恭介がとりあえず手を止めた。顔には思いっきり「不満」と書いてあるが、これればかりは譲れない。

「このドレスは、ちゃんと綺麗なままで返させて下さい！　次の予約が入ってるかもしれませんし、私達が汚したら迷惑をかけてしまいます！」

必死に訴えると、本当に嫌そうにしながら恭介が体を引いた。

奈津が慌てて上半身のドレスを押さえているのをチラリと見てから、渋々同意の言葉を吐いた。

「……わかった。じゃあ脱げ」

「あ、ありがとうございます！」

よかった。この規格外の変態も、やっと世間体や一般常識を理解してくれたらしい。思ったよりあっさり引き下がってくれたのが少し気にかかるが、多分彼も精神的に大人になったのだろう。

不本意な形でだが、ちょうど背中のファスナーも下りていることだし、さっさと着替えてしまおう。奈津だって恭介とイチャイチャするのは大好きだから、自宅に帰って思う存分甘えようと思う。

「じゃあ少し席を外してもらってもいいですか？　すぐに着替えますから」

返却袋を手に持って、奈津はドアのほうを手で示す。このまま同じ部屋にいると確実に襲われるので、ドレスは一人で片付けるつもりだ。

にっこりと笑って恭介を見た奈津は、次の瞬間恐怖で固まった。

「違う。脱ぐのは俺の目の前で、だ。それを見せてくれたらドレスは無傷のまま返却袋に片付けさせてやる。清純な白いドレスと下着の奈津を犯す予定が狂ったんだから、そのくらいしてもらわないと割に合わないだろ」

「ひぃぃっ！」

やっぱり、転んでもただでは起きなかった……！　恭介は着崩したドレスプレイを諦める代わりにストリップを要求することにしたらしい。

割に合わないと言われても、その予定は恭介が勝手に決めていたものだから奈津に責任はないはずなのだが。至極真っ当な正論も、ブライダルインナーを前にして荒ぶる変態には通用しない。

「で、でも恭介さん……」

「言い訳はしない。ほら、早く脱がないとポケットチーフにしたシルクのパンツを頭にかぶったままで家に帰るぞ」

「脱ぎます！」

ひどい。なぜやるかやらないかの二択ではなく、ストリップショーか頭にパンツの二択なのか。その選択肢だと奈津のほうが圧倒的に不利である。

問答無用でストリップを選択させられ、奈津は今にもずり落ちそうになるドレスの胸元を押さえて眉を下げた。

下にブライダルインナーを着ているとはいえ、男性の前で自ら服を脱ぐなんて初めてだ。以前恭介が勝手に始めた援交ごっこの最中にショーツを自分で脱ぐように要求されたことはあるが、あの時はスカートを穿いていて脱ぐ部分は隠せたからまだよかった。だが今は、隠す術がない中で下着姿にならなければいけない。しかも相手は恭介である。彼にブライダルインナー姿を見せるのは、ある意味裸になるよりも危険な気がする。

「じゃあ、……脱ぎ、ます……」

躊躇っているだけではドレスは一向に片付けられない。奈津は覚悟を決め、恐る恐るドレスを下げ始めた。もう真っ赤になっているであろう顔を見られるのが恥ずかしくて、ずっと下を向いたまま。

さっきチラリとだけ窺った恭介は、獣のような目を隠しもせず腕組みをしてこちらを凝視していた。

「奈津、手で隠すなよ」

「……っ」

なんとか恭介の視線から逃れようとして思わず胸元を隠すと、間髪容れずに厳しい言葉が投げ掛けられた。結婚式を挙げたばかりの新妻のストリップなのに、どうして鬼コーチばりの檄が飛んでくるのだろう。

背中のファスナーが下げられている以上、ドレスを脱ぐのは一瞬だ。

ゆるゆると手を下ろしても、すぐにそれは床についてしまった。ふわふわとしたボリュームのあるドレスから脚を抜けば、あとは体をぎゅっと締め付けているブライダルインナーだけになってしまう。

「恭介さんっ……もうっ……」

脱ぐところを見せたんだから十分だろう、そう思った奈津は半分泣きそうになりながらも恭介に許しを乞うたというのに――

「早く返却袋にしまったほうがいいんじゃないか？　返す前に皺になったら困るんだろう？」

ほら、と大きな返却袋を渡される。前開きのファスナーでドレスを収納するそれは、大きくて重いドレスを一人で片付けるにはちょっと大変そうだ。

協力してもらいたくて恭介に目を向けたというのに、彼は奈津が下着姿でドレスを片付ける様子をじっくりと観察していたいらしい。やんわりと協力を拒否された。

普段は奈津がなにも言わなくてもなんでも手伝ってくれるのに、下着が絡むと途端に自分の欲望にだけ忠実になる。

「うぅ……、恭介さんの変態っ……！」

「今さらだな。俺は奈津の下着姿が見られれば、変態でも異常者でも色情狂でも、なんと言われてもまったく気にならないぞ」

「……そこまでは言ってません……」

さすがは下着泥棒がバレても堂々としていた男である。変態と罵られたくらいではびくともしないどころか、むしろ納得して開き直ってしまった。

仕方なくそのままでドレスを片付け始めた奈津は、恭介の舐めるような視線に晒されながら作業をする羽目になった。チラチラとうしろを振り返りつつ、のろのろとドレスをビニール袋に詰める。

清潔なシャツに仕立てのいいジャケットを羽織った恭介の前で、下着姿のままドレスを片付けている自分。恥ずかしくて恥ずかしくて本当に嫌なはずなのに、なぜか体中がちりちりと熱い。

「……んっ」

下腹部からなにかがじゅんと滲み出る気配を感じて、奈津はきゅっと身を硬くした。恭介の興奮が伝染してしまったのか、中途半端に煽られていた体の奥がふたたび体温を上げていく。恭介に見られている部分から火が出て体が溶けてしまいそうだ。

無意識のうちに自分の腕を抱きしめながら、奈津は助けを求めるように恭介を見上げる。

「………………」

「奈津、もう少しだろ」

あとは返却袋のファスナーを閉めて畳むだけ。だが恭介はまだ勘弁してくれないようだ。奈津が縋るような視線を向けても、今日の彼はじっと奈津を眺めるだけで近寄ってきてはくれない。そうやって静かに観察されていると、自分がすごく卑猥なことをしている気がして居た堪れなくなった。

震える手でなんとか作業を終えた奈津は、ぺたんと座り込んだまま迷子の子猫になった気分で恭介を見上げる。

「もう……恭介さぁん……」

「……なんでそんな発情しきった顔してんだよ」

潤んだ視界の向こう側で、切羽詰まった表情の恭介が近付いてくる。床に膝をついた恭介に頤をクイッと持ち上げられると、余裕なさげな唇が降ってきた。

「んっ……ふっ……！」

やっと恭介に触れることができた。切ない喜びが胸を満たし、それは小さな水滴となって双眸からぽろりと零れ落ちる。

もっともっと近くに寄りたくて、奈津は目の前の鍛えられた頑丈な体に腕を回し、精一杯ぎゅうっと抱き寄せた。

「はっ……んぅ……っ……ンっ」

何度も経験があるはずのキスなのに、今日はいつもの何倍も気持ちがいい。舌を絡ませ、歯列を舐められるたび、咥内すべてが性感帯になったみたいに背筋をぞくぞくしたものが駆け上がっていく。

恭介と二人、ずっと探していた半身に出会ったかのように求め合えば、どちらからともなく零(こぼ)れた唾液(だえき)を舐(な)め取られて、その刺激にも体を震わせた。

「ったく。そんな可愛い顔して……本当に最初は我慢するつもりだったんだぞ？」

キスをしながら体を持ち上げられる。なにをと思う間もなく、近くにあったテーブルにうつぶせに押し付けられると、火照(ほて)った頬(ほお)にひんやりとした天板(てんばん)がぺたりと当たる。

性急な動きでフレアパンツがずり下げられた。

「奈津、脚抜いて」

「……っ、はい」

レースの縁取(ふちど)りがされた薄くて頼りないそれはあっさりと床に落とされた。

背後から覆(おお)いかぶさる恭介が焦(じ)れたようにベルトを外す金属音が聞こえたかと思うと、トロリと蜜(みつ)を零(こぼ)す奈津の秘裂が熱い塊(かたまり)に押し開かれる。

「……はぅっ、ん……っ！」

狭い肉を掻き分けてズブズブと征服される感覚。待ち望んでいたものを与えられ、体の奥深くが迎え入れるように蠢(うごめ)く。まだ慣らされていない狭い隘路(あいろ)を無理やり押し開かれる小さな痛みに仰(の)け反(ぞ)った。

「……っ！」

耐えきれず悲鳴混じりの嬌声(きょうせい)を上げようとして、奈津は大きな手にうしろから口を塞(ふさ)

がれる。

「声出したら外に聞こえるぞ」

「……っ、ん、んんっ……！」

興奮で掠れた声が耳元で響き、奈津は必死の思いで嬌声を呑み込んだ。ぶんぶんと首を振れば、じゃあ我慢しろ、と非情な宣告が下される。

「ンッ……ふ……ぅっ……んッ！」

ぐぷぐぷといやらしい音を立てながら秘部が掻き回される。

声を出したくても出せない閉塞感に、我慢を重ねるほど体が熱くなる。荒々しく腰を打ち付ける恭介は、その動きとは対照的に優しいキスを露わになった白いうなじや背中に降らせた。

「恭介さんっ、……わたし、もうっ……ぁうっ」

奈津は息も絶え絶えに限界を訴える。体内がぴくぴくと不規則な痙攣を繰り返して止まらない。

「奈津、俺の指を噛んで我慢しろ」

必死に声を漏らさないように耐える奈津の口に恭介の指が差し込まれた。

ちゅぷ、と吸い付いて骨ばった指に一生懸命舌を絡めると、少し倒錯した幸福感に包まれる。うしろから貫く屹立は一切容赦がなくて、奈津はすぐに追い詰められた。

「あ……っ！　んンッ……ふぁ、ア、あ、ぁ……っ！」

「……くっ……奈津……っ」

か細い悲鳴を上げて絶頂に達した奈津に恭介がさらに強く腰を押し付ける。なにもかもを搾り取るような収縮を堪能し、温かい奥底に欲望のすべてを吐き出した。

「……ふぁっ……んっ」

二人で荒い息を吐き、快楽の余韻に浸る。汗ばむ奈津の髪を掻き分けた恭介が唇を寄せると、薄目を開けた奈津もゆっくりとそれに応えた。

ちゅ、ちゅ、と小さく穏やかな水音が鼓膜を揺らす。

「……ひどいです。こんなとこで……」

やっと呼吸が落ち着いたところで奈津は小さく口を尖らせる。

だが、十分気持ちよくなっていたのを隠せないトロンとした瞳でそんなことを言っても説得力はない。恥ずかしいのを拗ねることで誤魔化すことにした奈津は、恭介からふいっと目を逸らす。

「気持ちよかっただろ？　こんなにぐちゅぐちゅになってるくせに」

「やぁんっ」

意地悪く笑った恭介にふたたび腰を揺すられると、先ほどまで高められていた体が反応しないはずがない。奈津の口からは、ふたたび艶かしく甘い声が漏れた。

自然に男を誘うような声色になってしまい、奈津は頬を熱くしながらもまた甘い快楽を期待してしまう。

「恭介さぁん……」

ぐずぐずに溶けた体を持て余した奈津が恭介を振り返る。お願い、とおねだりをしようとしたところで、突然部屋にノックの音が鳴り響いた。

「奈津さん、着替え終わりましか？」

「…………っ!!」

児玉の声だ。奈津がなかなか着替えを終えないから探しにきたのだろう。その声が聞こえた瞬間、ザーッと血の気が引く。ここは二次会が行われたレストランの控え室で、まだ会場には数人のスタッフが残っている。恭介といやらしい遊びに耽っている場合ではなかったのだ。

どうしよう、こんなところ絶対に見られたくない。焦りからガバッと顔を上げて恭介を見れば、平然とした表情で黙っていろと合図された。

「悪い。手間取ってしまってドレスを返却袋に片付けてるところなんだ。すぐに終わる」

「わかりました。じゃあ僕は入り口のほうで待ってますね！」

恭介の返答を受けて児玉が去って行く。その足音を聞いた奈津はやっと体の力を抜いたが、心臓はばくばくしたままだ。

「恭介さんっ、今日は、もう……」

やめて欲しいと訴えると、名残惜しそうな恭介が頬にそっと口付ける。

「ったく、あいつが待ってるんじゃ仕方ないな。帰るか」

「はい……ぁんっ……」

まだ硬さを保ったままの恭介がずるりと出て行くと、その刺激にまた声が漏れた。温かかった恭介の体が離れたせいでふるりと肩も震える。なんだか寂しくて、自分がやめたいと言ったはずなのに無性に悲しくなった。

そのまま力が抜けたようにぐったりと座り込んだ奈津に、恭介はてきぱきと持ってきていた洋服を着せてくれた。さっきまであんなに情熱的だったのに、今はもう仕事モードの有能な上司の顔だ。いまだに体の奥でぐずぐずと火が燻っているのは奈津だけなのだろうか。

「奈津、歩けるか？　悪い、ちょっと激しくヤりすぎたな……。荷物は俺が持つから」

奈津の体を労るように優しく世話をしてくれるその姿にも切なさが増す。

「ありがとうございます。……あの、恭介さん……」

「どうした？」

多分真っ赤になっているであろう顔を隠すため、奈津は恭介の腕にぎゅっとしがみついた。

　今から言おうとしているのは、ちょっと恥ずかしい夜のお誘いの言葉。こんなことを奈津から言うのは初めてだ。なぜならばいつも恭介がリードしてくれて、奈津は身を任せているだけだったから。

　でも、今日だけは。

「家に帰ったら……続き、して、下さい」

　下を向いたままだが、勇気を出して小さな声で告げる。恭介の反応を見るのが恥ずかしくて逞しい腕に額をぐりぐりと擦り付けた。

　あっさりと奈津の体から身を引いた恭介も、ここまで言えばちょっとくらいはその気になってくれるだろう、そう思っていたのに。

「よし、すぐ帰るぞ」

「えっ……きゃぁっ!?　ちょっと！　お、下ろして下さいっ！」

　ドレスの入った大きな袋とともに突然抱き上げられて、奈津は思わず悲鳴を上げた。しかし奈津が抗議したくらいでは、恭介はびくともしない。

「俺だって身を切られる思いで我慢したんだ。奈津がそんな誘い文句を言うほど飢えてるとは思わなかった。今日は寝ずに付き合ってやるよ」

「え………？」

恭介の反応が、期待を大幅に超えている。

「ずっと起きていれば明日からの新婚旅行で寝坊する心配もないしな。飛行機に乗ってから寝ればいいだろ」

「いえ、そこまでは……」

「遠慮するな。今夜はたっぷり楽しもうな？」

「や、やだーっ！」

とんでもない発言をしてしまったと青くなってももう遅い。お姫様抱っこのままタクシーに押し込まれた奈津は、自宅に帰ってから猛然と襲いかかられて自分の発言を激しく後悔した。可愛い新妻におねだりされた恭介の体力は底なしだ。

奈津はもう二度と自分から誘わないと心に決めた。


翌日は本当に寝ないまま出発し、やっと一息つけたのは新婚旅行に行く飛行機の中。ぐったりと座席に沈み、奈津はすぐにうとうとし始める。

「奈津、着いたら起こしてやるから」

「はい……おねがいします……」

ふぁ、と欠伸をしながら半分閉じかかった目で横を向けば、奈津を愛しそうに見つめる恭介の姿。かなり変態だし夜も激しいが、やっぱり恭介を好きな気持ちは変わらない。

彼が当然のように隣にいてくれることが奈津にとっては一番の宝物だ。

「奈津、おやすみ」

眠りに落ちる直前、奈津の手に恭介の手が重ねられた。するりと指を絡めて、指の付け根をゆっくりと揉まれる。奈津の疲れを癒すような、温かくて、優しい絶妙な力加減。

その気持ちよさにうっとりしながら、奈津は幸せな眠りに落ちた。

書き下ろし番外編

受難の巻き込まれ××プレイ

怒涛のような結婚式からしばらくしたある週末、奈津はのんびりと自宅で寛いでいた。今日は宮野と待ち合わせてランチを食べ、そのあとクリーニング店に出していたスーツを受け取って、先ほど帰宅したところだ。

恭介は朝から取引先とのゴルフに出掛けていてまだ帰っていない。

平日も休日も常に忙しい彼とは、実はこのところしばらくすれ違い気味の生活になってしまっている。それがまったく寂しくないと言えば嘘になるが、彼のほうもなんとか一緒に過ごす時間を捻出しようと努力してくれている。ゴルフが終われば、この週末は久々に二人でゆっくり過ごせる予定なのだ。

日帰りできる観光地までちょっと足を伸ばしてもいいし、気になっていた美術展を見に行くのもいい。ただ自宅でゆったりとＤＶＤを見るのもいいし、誰にも邪魔されずにイチャイチャするのもいい。

いずれにせよ素敵な休日になるはずだ。

「もう、恭介さんまだかなぁ」

待ちきれなくて、そわそわして、奈津は落ち着きなく時計を見る。

そろそろ帰ってきてもよさそうな頃合いだが、道が混んでいるのだろうか。

マグカップに入れていたホットココアも飲みきってしまい、なんとなく手持ち無沙汰な時間だ。

そんな時、今朝届いた封筒の存在をふと思い出した。

「そうだ、新婚旅行の写真でも見て待ってようっと」

これはいいアイディアだと、うきうきした気分でソファから立ち上がる。

新婚旅行で撮った大量の写真を整理していた恭介が、大切な思い出だからと先日フォトブックにしてくれたのだ。それが今朝届いたが、時間のある時にじっくり見ようと思って開封せずに置いてあった。

恭介には悪いが、自分だけ先に見せてもらうことにしよう。

早速封筒を取り出し、慎重にハサミで開封する。

「意外と重いなぁ。恭介さん、どれだけ写真選んだんだろう」

一週間の日程でカリブ海リゾートを楽しんだ新婚旅行は、ダイビングに遺跡巡りにと、とても充実した日々だった。

写真も撮りまくり、撮られまくりでいいショットがたくさんあったから、さぞ分厚いフォトブックになったのだろう。

ちなみに現地では、記念としてこの青い海を背景にパンチラを撮っておきたいという変態の全力のお願いを光の速さで却下した。新婚旅行は着エロ撮影会ではないし、そんな写真を撮っているところを他の観光客に目撃された日には恥ずかしくて死んでしまう。

「わぁ、綺麗(きれい)っ！」

封筒から出てきたのは、砂浜の白と空と海の青が美しいコントラストを描くハードカバーのフォトブックだった。

東京の寒空の下、常夏(とこなつ)のカリブ海が鮮やかに蘇(よみがえ)る。今にも爽(さわ)やかな風が吹いてきそうだ。

早速お目当ての品を開こうとしたのだが、その直前に封筒にあと二冊残っていることに気付いた。

こちらはソフトカバーの少し薄いタイプ。表紙には写真がなく、シンプルに日付だけが入っている。

一体何なんだろう。

写真が多すぎてハードカバー一冊では収まりきらなかったとか？　それとも結婚式の写真も注文したとか？

それにしてはカリブ海のフォトブックとはかなり雰囲気が違うようだけれど。

なんとなく気になってそちらを先に開いた結果、奈津は「ひえっ……！」と小さく悲鳴を上げる羽目になった。

「え、ちょ、なんで私の顔のドアップ!?」

ソフトカバーのフォトブックの中身は、なぜか全ページ自分の顔面だったのである。

一ページを四分割してずらりと顔写真が並べられ、めくってもめくっても自分の顔ばかり。

延々と続く地味顔の写真を見せつけられるのはある意味罰ゲームだ。

ストーカー気質の恭介の執念が込められているようで普通に気持ち悪いし、同じ写真が繰り返し配置してあるのも謎だった。

これ、一体何なの……!?

「お、やっと来たのか。楽しみに待ってたんだよ」

「……っ、恭介さん!!」

突然うしろから声を掛けられ、奈津はソファでびくっと飛び上がった。

そのまま振り返ると、高い位置から「ただいま」と微笑まれる。

そこにいたのは、ノーネクタイにダークトーンのジャケットを羽織った新婚の夫。下着に食いついていない時だけは最高にかっこいいため、こんな風に不意打ちで出会うといまだにドキドキしてしまう。

「お、おかえりなさい……」

その言葉に満足そうに頷いた彼は奈津の隣に腰を下ろし、ひょいと手元の冊子を取り上げた。

「買ってきたケーキを冷蔵庫に入れておいたから、あとで一緒に食べような。……へぇ、プレミアム印刷にしたら光沢紙と比べても遜色ない仕上がりだな」

「ケーキですかっ!?　わぁっ、ありがとうございます！　……じゃなくて！」

ケーキという言葉に一瞬舞い上がった奈津だが、この謎のフォトブックの正体を先に明らかにしなければならなかったのだ。

制作意図がさっぱり分からない上、そもそもこんなドアップの写真を何度も撮られた記憶もない。どこから盗撮されていたのだろうか。

この一年間、恭介の桁違いに頭がおかしい言動に慣らされてきた身としては、もはや怒りよりも呆れしかないのだが、ここで負けるとなし崩し的にその行為を認めることになってしまう。

だから奈津は努めて真剣な表情を作った。

「恭介さん、そのフォトブック何ですか？　なぜか私の顔ばっかり載ってるんですけど」

「そうなんだよ。いいだろ？」

怒ってますよ、というのを態度で示したはずなのに、隣に座る変態は嬉しそうにフォトブックをめくっていた。全然こちらを見ないため、せっかくの真剣な表情が台なしである。

「あのっ、私こんなフォトブックを作ったなんて全然聞いてなかったんですけど」

「そりゃサプライズのつもりだったからな。あっ、ほら、このページなんか最高だと思わないか？　十連ガチャを回してる時の写真なんだが、一回ごとに面白いくらい表情が豊かに変わるんだ。期待したり、落胆したり、次に祈ったり……お、この写真は最後にレアが出て思わず叫んでるところだな。何度見ても飽きない」

写真を一枚一枚指して説明されたが、「期待している顔」と「次に祈っている顔」の違いがよく分からなかった。

二人の温度差は広がるばかりである。

「……………あの、私にはほとんど同じ顔に見えるんですけど、違うんですか？」

恐る恐るそう尋ねると、恭介は愕然(がくぜん)とした表情でこちらを見た。

「この写真が!?　全部同じ顔に!?　いや、全っ然違うだろ。この眉間(みけん)の皺(しわ)とか表情筋のこわばり方とか唇の形とか、どれ一つとして同じ写真はない！」

「ええ……」

力説されたものの、やはり判別は難しかった。本人でもわからない違いを見分けられるなんて、熟練のストッキングソムリエでもある彼に並ぼうとすること自体無謀だったのだろう。

それにしても気になるのはこの写真の入手経路だった。ガチャを回している最中の顔のドアップなんて、なかなか狙って撮れるものではない。

少し考えてから、まさか、と奈津は気付く。

「恭介さん、もしかしてまたウェブカメラを増設したんですか？　もうしないって言ったじゃないですか」

以前から、この家にはいくつかウェブカメラが仕掛けられている。

恭介が仕事が忙しくてなかなか自宅に帰れない時でも、ウェブカメラがあれば自宅にいる奈津の様子を見てがんばれるからという建前で設置されたものだ。

最初は抵抗していた奈津だったが、どうせ駄目だと言っても勝手に置くはずなので、トイレと洗面所にだけは絶対に置かない、台数を無制限に増やさないという交換条件のもとで許可をした。そのはずだったのに。

恭介さん!?　と問い詰めると、彼は慌てたように首を振る。

「待て、違う違う。これはウェブカメラじゃなくて奈津のスマホのインカメラで撮ったんだ」

「……え、インカメラ？　って、あの自撮りに使うほうですか？」

インカメラを持ち出した意図がわからずに問い返した奈津に、恭介は気を取り直したように頷く。

「そうだ。実は先月、パズ☆パンを起動したら自動的にインカメラで撮影を始めて、その映像を自動で俺のサーバーに転送するように設定したんだ。ウェブカメラはリアルタイムで視聴できるメリットがあるんだが、基本的に引きの映像しか撮れないのがネックだからな。やっぱりこの距離で撮ると違うよな」

「はぁッッッ!?」

さすがにこれには叫んでしまった。

先月といえば、結婚式と新婚旅行の連休を捻出するために相当無理をして仕事を詰め込んでいた時期だったはずだ。それと並行してまた新たな盗撮システムを構築していたなんて驚くしかない。

しかもその盗撮マシンを肌身離さず持ち歩き、あまつさえ自分から顔を近付けてしまっていたなんて。我ながらちょっと落ち込む。

とりあえず明日早速インカメラのレンズを隠すシールを買うことに決めたが、恭介のストーカー度合いのインフレが加速しているのは気のせいだろうか。このまま進行した場合の着地点が見えない。

「ほら、いい写真がたくさん撮れたから二冊作ったんだ。どうしてもと言うなら一冊やってもいいぞ」

そう言う割には、どちらもガッチリと握って放す気配はなさそうだった。

どちらにしろ自分の顔写真集なんて必要ないため、奈津は素直に恭介が求めている答えを差し出すことにする。

「同じ内容で二冊作ったんですか？　私はいらないですよ」

「そうか、じゃあ俺の保存用にする」

奈津の断りに対してどこか嬉しそうに頷き、恭介はいそいそとフォトブックを封筒に片付けた。

最初から自分が二冊欲しかったのであれば、「欲しいならあげる」なんて言わなければよかったのでは、と思いつつも、おそらくこれは恭介なりの愛情表現なのだろうとも思う。いつも欲しいものは奈津が最優先で、彼は奈津が喜んでいるところを満足そうに見ていることが多い。

こういう優しいところが好きなのだが、今回に限っては完全に無駄な優しさであった。

夕食が終わってお土産のケーキの箱を開けると、中には生クリームの載ったガトーショコラとりんごのシブーストが入っていた。

甘いものに目がない奈津は大喜びだ。

どちらも同じくらい食べたくて、最後の晩餐でも選んでいるレベルで悩んでしまう。だってつやつやしたガトーショコラは本気で美味しそうだし、メレンゲがいい色に焦がされたシブーストも捨てがたい。ぐぬぬ……と本気で頭を抱えてしまった奈津を見て、恭介が思わず噴き出す。

「そんなに悩むなら半分ずつでもいいぞ」

「えっ、いいんですか⁉」

神の助けのような一言に、奈津はパッと顔を上げた。

「ああ。別に俺としては二つとも奈津が食べても構わないんだが、多分それは嫌なんだろ？」

「……う、とても魅力的な提案なんですけど、太りそうなのでやめておきます……」

思考回路がすっかり見透かされていて少し恥ずかしいが、その言葉に甘えてケーキは恭介と仲良く半分こした。

「そう言うと思った」

カカオの香りがするガトーショコラはしっとりとして濃厚だし、甘く煮たリンゴが入っているシブーストは口の中でしゅわっと蕩ける。

あぁ、甘いものを食べてる時って幸せ……とうっとりする奈津の皿の上は、またたく間に残り一口となってしまった。

それを名残惜しげに掬(すく)いながら、昼からずっと恭介に聞こうとしていたことを思い出した。

「そういえば恭介さん、従兄(いとこ)の雅也(まさや)さんってどんな方なんですか？」

〝従兄(いとこ)の雅也さん〟とは、先日の結婚式にも出席してくれた恭介の母方の従兄(いとこ)で、カメラが趣味だからと二次会のカメラマンも担当してくれた人物だ。

都内でＩＴエンジニアをしているそうで、アプリ会社を運営する児玉とも何やら意気投合していた。当日は何かと忙しくてゆっくり会話する暇がなかったため、恭介とはまた違った系統のイケメンだったという印象しか残っていないが、招待客の女性たちに囲まれている場面を何度か目にした。

一足先に食べ終わって紅茶を飲んでいた恭介は、突然の質問に訝(いぶか)しそうな表情をする。

「……雅也？　どうしたんだ、いきなり。結婚式で会った以外に接点ないだろ？」

「そうなんですけど！　実は！　すごい接点ができちゃったんですよ」

確かに彼と奈津とは、数週間前の結婚式で会ったきり。連絡先も交換していないし、これといった共通点もない。恭介が不思議がるのも当然だろう。

しかし今日宮野とランチをしている時、彼女から驚きの報告があったのだ。

「実は玲子さん、二次会のビンゴで当たったテーマパークに今行ってるんですよ。なんとそのお相手が……雅也さんなんです！」

「みや……っ、はあッ!?」

それまで悠然とダイニングテーブルについていた恭介は、持っていたカップをひっくり返さんばかりの勢いで驚いた。その様子に、派手な反応を期待していた奈津は内心むふふとほくそ笑む。いつもはこちらが驚かされてばかりだが、たまにはこんな日があってもいいだろう。

「びっくりですよね。しかもきっかけになったのはアレックスらしいんですよ！　飼い主のためにあんなイケメンを捕まえてくれるなんて、リアル長靴を履いた猫だって玲子さんが自慢してました」

「…………マジか」

呆然とダイニングテーブルに肘をついた恭介に、奈津は嬉々として今日聞いた話を説明した。

彼らの最初の出会いは二次会の受付。ウェルカムキャットとして待機していたアレックスが、雅也を非常に気に入ったことがきっかけだそうだ。

雅也が撫でるとアレックスは手のひらに頭を擦り付け、うるさいくらいにゴロゴロと喉を鳴らして懐いたため、よかったら後日ゆっくりアレックスと遊ばせてもらえませんかと頼まれたらしい。

相手は洗練されたスーツにブランド物の時計をつけた高身長のイケメンということで、アレックスの横で待機していた宮野は一も二もなく承諾した。

すぐに連絡先を交換して約束を取り付け、何度かペット可のカフェで猫付きデート。そうするうちに人間同士もいい感じに仲が深まり、とうとう二人きりのデートが実現することになったのだ。

今日は午後からテーマパークにインしてのんびりと散策し、パレードが見えるレストランで夕食を摂り、最後はパーク内ホテルに宿泊するのだそうだ。

『お、お泊まり!? まだ正式に付き合ってないのに、もうお泊まりしちゃうんですかっ!?』

と、本人よりも興奮してきゃあきゃあ騒ぐ奈津に、宮野はまあね、と笑みを浮かべた。

『別に改めて言葉に出さなくても、もうほとんど付き合ってるみたいなものだもの。お互いそれなりの恋愛経験積んできてるんだから言わなくてもわかるでしょ?』

『えぇー、私には全然分からないですー! そっかぁ、玲子さんにも素敵な男性が現れたんですねぇ。あ、結婚式にはぜひ呼んでくださいね』

『やだ、気が早いんだから』

そう言いつつも、宮野もまんざらではなさそうだった。

雅也は恭介の一つ年上の三十六歳だと言っていたから年齢的にもちょうどいい。見た目だって、誰もが認めるレベルの美男美女カップルだからお似合いだ。そしてなにより、彼が猫好きの男性だというのがいい。

『来週、どんなデートだったか教えてくださいね！　すごく楽しみにしてますから！』

『はいはい。もう、私よりなっちゃんのほうが盛り上がってるわよね』

こうして今から待ち合わせ場所に行くという宮野と別れ、奈津は軽い足取りで帰宅した。

いつも二人＆一匹でデートしていたアレックスは、今日ばかりは宮野の実家に預けられているらしい。ちょっと可哀想な気もするが、その代わりに素敵な家族ができるチャンスなのだ。少しだけ我慢してもらおう。

「――というわけなんです。アレックスが結んだ縁なんて運命みたいで素敵ですよね」

ね、恭介さん？　と満面の笑みである奈津に対し、対面に座る恭介はなにやら浮かない顔だった。

「宮野……、宮野かぁ……。うーん、まぁ宮野なら……なんとかなる、か……？」

「……え、なにかあるんですか？」

祝福するどころか明らかになにか問題があるかのような態度に、ケーキの後の紅茶を持つ手が止まる。

恭介は職場の部下が親戚になる程度で動じるような性格ではないため、雅也のほうに何か不都合な面があるとしか思えない。

言いようのない不安がむくむくと湧き上がる。

「えっ、まさか雅也さんもへ……じゃなくて、何か変わったご趣味をお持ちなんですか？」

変態なんですか、とストレートに聞こうとして、義父母はもちろんだが従兄に対してもそれは失礼だと気付いて言い直した。本質的には何も変わらないとはいえ、一応の礼儀である。

実はこの件は、宮野に話を聞いた時から少しだけ懸念していた。

恭介もその両親もド変態なのだから、その親戚もナチュラルに変態なのではないだろうか、と。恭介が体育会系で健康的な爽やかイケメンであるのに対し、雅也はどことなく危険な香りがする色男だったのもその理由の一つだ。

もちろん宮野は恭介の両親の寝取られ癖について知らないため、親戚だから変態かもしれないなんて微塵も考えなかったようだが。

「恭介さんっ？」

気になるから聞きたいのが半分、でも怖くて聞きたくないのも半分という感じで、奈津は答えを催促した。

場合によっては今すぐ宮野に教えてやらなければいけない。この時間ならまだホテルには行ってなさそうだから、今教えればギリギリ間に合う。

「いや、趣味というか、あいつにとってはライフワークだな」

「……って趣味より重いじゃないですか！」

もはやヤバい匂いしかしない。

これはもう答えを聞く前に宮野に連絡するべきだと判断した奈津は、ちょうど隣のリビングで充電しているところだったスマホにパタパタと駆け寄る。

画面を開き、アドレス帳から宮野の電話番号を呼び出して、それをタップしようとした瞬間、手の中のスマホをうしろからスッと取り上げられた。

「こら、何しようとしてるんだ」

「あぁっ、恭介さんっ！　返してください！　玲子さんに気を付けてくださいって伝えるんです！」

重度の変態アレルギーである宮野をこのままにしておけば、とんでもない修羅場が幕開けするはずだ。

恭介のストーカー下着フェチ程度でも気分が悪くなるようなので、怪しいライフワークを持っている雅也と掛け合わせると大惨事になりそうなのだ。

なんとかしようと短い腕を必死に伸ばしてみたが、身長差約二十センチは伊達ではない。勝手に充電ケーブルまで抜いて棚の高いところに置かれてしまい、奈津は恨めしげにそれを見上げるしかなかった。

跳んでも届かなさそうだし、踏み台を持って来ても妨害されそう。どうやってスマホを取り返そうかとぐるぐる考えていたため、次に恭介が放った言葉を理解するのに時間がかかってしまった。

「ったく、雅也の邪魔をしたら奈津がM奴隷調教されるかもしれないだろ。やめとけ」

「…………………は？」

通常の生活を送っている限りでは一生耳にしないような単語が聞こえた気がしてぴたりと動きを止める。

え、M奴隷調教？　M奴隷調教って……何!?

「えっ、え……あの、一体どういう……」

「そうだな、わからないなら実地で教えてやろうか」

大混乱状態の奈津を前に、恭介はニタリと口の端を上げた。


「恭介さんっ!!　こんな格好いやっ！　もっ、放してくださ……ひゃんっ！」

それからほんの二、三分後、奈津はとんでもない格好でベッドの上にいた。

あぐらをかいた恭介の膝の上にうつ伏せで抱えられ、ふわっとしたシルエットが可愛くて買ったグレーのサーキュラースカートは完全にめくり上げられた状態。さらに両手首はクリーニング店から返ってきたばかりのネクタイで拘束されてまったく解けない。じたばたと手足を動かしても、歴然とした体格差があるためどうにもならなかった。

抵抗も虚しくストッキング越しの尻を平手で叩かれ、奈津は大きく体を震わせた。

「やっ、やです！　やめ……っ」

「なんでだよ、雅也の趣味を知りたいって言ったのは奈津だろ？」

「……っ」

平然とした声で言って、また一発。

パシン、と乾いた音が鳴る。

ストッキング越しで、しかもかなり手加減されているらしい手つきのため痛みはそれほどないが、こんな格好を晒して尻を叩かれているという状況自体が奈津のキャパシティーを大幅に超えていた。

どうして頼んでもいないスパンキングが唐突に始まるのか。

これによってなんとなく雅也の趣味を察することはできたが、宮野を逃がす以前に自分が捕まってしまってはどうしようもない。

叩かれた部分がじんじんと熱を持ち、奈津は涙目で抗議する。

「……ちがいますっ……それは、私にしてほしいって言ったんじゃなくてっ」

「んー、そうだったか？」

「……っ！」

すっとぼけた回答だが、恭介は絶対にわかってやっているに決まっている。現に先ほどから、背後の声は非常に楽しそうに弾んでいるのだ。

適当な理由をこじつけ、動きを封じた上でスカートをめくって喜んでいるに違いない。叩かれて過敏になった皮膚を、大きな手が触れるか触れないかのタッチで撫で回す。丸いヒップラインからすらっとした太ももまで。

これまでの折檻を慰撫するような手つきにほんの少し痛みが癒え、奈津は浅い呼吸を繰り返した。

恭介の顔は見えないけれど、悦に入った表情が目に浮かぶようだ。

「あのっ、そろそろ満足しましたよね⁉　だからもうやめてくださ……やぁっ！」

ふたたびパシン、と軽い音がしたのと、奈津の悲鳴が響いたのは同時だった。

労わるように優しく撫でる手つきにすっかり油断していたため、その衝撃は今までで一番大きい。

「まだ終わらないに決まってんだろ。だいたい俺が満足しても、奈津は満足してないだろ？」

「……は？　私は……っ」

間髪容れず、ビイイイと細く高い音が聞こえた。同時に太ももの辺りが引っ張られる感触。これは……ストッキングを破られた音だ。

「恭介さんっ!?」

本格的に身の危険を感じて体を捻ると、こちらを見下ろす恭介はうっとりと目を細めたところだった。

勝手にストッキングは破らないと約束していたはずなのに、あっさりと欲望が理性に勝ったらしい。

「ただ穿いてるだけでもいいが、やっぱり自分で破ったストッキングのエロさは格別だな。——それに、やめて欲しいっていうのは嘘だったみたいだしな？」

「……！」

破られたストッキングの奥。薄いシルクのクロッチがずらされ、秘められていた花弁が強引に暴かれる。

奈津が隠しておきたかったそこは、恭介が二本の指を添えるとぬるりと滑った。

「……っ、ん……っ」

柔らかい媚肉の隙間につぷんと潜り込んだ彼の指は、いとも簡単に奥へと進んだ。

いやだいやだと言っていた上の口とは裏腹に、下の口はいつの間にかたっぷりと蜜を湛えていたのだ。嬉しそうに迎え入れて襞が絡みつき、それは恭介をひどく悦ばせる。

「叩かれて感じるなんて、もしかしてそういう素質があるんじゃないか？」

「やっ……ちが……っ！」

「違わないよな、こんなに濡れた音をさせておいて」

膝の上から降ろされ、本格的にベッドに組み伏せられて。

わざと派手な音を立て蜜壺を掻き混ぜる恭介は、背後から奈津に圧し掛かってそんな辱めを口にした。

そんなの絶対に違う。叩かれて悦ぶ趣味なんてない。

自信を持ってそう反論したかったけれど、耳元で「奈津はやらしいから」と暗示のようにささやかれると体の力が抜けてしまう。

会社で聞くのよりも少し低い、ベッドの中だけで聞く声。

自分だけしか知らないであろうこの声を聞くと、よく躾けられた犬のように服従してしまいたくなるのだ。

耳の付け根のあたりがぞわぞわとして、それがさざ波のように全身に広がる。

「ふぁっ、や、あぁ……っ」

我が物顔で膣内を行き来する指がある一点を攻め、すっかり甘えきった声を出してしまった。気持ちよくて体温が上がり、ニットの下が汗ばむ。

本当はこのまま流されてはいけないと頭ではわかっている。でも体は完全に恭介に手懐けられていて言うことを聞いてくれない。

手首にはまだネクタイが巻き付いたままだし、洋服すらほとんど脱いでいない。勝手に破られたストッキングの隙間から悪戯されているのに感じているなんて、本当に〝そういう〟素質があるのだろうか。

「……う、ほんとにちがい、ます。相手が恭介さんだから、叩かれてもドキドキしちゃうだけで……ほんとに、好きだから。他のひとだったらこんなことしな……っ」

「……っ、お前さ、今そういうこと言う？」

「……え？」

いつの間にか奈津を苛んでいた指の動きが止まっていた。

はあとため息が聞こえて、いやらしい水音と共に指が引き抜かれる。そして力の入らない体をぐるんとひっくり返された。

「あの……恭介さん？」

緩慢な動きで見上げると、なんとも余裕のなさそうな表情をした彼がこちらを見ている。

「あーっ、くそ！　たまにはいじめてやるのもいいかと思ってたのに、そういう可愛いこと言われるとやっぱり甘やかしてやりたくなるだろ。さっきの続きはまた今度な」

「……え。私はずっと甘やかされるほうがい……」

「駄目」

「でも、っ……」

もう一度反論しようとしたところをキスで塞がれた。

柔らかい唇が触れ、その隙間から分厚い舌がするりと入り込んでくる。

言いたいことは色々とあったけれど、今日初めて与えられたキスが嬉しくて全部がうやむやになってしまう。

舌を絡めながら手首のネクタイも外してもらい、ちゃんと彼の背中に手を回すこともできた。

「恭介さん……〝今度〟も優しくしてくれなきゃいやです」

なかなか途切れないキスの合間、額と額をくっつけてそう言えば、恭介はぐぅ、と喉の奥で唸った。

「お前はどこでそんな技を身につけてきたんだ……。俺の弱いところを確実に突いてくるよな」

「……そうなんですか？」

よくわからないけれど、どうやら恭介はこういうおねだりに弱いらしい。今度からどうしても返して欲しい下着がある時は、こうやってお願いしてみようと思いつく。

でもその前に。

「恭介さん、ちゃんと服は脱いでくださいね。皺になっちゃいますよ」

洋服の皺を言い訳にして、彼のボタンに手を掛けた。

日帰り観光地もいいし、美術展もいいし、ＤＶＤもいい。けれどやっぱり新婚の今は、思う存分愛し合いたい気分だったのだ。ダイニングテーブルに放置してきたケーキ皿とティーカップは明日片付けよう。朝食の下準備も今夜は放棄する。

彼に好き勝手に手を出されて、中途半端に火をつけられた体が疼いて仕方なかった。

「へえ、それは大変だな。だったらさっさと脱ぐか」

奈津の言いたいことを悟ったのか、悪戯っぽく笑った彼はすぐにシャツを剥ぎ取った。そしてふたたび奈津に覆いかぶさって指を絡め、優しく唇を重ねてくれる。もう数え切れないくらいいした甘い甘い口づけ。

溢れんばかりの愛を受け止めながら、やっぱりこの人のことが好きだなぁと奈津は実感していた。

色々とありえない性的嗜好な上に突然ＳＭプレイまで始めると今日判明したが、それでも好きだと自信を持って言える。

こんなに素敵な人と結婚できた私って世界一幸せ者なんじゃない？　なんてうぬぼれながら、奈津はぎゅっと彼の手を握り返した。

――そんなこんながあった週明け、奈津は始業よりかなり早く出社して宮野を待っていた。

果たして彼女が無事かどうかを確かめるためである。

週末、今までの寂しさを全部埋められるくらい一緒に過ごした後に恭介から聞いた雅也の話は、奈津の想像を遥かに超えるものだった。

SM好きな男性なのだろうという予想は当たっていたが、なんとSMクラブと契約して本格的なM嬢の調教師をしているとまでは思っていなかった。恭介が趣味ではなくライフワークだと言っていたのも納得できる。

それに対して宮野は、実力に裏打ちされた根っからの高飛車女王様タイプ。

M嬢調教をライフワークとするサディストが相手では、水と油というか超強力磁石のS極とS極のようで、〝混ぜるな危険〟でしかない。ドSの頂上決戦である。

だから慌てて宮野に連絡を取ったのだが、彼女から休み中に返事はなかった。

いてもたってもいられず、今日はめちゃくちゃ早く出社してしまったという訳である。

「……！　玲子さん……っ！」

何十回目かに時計を見上げた頃、奈津の待ち人はやっと隣のオフィスに現れた。

いつもと同じようにばっちりメイクを決めて、キリッとした立ち姿。

とりあえず見た目上は奴隷調教完了済みでないことに安堵したが、よく考えたらM奴隷の知り合いなど一人もいないので見た目では判断できない。

慌てて駆け寄って廊下に連れ出す。

「なっちゃん？　どうしたの」

「玲子さん！　デート、どうだったんですか……！」

かぶせ気味に質問する奈津のただならぬ様子に何か察する部分があったのだろう、宮野のまとう空気が一変した。

凍(い)てつく笑顔が怖い。

「……もしかして課長から雅也さんのこと聞いたの？」

「そうなんです！　すみません、私も土曜までは知らなくてっ」

どうしよう、このあたりだけ氷点下三十度くらいに感じる。冷凍庫以下だ。

「れ、玲子さん……？」

恐る恐る尋ねると、宮野は口元だけでにっこりと笑った。

「そうね。今回は私も油断してたから、一勝一敗……ってとこかしら？　次は絶対に叩きのめしてやるわよ」

「えっ……一勝一敗!?　え、ていうかまたデートするんですか!?」

「当たり前じゃない。来週はあのふざけた傲慢(ごうまん)野郎が泣いて許しを請うまで許さないんだから。私の足元に這いつくばって靴を舐(な)めさせてやるわ」

「……!?」

「じゃ、私仕事があるから。またね」

颯爽（さっそう）とデスクに戻っていった宮野のうしろ姿を、奈津は呆然と見送るしかなかった。

一勝一敗ってなに。靴を舐（な）めるってなに。最初は油断していたから調教されちゃったけど、そこから巻き返してプロの調教師を調教し返してしまったという意味だろうか。

レベルが高すぎてその絵面（えづら）がまったく想像できない。

「これ以上巻き込まれたら大変だから、あまり深く突っ込まないでおこう……」

この二人、一周回って逆に相性がいいのかもしれない。

そう結論付けた奈津は、彼らを遥（はる）か遠くの安全圏から温かく見守っていくことに決めた。

ヤンデレ王子の逃げ腰シンデレラ
Yandereouji no Nigegoshi Cinderella
漫画 Miyuki ミユキ
原作 Hotaru Ryugetsu 柳月ほたる
寿々ちゃんが咥えたものなら歯ブラシでもリコーダーでもなんでも大歓迎です
しまい しまい
監禁、ダメ、絶対。
逃げよう
大丈夫？
痛いよね…
超執着系上司からの溺愛オフィスラブが
待望のコミカライズ!!
コミックスは2019年6月刊行予定！
ETERNITY WEBMANGA
エタニティWEB漫画！
無料で読み放題！
他にも人気漫画が多数連載中!!
今すぐアクセス！
エタニティ Web漫画
検索

本書は、2016年8月当社より単行本として刊行されたものを文庫化したものです。


この作品に対する皆様のご意見・ご感想をお待ちしております。

おハガキ・お手紙は以下の宛先にお送りください。

【宛先】

〒150-6005 東京都渋谷区恵比寿4-20-3 恵比寿ガーデンプレイスタワー5F
（株）アルファポリス　書籍感想係

メールフォームでのご意見・ご感想は右のQRコードから、
あるいは以下のワードで検索をかけてください。

ご感想はこちらから

エタニティ文庫

愛(あい)されてアブノーマル

柳月(りゅうげつ)ほたる

2019年5月15日初版発行

文庫編集ー熊澤菜々子・宮田可南子
編集長ー塙 綾子
発行者ー梶本雄介
発行所ー株式会社アルファポリス
〒150-6005 東京都渋谷区恵比寿4-20-3 恵比寿ガーデンプレイスタワー5F
TEL 03-6277-1601（営業） 03-6277-1602（編集）
URL http://www.alphapolis.co.jp/
発売元ー株式会社星雲社
〒112-0005 東京都文京区水道1-3-30
TEL 03-3868-3275
装丁イラストー絲原ようじ
装丁デザインーansyyqdesign
印刷ー株式会社暁印刷

価格はカバーに表示されてあります。

落丁乱丁の場合はアルファポリスまでご連絡ください。

送料は小社負担でお取り替えします。


ISBN978-4-434-25885-5 C0193